目次

第一章　この雨の名前

バケツをひっくり返したような雨が降っている。午後の会議を終えた後、会社の廊下の窓からその光景を見た理世は、思わず「うわあ」と声を上げた。

その時、何かを思い出しかけた。思い付いた、かもしれない。何だろう。

「おお、随分降ってるね」

背後から声がして、肩をびくっとさせる。振り返ると予想通り、広告・宣伝課の菅井主任が立っていた。溜め息を吐きたくなる。この人から逃れたくて、会議が終わるや否や外に出てきたというのに、結局捕まってしまった。

「そんなにびっくりしなくても。理世ちゃん、そういうところあるよねえ。天然っていうか」

社内で下の名前で呼んでくるのは、この人だけだ。同じ課の同僚やかわいがってくれる先輩でさえ、苗字で「佐和さん」か、せいぜい「佐和ちゃん」という呼び方だ。

「今日は降らないって言ってたのに、天気予報では」

「梅雨だから仕方ないよ。でも理世ちゃん、今から光井被服に外回りだっけ？　大丈夫？傘ある？」

背中がひやっとする。なぜ理世のこの先のスケジュールを知っているのか。

「大丈夫です。置き傘してるので」

「さすが。しっかり者だなあ」

適当に愛想笑いをして、その場を去った。自身の所属する、企画・生産課に向かう。デスクに着き、引き出しの奥からシュシュを引っ張り出した。髪をお団子に結う。ピンクの小花柄で、鮮やかな青のシャツに白いロングスカートというマリンルック風の今日のファッションには似合わないが、仕方がない。

「あれ、佐和さん何か気合入れてますね。どうしたんですか」

隣の席の後輩、野村君が話しかけてきた。

「今から光井被服に行くんだけど、雨がすごくて。あそこ駅からちょっと歩くから、髪が広がっちゃう」

「え？　また雨ですか？　なんだよう、今日は降らないと思ったのに」

「本当にね。ねえ、増本先輩知らない？」

「見てないですね。まだ帰ってないんじゃないですか？」

「そっか。会議の報告をしたかったんだけど、仕方ないな。私、今日はこのまま直帰（ちょっき）するから、よろしく伝えておいて」

「わかりました。お疲れさまです」

野村君以外の同僚とも挨拶（あいさつ）を交わし、オフィスを出た。

廊下でまた、菅井主任と出くわした。随分向こうから笑みを浮かべて近付いてきたので、また捕まったらかなわないと、軽く会釈（えしゃく）だけをして、無言でそそくさとすれ違った。

菅井主任には、一年ほど前に合同会議で席が隣になり、ボールペンを貸してあげたことから好かれてしまったようだ。三十九歳で、確か二人の子持ち。だから本気ではないと思うのだが、いつもニタニタと笑って、鼻の下を伸ばして話しかけてくるので、はっきり言って気持ちが悪い。理世は仕事で直接の関わりはないが、野村君と組んでいて、何かと彼のデスクを訪ねてきては、ついでに「理世ちゃんはどう思う?」などと交流しようとしてくる。スケジュールも、きっとうちの課のボードをチェックしているのだろう。

地下鉄に乗り込み、長椅子（ながいす）の端（はし）に腰を下ろして、一息吐いた。会社の入っているビルの目の前が駅なので、ここまでは何とか濡れずに済んだ。目的地に着くまでに、雨が止（や）むか弱まるかしてくれるといいのだが。

雨が好き、なんて人はいないだろうが、理世は自分の雨嫌いが人のそれより激しいという自覚がある。今の会社で働き出してからは、更に嫌いになった。曲がりなりにもアパレル社員なので、身だしなみとおしゃれには常に気を配っているのだが、雨にはことごとく邪魔をされる。着られる服が限られる。髪が広がる。空が暗くて、肌色が悪く見える。

　中堅のアパレルメーカー、ビータイドに入社したのは今から四年前、二十五歳の時だった。生まれは北海道の、札幌にほど近い小さな町。役所勤めの父と専業主婦の母と、四歳上の兄という、ごく平凡な家庭で育った。

　派手なことを嫌う両親への反動からか、幼少の頃からファッションに強く興味があった。小学生の頃から、お小遣いでこっそりファッション誌を買い、ベッドで貪り読んでいた。将来はデザイナーになりたいと思っていた。いつか街中が、自分のデザインした服を着た、かわいい女の子で溢れ返ることを夢見た。しかし「普通」「地道」こそが良しとされる田舎町の空気に逆らう勇気はなく、制服を規定通りに着て、化粧をしたり髪型で遊んだりもしない、真面目な女子として高校時代までを過ごした。

　大学進学で上京したが、両親の顔色を気にして、選んだのは私大の商学部だった。ビータイドが経営する、ナチュラルテイストの若い女性向けブランド「リコリス」で販売員のアルバイトをして、ファッションへの欲は満たされた、つもりでいた。就職先は商学部卒らしく、証券会社だった。

けれどあまりの多忙さと、成りゆきで選んだ仕事なので、やりがいが見出(みいだ)せなかったのとでストレスが溜(た)まり、二年で証券会社は退社した。その時、自分の好きなことに素直になる、やりたいことをやる人生に軌道修正するには今しかないと思い立ち、ビータイドの中途採用試験を受けた。

気迫が面接官に伝わったのか、無事に合格を手にすることができた。両親が顔をしかめるかと不安だったが、札幌にいる兄夫婦のところに初孫が生まれたばかりだったのが幸いしたのか、アパレルに転職をすると伝えても、「そう」「次は頑張ってね」と言われただけで、ホッとした。

入社して最初の一年は、大学時代と同じく、リコリスの店舗で販売員をした。そこで独自のフェアやディスプレイの展開など、あれこれ仕掛けてアピールしていたら、二年目から本社勤務にしてもらえた。企画・生産課でリコリスのＭＤにという、願ってもない異動だった。

ＭＤとはマーチャンダイザーの略で、アパレルにおいては、商品の開発や販売の計画をする仕事である。予算管理やプロモーションにも携(たずさ)わるので、トータルプロデューサーと言っていいだろう。デザインの勉強をしたことがないから、さすがにこの時点ではもうデザイナーになる夢は捨てていた。でも、それならせめて服を世に広める仕事がしたいと、入社試験を受ける段階から、理世はMDを志望していた。

以来がむしゃらに働き続け、今年の初頭、新たな転機に恵まれた。ビータイドは来年の初夏に、久々に新たなレディースブランドをオープンさせるのだが、その創立メンバーに理世も抜擢されたのだ。十歳上のMD、増本先輩の企画が通ったもので、専属MDは二人からのスタートと決まった時、先輩が相方に理世を指名してくれた。

帰り道が途中まで一緒なことから、本社勤務になって以来、先輩にはよく飲みに連れていってもらっていた。

「私ももうすぐ四十歳だからさあ、そろそろ会社に爪痕を残す仕事がしたいのよね。新ブランド設立の企画を会議に出そうと思ってるの。佐和ちゃん、どんなコンセプトがいいと思う?」

飲み屋でそう訊ねられたのは、ちょうど今から一年ほど前、去年の梅雨時期だったと記憶している。

「ヨーロッパ風のレトロガーリーなんてどうですか? ヨーロッパのアンティークスタイルを、現代の日本のファッションと融合させるんです。ヨーロッパスタイルって、憧れはあっても自分が着るには敷居が高いって思いの人が多いと思うんです。でも模様だけとかワンポイントだけとか、スパイスとして取り入れることで、現代の日本の女の子も楽しめるんじゃないかなあ」

それは理世自身が子供の頃から、そんなブランドがあったらいいのにと、願い続けたものだった。

「いいじゃない！　それ、もらっていい？　会議にかけていいかな」

褒(ほ)められたことが嬉しくて頷(うなず)くと、気の早い先輩は、翌週にはもう会議に企画書を提出した。上役たちの反応も上々だったようで、それからトントン拍子(びょうし)に話が進み、今年の初めには、理世が原案の新ブランドが、本当に誕生することが決定した。理世以外のスターティングメンバーは、責任者に企画・生産課の島津(しまづ)課長。リーダー兼ＭＤに増本先輩。服の型紙をつくるパタンナーに、三十七歳、中堅男性社員の川口(かわぐち)さん。他ブランドと兼任だが、ＭＤおよび雑用係として野村君、という面々だ。

デザイナーは理世が推薦(すいせん)した、四十代の女性フリーデザイナーで決定した。コンセプトに合った服を作る人で、ここ数年、都内のフリーマーケットやオンライン販売で人気なのを、実は前々から密(ひそ)かに目を付けていた。増本先輩と共にスカウトに行くと、湯沢(ゆざわ)さんというその女性は、涙を流さんばかりに喜んだ。

「まさかビータイドさんに声をかけてもらえるなんて！　専属デザイナーだなんて！　精

一杯やらせて頂きます！」

広く大衆受けするコンセプトではないので、最初は一店舗とオンライン販売のみの、小規模スタートになる。それでも理世の胸は、高鳴らずにはいられなかった。売上の様子を見てセレクトショップへの出荷も視野に入れているし、小規模な分、一着一着を手作りし、高品質を売りにする。消費者にとことん愛されるブランドを目指そうと、チームの方針も定まった。

アパレルに勤めていても、新ブランド設立になんて、そうそう立ち会えるものではない。しかも自分の案がコンセプトとして採用されて、量産ではなく質を大事にするという方針で売り出すなど、これ以上の喜びがあるだろうか。

こうして洋々とスタートを切ったかのように見えた新ブランドだが、二ヵ月前に不測の事態が発生した。湯沢さんから突然電話がかかってきて、「降板する」と告げられたのだ。

「高齢の母親の介護をしてるんです。最初は舞い上がってＯＫしちゃったんですけど、冷静に考えたら、現実的に両立は難しいと思いました」

必死に引き留めたが、この一点張りで、ついに彼女は去っていった。後から知ったことだが、どうやら業界最大手の老舗ブランドから引き抜かれたらしい。そちらでは沢山いるデザイナーの一人に過ぎないと思うのだが、ネームバリューの方を取ったようだ。

理世がショックだったのは、裏切られたことよりも、そのブランドがいわゆるコンサバ系と呼ばれるもので、理世たちが作ろうとしている新ブランドとは、まったくコンセプトが異なることだった。好きなことでも仕事にしようとすると、割り切りが必要だというのもわかる。でも永遠の憧れの職業であるデザイナーには、やはり好きなものに忠実で、信念ありきでいてほしかった。

けれど増本先輩は、リーダーらしく強かった。一度も暗い顔を見せず、「逃げられちゃったものは仕方ないよ。次の手を考えよう！　前進あるのみ！」と理世はじめ、落ち込んだチームメイトたちの背中を叩（たた）いて回った。その姿を見ていたら、理世もまた徐々にやる気を取り戻すことができた。

チームミーティングが開かれ、打開策として、新しいデザイナーを三人探すことが決まった。湯沢さんのように、コンセプトに合っていて、かつ人気もあるデザイナーを再び探すのは難しいので、分担するのだ。目を引くブランドの主力商品となるようなデザインを描ける人が一人。コンセプトを踏まえつつ、服作りの基礎も押さえたベーシックなデザインを描ける人が一人。靴やバッグ、アクセサリーなどの、雑貨デザインが描ける人が一人、という内訳だ。

既に雑貨デザイナーは内定した。パタンナーの川口さんのデザイン学校時代の同級生で、小松（こまつ）さんという主婦の女性だ。二人の子供の育児のため、しばらく専業主婦だったが、かつて他社のブランドで雑貨デザイナーをしていた。そろそろ仕事に復帰したいと思っていたそうで、双方にとっていい話だった。以前のブランドはリコリスに近いナチュラルテイストだったが、「職人肌だし、才能のある人だから、応用力もあるはず」という川口さんの言葉通り、コンセプトを伝えた上でデザイン画のサンプルを出してもらったら、「この人にお願いしたい」と全員の意見が一致した。

ベーシックデザインの候補者には、今まさに増本先輩が会いに行っている。先輩が「同業種意見交換会」の名の許（もと）に、十年以上にわたって作り上げた飲み会コミュニティから繋（つな）がった人で、田代（たしろ）さんという三十三歳の男性だ。こちらも他社ブランドで、服のデザイナーをしていた。個性的なメンズブランドから、ファストファッションに異動になり、退職。けれど服作りは続けたかったそうで、理世たちの新ブランドに興味を持ってくれた。レディースの経験はないが、コンセプトがしっかりとしたブランドを好むらしく、期待している。先輩のことだから、今頃きっと上手く話を進めてくれているだろう。

バッグの中で携帯が震えた。まさしく、増本先輩からメールだ。

『佐和ちゃん、お疲れさま。すれ違っちゃったね。合同会議、出てくれてありがとう。どうだった？　私の方は朗報！　田代さん、いい感じでした！　明日また詳（くわ）しく話すけど、内定出していいと思います』

やった！　と声を上げそうになる。すぐに返信をした。

『田代さん、よかったです！　会議では、デザイナー探しと、ブランド名の検討と、引き続き上に細かく報告するように言われたぐらいでした。私は今から光井被服に行って、今日はそのまま直帰します』

『了解！　ブランド名、そろそろ考え始めないとね。一つずつやっていきましょう。じゃあ、また明日！』

二通目のメールが来たところで、駅に着いた。

出口への階段を上っていると、雨が地面に叩きつける音が、だんだん鮮明に耳に響き始めた。まだ土砂降りのようだ。せっかく二人目のデザイナーが決まって、気持ちが高揚していたのに、憂鬱感に襲われそうになる。

「えいっ！」と声を出して、傘を広げる。その時、また何かを思い付いたような気がした。さっき会議室前の廊下で味わった感覚と同じだ。でもまだ正体がはっきりしない。

音符マークの描かれた、古めかしいチャイムを押す。ビーッと割れた音が響いた。

「はーい」

「ビータイドの佐和です、こんにちは」

「佐和さん！　雨、大変だったんじゃないか？」

扉が開き、老社長が顔を出した。

「わー、やっぱりずぶ濡れだ！　おい母さん、早くタオル！」

「あら佐和さん、大変！」

社長夫人がバタバタと奥に引っ込んで行く。一礼して中に入った。

「斜めに降ってて、傘の意味がなかったです」

スカートの裾には泥が跳ね上がっている。ペチコートが太ももにぴったり張り付いていて、気持ちが悪い。でも理世は何とか笑顔を保った。

「ほらほら、これ使って」

駆け付けた夫人が差し出してくれたタオルには、向かいの老舗の精米屋の店名が印字されていて、少しだけ和んだ。体を拭いた後、応接室にお邪魔する。

応接室といっても、小さなテーブルと椅子が置いてあるだけの、パーテーションで区切ったスペースだ。隙間からは並んだミシンと、腰を丸めて作業をする従業員たちの背中が見える。

ここ光井被服は、従業員二十人に満たない小さな被服工場だが、社長夫婦の人柄と、どこか懐かしさを感じる雰囲気から、理世が一番気に入っている取引先である。手仕事なので大量生産はできないのだが、リコリスで襟元に刺繍が入った服を作った時に、刺繍部分のみの発注をして以来、得意先にしている。社長夫婦を筆頭に従業員は全体的に高齢だが、その分、老練な技術を誇る。

出されたお茶を一口飲んでから、仕事に取りかかった。スケッチブックを広げる。

「先日お話ししたように、雑貨デザイナーが内定しましたので、今日はデザイン画のサンプルをお持ちしました」

光井被服には、新ブランドの主力製造工場になってもらうことが決まっている。これも、「一着一着手作業の高品質を目指すなら、光井被服さんの右に出るところは無いと思います」と理世が推薦した。チームメンバーも賛成し、社長夫婦も「佐和さんが原案のブランドの服を、私たちが作れるの?」「こりゃあ、すごいことになったなあ」と張り切ってくれている。しかし降板劇で不安にさせてしまったので、以来、進捗状況を逐一報告している。雑貨は別工場の制作だが、今日もわざわざ小松さんのサンプル画を持参した。

「まあ、このお花の飾りの付いたサンダル、素敵だわ。ねえお父さん」

「そうだな。でもお前、こんな踵の高い靴は履けないだろ」

「私が履きたいって意味じゃないわよ。若い人のブランドなんだから。あら、このタータンチェックのバッグもいいわね」

「お前も昔、こんな柄の服を持ってたよな」

「新ブランドはアンティークもテーマにしていますから、奥さんにもきっと楽しんでもらえると思いますよ」

理世の言葉に、二人は何だか意味ありげに視線を合わせた。

「デザイナーの降板では、本当にご迷惑とご心配をおかけしました。でもこのように、きちんと前に進んでいますので。服のデザイナーも、一人はもうすぐ決まりそうなんです」

「そうか、それはよかった。いや降板なんてね、佐和さんたちはショックだったよね」

「本当に。そんなドラマみたいなことが実際に起こるのねえって、従業員たちとも心配してたのよ」

「お気遣い、ありがとうございます」

二人の声のトーンが急に変わった気がして、何やら違和感を覚えた。

「いや、本当に同情したんだよ。それなのにこんなことを言うのは心苦しいんだけど……。実は今日は、佐和さんにお願いがあるんだ」

社長が言い、夫人は隣で姿勢を正した。

「お願い？　なんでしょうか」

「新ブランドの、一枚当たりの製造代金をね、見直してはもらえないだろうか」

理世は固まった。必死に頭を働かせ、声を絞り出す。

「ええと……。と、言いますと？」

「うちは知っての通り、年寄りばかりの会社だけどね。インターネットで検索ぐらいはできるんだ。新ブランドの製造先に、って佐和さんから打診をされた後、デザイナーさんについて皆で検索したんだよ。あの湯沢さんという人、服好きには人気だったんだろう？それならきっとどんどん注文が入って、この代金でも問題ないと思った。でもあの人がいなくなったから……。いや、この雑貨デザインも良いと思うし、服のデザイナーさんも、佐和さんたちが才能のある人を見つけてくるって、信じてるよ。でも知名度がなくなったから、注文数に関しては前より安心できないんじゃないかと思って……」

「仰ることは、よくわかりました」

理世も姿勢を正し、冷静に言った。

よくわかるし、もっともな申し出だと思った。光井被服に提示した製造代金は、相場より確かに安いのだ。理世個人やチームメンバーたちが、小さな工場だからいいだろうと、足元を見たわけでは決してない。でも「会社」としては、そういう考えが一切なかったと胸を張るのは難しい。最新機械を持っている工場や、知名度の高い大手には、もっと払っている現実がある。

「ごもっともな話だと思います。でも、今日ここで私の一存ではお返事しかねます。社に持ち帰って、上と相談させて頂けますか？」

二人の表情が、少し緩んだ。

「もちろんだよ。今日すぐに決めてもらおうなんて、思ってなかったから」

「まだ時間もあるし、ゆっくり結論を出してもらえればいいのよ」

深く礼をして、理世はスケッチブックを片付けた。帰り支度に取りかかるが、「そうだ、ねえ佐和さん」と、夫人に制止された。

「タータンチェックで思い出したわ。うちの中野さんがね、娘さんとフランス旅行に行って、お土産にクッキーを買ってきてくれたの。食べてってちょうだい」

「タータンチェックはイギリスだろ。フランスは関係ないよなあ」

呆れ笑いをしながらも、社長も夫人が立ち上がるのを目で促している。

「わあ、フランスのクッキーですか？　じゃあ、ぜひ頂きます」

気まずい空気のまま理世を帰したくないという、二人の優しさだ。受け取ることにした。

いわゆるゲリラ豪雨だったらしく、光井被服を出る頃には、雨はすっかり上がっていた。いや、雨が上がる頃合いを見計らい、夫婦がそれまで理世を引き留めてくれていたというのが正しい。クッキーを食べながら三十分以上も、夫婦主導の他愛無い雑談に興じていた。

本当に優しく、気遣いをしてくれる良い人たちなのだ。その二人が意を決して値上げ交渉をしてきたのだから、新ブランドチームもビータイドも、真摯に応じるべきだと思う。できれば夫婦の要求額で呑むのが望ましい。いつもパーテーションの隙間から見る、従業員たちの姿を思い浮かべる。総白髪の人、背中をトントンと叩きながら作業をする人、老眼鏡を何度も外したり掛けたりする人もいる。夫婦の手には、あの人たちの生活がかかっているのだ。

しかし一方で、川口さんも増本先輩も新デザイナーを見つけてきたのに、自分は降板劇以降、新ブランドに対して何もできていないという負い目もある。取引先に出向いて、良いことどころか、「負荷」を持ち帰るだなんて、気が重い。

交差点に差し掛かって、ふと足を止めた。見たことのない景色だ。駅に行くには途中で脇道に入らなければいけなかったが、ぼんやりしていて直進し続けてしまったらしい。携帯アプリで現在地を確認すると、下りた駅どころか、次の駅も過ぎていた。この先の、別の線の駅から乗る方が、自宅までの乗り換えが楽そうだ。「まったく」と呟いて、再び歩き出す。

光井被服の周辺は、古い日本風の商店街だが、この辺りは街路樹にパン屋、花屋、赤レンガの住宅と、洋風の雰囲気が漂っている。交差点を渡り切ると、カフェらしき建物が目に留まった。白い壁に青い庇、扉と窓枠は赤。軒先には植木鉢に入った植物がたくさん置かれていて、全体的にかわいらしい。扉の横には黒板が立てかけてあり、『今日も蒸し暑いですね。当店自慢の苺タルトとアイスカフェラテで、休憩はいかがですか？』と書かれていた。

「よろしければ、どうぞ。店内、涼しくしてありますよ」

黒板に見入っていたら扉が開き、ロングエプロン姿のウェイターが話しかけてきた。理世と同じぐらいの年齢だろうか。笑顔が爽やかで感じがいい。

「一名です」

「いらっしゃいませ。お好きなお席にどうぞ」

窓際の真ん中のテーブルに着く。苺タルトも気になったが、クッキーを食べたばかりなので控えて、アイスカフェラテのみを注文した。

メニューを眺める。昼はカレーにパスタ、デリプレート。夜はアルコールに、洋風のおつまみも出すらしい。昼はカフェ、夜はバースタイルのお店のようだ。キッチンでは背の高い女性が一人、忙しそうに動き回っていた。あの人が店長だろうか。レジ台の端には、ロートレックの絵が立てかけられている。お店の名前は、ジャルダン。意味はわからないが、フランス語っぽい響きだ。外観の赤、白、青はトリコロールを思わせたし、きっとこの店はフランスがコンセプトなのだろう。今日はフランスづいている。

何気なく店内をぐるっと見回し、左奥のスペースで視線を留めた。テーブルの上に、雑貨が沢山並べられている。立ち上がって、近付いた。布製のコサージュに、リネン生地のシャツ。パステルカラーのルームシューズに、カメオ風ブローチ、籐籠。ブロックごとに趣向が異なる。どれもハンドメイドのようだ。値札の他に、ブロックごとにネームカードが置いてある。しかし、ハンドメイド作家の作品を、ここで販売しているらしい。

一つのブロックの前に、理世は吸い寄せられるように近付いた。席からこのテーブルを見た時すでに、ここに強く魅かれていた。布バッグが三つ並べられている。一つは深緑と白の細いストライプ模様。一つは鉛丹地にベージュの、不規則な水玉模様。そしてもう一つは、紺地に、黄色のレトロタッチな大柄な花模様だ。

紺地の花柄のバッグに手を伸ばす。席から見た時、ここにだけスポットライトが当たっているかのように思えた。胸が熱くなる。この柄を形容しようとすると、ヨーロッパ風のレトロガーリーになるのではないか──。

手にしたバッグを、いろんな角度から見てみたり、提げたり、肩から掛けたりしてみる。縫製も丁寧だし、フォルムもきれいだ。

「かわいいでしょう、それ。マチがしっかりしてるから、けっこう沢山入るんですよ」

脇から声をかけられた。アイスカフェラテをトレイに載せた、さっきのウェイターが微笑んでいる。

「かわいいですね。あの、これ、このkotoriさんって方が作ったんですか？」

ネームカードを指して、理世は訊ねた。きれいな青色の細い字体で、「kotori」と書かれている。

「ええ、そうです」

「この柄は、自分で描いてるんでしょうか？　それとも布を買ってきて？」

「kotoriさんは、自分で描いてそれをプリントして作ってますよ」

「そうなんですね！　この方、洋服は作ってないですか？」

「作ってますよ。それと同じ柄のワンピースを、最近よく着てますよ、kotoriさん」

ウェイターがにっこり笑う。理世は歓喜の声を上げそうになった。

「そうですか！　あのっ、このkotoriさんって……」

更に質問を重ねようとしたが、「イズミ君！　お客さん、ご新規！」というキッチンからの女性店主の声に阻(はば)まれた。

「カフェラテ、お席に置いておきますね」

会釈(えしゃく)をして、ウェイターは理世の席に向かって行った。理世も後を追う。

カフェラテをわざとゆっくり啜(すす)りながら、イズミ君と呼ばれたウェイターと、また話す機会が訪れないかと待った。しかし店がだんだん混んできて、接触できないままに飲み終えてしまった。

仕方なく席を立つ。再びテーブルに近付いて、紺地の花柄のバッグとネームカードを取り、レジに向かった。レジに入ったのは、女性店主だった。

「このバッグも一緒にお願いします」

「はい。包みは紙袋でいいですか？」

イズミ君とは違って、愛想がいいとは言い辛(づら)い、淡々(たんたん)とした接客をされた。しかし、ここで退(ひ)くわけにはいかない。

お釣りを受け取り財布にしまった後、手早く名刺を取り出した。「あのっ」と、女性店主に向かって差し出す。

「突然すみません。私、ビータイドというアパレルメーカーでマーチャンダイザーをしている、佐和理世と申します。このバッグの作者の、kotoriさんという方に興味を持ちました。連絡先を教えて頂けないでしょうか」

kotoriさんのネームカードは名前のみで、メールアドレスや電話番号は書かれていない。

「えっ、ビータイド？　って、リコリスとかの……？」

女性店主が戸惑った顔をする。

「そうです！　私、リコリスの担当をしています。今ビータイドで、ヨーロッパ風のデザインが描ける人を探してまして、この方とお話をさせて頂けないかと」

「新ブランド？　でも、あの。作品をお預かりしてる作者さんの個人情報は、うちでは教えられません」

大方予想した通りの返事が返ってきた。「では」と、まだ受け取ってもらえていない名刺を、もう一度前に押し出す。

「この名刺を、kotoriさんに渡して頂けないでしょうか。よかったら連絡をくださいと伝えて頂けませんか？」

理世の後ろに、会計待ちのお客が並んだ。女性店主がそちらに目をやりながら、「渡すだけなら……」と、名刺を受け取る。

「ありがとうございます！　突然すみませんでした。よろしくお願いします！」

丁重に頭を下げ、店を出た。扉が閉まる時、奥の席で注文を取っているイズミ君が、こちらを気にしているのが見て取れた。彼にも頭を下げてから、歩き出す。

暮れかけた街は、むわっとした湿気に包まれている。しかし、理世はもうそれを苦には思わない。主力商品のデザイナーを、自分が見つけられるかもしれない。そう思うと、光井被服を出た時とは打って変わって、足取りが軽くなった。

まだ名刺を渡しただけだから。連絡が来るかどうかもわからないし。必死に言い聞かせるが、体は正直で、頬(ほお)が緩んでいくのがわかる。水たまりにパンプスのつま先を突っ込んでしまっても、気にならない。

紙袋を開けて、紺地に花柄のバッグをじっと見つめた。ほんのり熱くなった胸に、大切な宝物を抱きしめるかのように、それを引き寄せてみる。

翌朝出勤すると、早々に増本先輩からチームミーティングの招集がかかった。昨日会いに行った、ベーシック商品のデザイナー候補、田代さんの件だ。

「早速デザイン画を描いてきてくれたから、見てください」

小会議室の机に、先輩がスケッチブックを広げる。川口さん主導で、皆で一枚一枚じっくり眺めた。

「いいんじゃないですか」

「うん、いいと思います。コンセプトをよく汲み取ってくれてますよね」

全員で頷き合った。裾が波形になっている台形スカートや、ボタンがよく見るとハート型の白い丸襟ブラウスなど、確かにこちらが求めているものと一致している。経験者なだけあり、デザイン画も達者だ。

「よかった。じゃあ内定出していいですよね。気さくで真面目そうな方で、人柄も問題ないと思いました」

「そうか。でも給料面は大丈夫か？　この間まで正社員だった人だろう」

島津課長が不安げな声を出す。新ブランドのデザイナーは、正規ではなく契約雇用にする予定だ。金額も、三人になったので十分だとは言い難い。

「そこは問題ないです。一緒に住んでるパートナーさんがカフェバーを経営していて、その手伝いと兼業にしたいんですって。だから、むしろ契約の方がありがたいって仰ってました」

「パートナー？」と課長が首を傾げたが、すぐに意味に気が付いたようで、「ああ、そういうことか」と呟いた。理世と野村君はさりげなく机に視線を落とし、川口さんを意識しないようにする。

同性の恋人がいる、という意味だろう。アパレル業界ではめずらしくない。カミングアウトされたわけではないが、外見も性格も良く、仕事もできるが、三十七歳で独身、浮いた話の一つも聞かない川口さんも、同性と恋愛をする人なんだろうというのは、社内では暗黙の了解となっている。

「じゃあ問題ないな。内定を出そう。一時期はどうなることかと思ったが、盛り返してきてよかったな」

「本当に。昨日佐和ちゃんが出てくれた会議でも、デザイナー探しとブランド名決めについて言われたのよね？　今後もこの勢いで詰めていきましょう。じゃあ今日はこれで……」

「あ、あの！」

お開きの雰囲気になったので、理世は慌(あわ)てて手を挙げた。

「あら。どうした？」

「あの。昨日、光井被服さんに行ったんですけど……」

続きを言い淀(よど)んでしまう。せっかく明るい空気になったのに、「負荷」の話をするのは心苦しい。しかし、報告しないわけにはいかない。

「製造単価の値上げ交渉をされたんです」

感情を押し殺して、理世は淡々と事態について説明をした。

「値上げかあ。しかし、あちらの言い分はもっともだよな。迷惑をかけたのはこちらだし。増本、光井被服の要求額を呑むと、採算はとれるかな？」

「余裕はなくなりますよね。第一期の売上目標を達成できないと、二期からの製作コストや広告費を削らないと厳しくなると思います」

「高品質がモットーだから、製作コストは妥協したくないですよね」

「うん。でも、そもそも高品質にするために光井被服を選んだわけだし、あちらとはうまくやらないとね」

メンバーたちの表情が曇(くも)っていくのがいたたまれず、理世は口を開いた。

「その場でお断りしようかとも迷ったんですけど。リコリスでも作ってもらっていますし、今後のお付き合いを考えると真摯に対応するのがいいと思いまして……」

「その判断は正しかったぞ。佐和、お前のミスじゃないから、気に病(や)むことはない。この件に関しては、俺が上にかけあってみるよ」

課長の言葉にホッとする。

「ありがとうございます。どうなりそうですかね？」

「まあ、光井さんの希望通りで呑むだろうな」

「目標を達成すれば問題ないんだから。ますます燃えてきたじゃない！　みんなで頑張ろう！」

「そうですよね。今から不安がるより、成功させることに力を注いだ方が」

あれこれ言葉を交わし、今度こそお開きになった。

「あれ、そのバッグかわいいね。そんなの持ってたっけ？」

席を立つ時、川口さんに話しかけられた。昨日買ったkotoriさんのバッグだ。資料を入れている。

「昨日買ったんです。ふらっと入ったカフェの雑貨コーナーで、一目惚れして」

「へえ。新ブランドのコンセプトっぽいよね」

「そうですよね！」

作者をスカウトしようと思っていると、打ち明けたくなる。しかし寸前で堪えた。出勤するや否やメールをチェックしたのだが、残念ながらkotoriさんからは来ていなかった。見切り発車で期待させてはいけない。

喫煙スペースに寄る川口さんとは途中で別れ、野村君と雑談をしながらオフィスに戻った。菅井主任が理世の椅子にだらしなく上半身をもたせかけ、向かいの席の同僚女性、江口さんと喋っている。

「おお、野村君。理世ちゃんも。朝からどこ行ってたの？」

こちらに気付くと、またニタニタ笑顔を送ってきた。

「おはようございます。新ブランドのチームミーティングだったんです」

野村君が返事をする。

「それはお疲れさま。そうだ、理世ちゃんにも聞いてもらおう。ねえ理世ちゃん、今江口さんと話してたんだけど、来月うちの娘のピアノの発表会があるんだよ。僕が衣装を選ぶことになったんだけど、どんなのがいいと思う？　アパレルって言ってもメンズ服しか担当したことがないから、女の子の好みはわからなくて」

「ピアノの発表会ですか？　娘さんの好みがわからないので何とも……。奥さんと選ばれたらいいんじゃないですか？」

「去年までは妻が選んでたんだけど、娘のヤツ、生意気になってきて、ママが選ぶのはダサいから嫌、なんて言い出してさ。妻が拗ねちゃって僕が選ぶことになったの。そうだ、理世ちゃん、今週の土曜はヒマ？　衣装を買いに行くんだけど、手伝ってくれない？　もちろんお茶かランチぐらいおごるよ。飲みたかったら夕食でもいいし」

一気に全身に鳥肌が立った。これまでにも菅井主任は、「野村君にはもっと仕事を頑張ってほしいから、激励の飲みに連れて行きたいんだよね。理世ちゃんも緩衝材で一緒に来てよ」だとか、「うちの課の理世ちゃんと同い年の女子社員との折り合いが悪くてね。相談に乗ってくれない？　今晩食事でもしながらどう？」などと、何かと理由を付けて、理世を食事や飲みに誘うことはあった。しかし一度も理世が応じないからと言って、まさか自分の娘まで出してくるとは、見境がないにも程がある。野村君と江口さんも、こっそり視線を合わせて苦笑し合っている。

「すみません、土曜は無理です。大学の友達と食事会があって」

　もちろんいつも通り、咄嗟の嘘で断った。「気持ち悪い。迷惑だから誘わないでください」と強く言ってしまいたいのが本音だが、年上の人だし、部署は違うが一応上司でもあるから、そうもいかない。

「あ、私、その食事会で幹事なんだった。お店の予約しなきゃ」

　携帯を持ってオフィスを出る。廊下で、まだ微かに鳥肌が立っている腕をさすり、溜め息を吐いた。仕事上での「負荷」は、いつか自分のスキルアップにつながるはずなので、甘んじて受け入れ、闘うことを良しとしている。しかし菅井主任からの「負荷」は、何の実にもならないし、ただただストレスが溜まるだけで、憂鬱なことこの上ない。

　これさえなければ、充実した毎日だと言えるのに。菅井主任に話しかけられる度に、そんなことを考える自分がいる。

金曜の夜だからか、ターミナル駅のコンコースは混んでいた。久々に履いたヒール靴で転ばないように、人の間を縫いながら、理世は待ち合わせ場所に向かう。

改札前の柱の脇に立った。電車が着いたばかりなのか、沢山の人が吐き出されてくる。その中に博喜の姿があった。片手を挙げて合図する。

「お待たせ」

「私も今来たところ」

付き合って四年になる恋人だ。理世より三歳上で自動車メーカーに勤めている。ビータイドに入社したばかりの頃、「もう同僚じゃないから、気に入った人が被っても気まずくないし」と、前の会社の同僚に誘われて行った合コンで知り合った。

「服、こんな感じでよかったかな？　このワンピース、久しぶりに着た」

季節を考えると少し気が早いが、今日はマオカラーでノースリーブの、青地に白い水玉模様のワンピースを着た。

「いいと思うよ。急だったけど、来られてよかった」

「あのお店、憧れだったから緊張しちゃう」

今日は半年先まで予約が取れないことで有名な、人気のフレンチレストランに行く。先週の金曜日のデートの予定が、博喜に急な会議が入ってキャンセルになった。そのお詫(わ)びのつもりらしい。予約は、行けなくなった会社の先輩が譲(ゆず)ってくれたそうだ。

お城のような店の前に着くと、入口に黒服の男性店員が立っていて、理世をエスコートして扉も開けてくれた。つい肩に力が入ってしまう。

ソムリエに勧(すす)められた通りのシャンパンを頼み、グラスで乾杯をする。頬がほんのり熱くなってくるに連れて、少しずつ緊張もほぐれていった。

「わあ、かわいい。ねえ、これ洋服の柄にしたらいいと思わない？」

運ばれてきた前菜に声を上げた。平皿にホタテが不規則に並べられていて、上には赤い小さな実と、黄色い花びらが鏤(ちりば)められている。

「また服の話してる」

博喜が笑う。彼にはよくこう言ってからかわれるが、博喜だって人のことは言えない。一緒にいる時に街中で見かけた車によく、あれはどこどこの何年型のですごく売れたとか、あれはボディはスリムだけどエンジンが強くて、などと、頼んでもないのに解説を付けてくれる。

「おいしい。最近、本当にフランスづいてるなあ」

スープが置かれた時、ふと気が付いて呟いた。

「何？　フランス？」

「うん。この間、取引先でフランスのお土産のクッキーをもらった後に、フランス風のカフェに入ったの」

　調べてみたら、あのお店の名前「ジャルダン」は、やはりフランス語だった。「庭」という意味らしい。そのお店で一目惚れしたバッグを買ったこと、作者を新ブランドのデザイナーにスカウトしたいと、名刺を置いてきたことを話した。新ブランドについては本当は社外秘なのだが、博喜には話してしまっている。

「でも、そのkotoriさんって人から、まだ連絡がもらえないんだよね。振られちゃったかなあ。もう四日も経（た）つから」

「そうなんだ。でもそんなに惚れ込んだなら、もう一回そのお店に行って、仲介を頼んでみたら？　主力商品のデザイナーなんでしょう。重要だよね。他に候補も出てないなら、尚更（なおさら）」

「そうだよね。でも店主さんが、あんまり愛想のいい感じじゃなかったんだよね。ウェイターさんになら、もっと押して色々訊き出せると思うんだけど」

「うーん。でも、そこは遠慮するところじゃないんじゃない？　妥協したら後悔するよ。

せっかく自分の案が実現するんだからさ」

　いつになく真剣な表情で、博喜は理世を見る。

「そう、だよね」

「うん。そう思うよ」

「うん。じゃあ週明けまで待って連絡がなかったら、もう一回行ってみようかな」

　二杯目のグラスワインを持つ手に、気が付いたら力を込めていた。

　メイン料理が運ばれてきた。仔羊の骨付き肉のローストで、きれいに食べるのが難しそうだ。フォークとナイフを手にした時、「あのさ」と博喜が低い声を出した。

「今日は話があるんだ。いいかな？　今から話しても」

「うん。どうしたの、急に改まって」

　博喜が背筋を伸ばしているので、理世もつられて姿勢を正した。フォークとナイフを一旦戻す。

「食べながらでいいよ。実は……」

　目が合う。既視感を覚え、胸が騒いだ。この間の光井被服の時と同じだ。社長夫妻が値上げ交渉を始める直前、醸(かも)し出していた強張(こわば)った空気が、今博喜から放出されている。一体今から、どんな話を聞かされるのだろう。

ゆっくりと動き始めた博喜の口許を、理世は怖々(こわごわ)と見つめた。

翌土曜日は、溜まっていた洗濯物を片付けたり、掃除機をかけたりと、家事を中心にしながら一日のんびり自宅で過ごした。クローゼットの整理をし、夏物に衣替えもした。

翌日日曜も、朝から自分に、のんびり過ごしていると言い聞かせた。でも昼過ぎぐらいに限界が来て、携帯を手にした。苑子(そのこ)の番号を呼び出して、かける。

北海道に住んでいる、高校の同級生だ。彼女は進学も就職も地元でしたが、住む所が離れても、十年以上縁が切れずに付き合いのある親友である。

「はい、もしもーし」

「もしもし？　ごめんね、急に。今忙しい？」

「ぜーんぜん。淋(さび)しい独り身(ひとりみ)だから、日曜の昼でもヒマしてるよ」

最近お決まりの自嘲(じちょう)の挨拶を、苑子はする。三年付き合った彼氏と、三ヵ月前に別れたばかりなのだ。

「どうしたの？　何かあった？」

「うん。ちょっと話を聞いてほしくて」

「やだ、何？　またあの人？　名前なんて言ったっけ。広告部かなんかの気持ち悪い上司」

「ああ、菅井さんね。あの人の話じゃないけど、あっちはあっちで最近また色々あったよ」

合同会議後に廊下で捕まった時の会話のくだりや、娘の服選びを理由に誘われたことについて話して聞かせる。

「うわあ、気持ち悪い。娘をダシにして会社の女子を誘うって、恥ずかしくないのかな。スケジュールを把握されてるのも怖いね。会話も何？　天然だよねって言ったり、しっかり者だなあって言ったり。矛盾してるじゃない。理世と話せれば何でもいいんだろうね」

「あの人がいなかったら、日々の大きなストレスがなくなるのにって、毎回思うよ」

「本当だよね。でもスケジュールまでチェックしてるって、危険じゃない？　大丈夫かな。服選びも、もちろんちゃんと断ったんだよね？　逆ギレされたりしてない？」

苑子の声色が変わった。彼女は大学時代にストーカー被害に遭ったことがあり、この手の話題には敏感だ。アルバイト先の同僚男子に「付き合ってほしい」と申し込まれ、断ったら、「断り方が酷い」「一生癒えない傷を付けられた」と逆上されたのだ。

アルバイトはすぐに辞めたが、「謝罪しろ」と迫られ、大学や自宅の前で待ち伏せをさせるようになった。怒り狂った電話やメールを、一日に何件も受けた。挙げ句の果てには、性行為を目的とした出会い系サイトに個人情報を書き込まれ、見知らぬ人から卑猥な電話がかかってきたり、いたずらメールが届くようになった。

　両親が警察に相談し、犯人の男子に厳重注意がされ、何とか被害は収まった。けれど、深く傷付けられた苑子は、三ヵ月ほど家から出られない状態になってしまった。理世も当時は、夏休みの帰省時に彼女の家に泊まり込み、一晩中泣きじゃくる背中を撫で続けたり、辛かった心情の吐露に、ただただ耳を傾けたりしてあげた。

「うん。嘘だけど、大学時代の友達と食事に行くからって断ったよ。それに娘を出してくるぐらいだから、家族仲は悪くないと思うんだよね。奥さんの話もしてたし。思い詰めて惚れられてるわけじゃないから、大丈夫だよ」

「だったらいいけど。で、本題は何だった？　その人の話じゃないんだよね」

「ああ、うん。博喜の話なんだけどね。急過ぎて頭が回らなくて」

「博喜君？　ケンカでもした？」

「ううん。博喜、パリに赴任になるかもしれないんだって」

「えっ、パリ？　びっくり！　いつ？」

「正式に決まったら、この十月から」

胸騒ぎは的中した。博喜が改まってした話は、光井被服の値上げ交渉以上に、理世に

「負荷」をもたらした。「フランスづいている」なんて無邪気に言っていたら、博喜がパリに行くなんて事態になってしまった。

同部署の先輩が、この秋からパリ支社に出向になることが決まっていた。しかし二ヵ月前の会社の健康診断で、要再検査の結果が出て、大きな病院で調べてもらったところ、初期の胃がんが見つかった。

「すぐに治療すれば現代の医療なら治る確率が高いし、本人も絶対に治すって意気込んでるから、俺もそこは信じてる。でも、さすがに秋からのパリは無理ってことで……」

そこで代打として候補に挙がったのが、博喜だった。先週の会議は、この件だったという。レストランの予約をしていたのはその先輩で、「彼女と使って」と譲ってくれたのだそうだ。

「パリかあ。すごいね、エリートだなあ。でも十月からって急だね。それは確かに頭が回らないよね」

「そうなんだよね。びっくりしちゃった。どれぐらいで帰って来られるかも、わからないらしくて」

ふうっと息を吐く。

「えー、そうなんだ。えー。うわー」

苑子が感嘆詞を連発する。

「でも英語も通じるんでしょ？　理世、英会話習ってたし、まあ何とかなるんじゃない？」

「え？　何？　何で私の英語力の話になるの？」

「え？　だって結婚して一緒について行くんじゃないの？」

「ええっ？　そんな話には全然なってないよ！」

「そうなの？　だって博喜君とは結婚を考えてないわけじゃないんでしょ？　だったら、いいタイミングなのかなって」

「付き合いが長いから、このまま付き合ってたらいつかは……とは思ってるけど、今すぐはないよ。だって私、仕事があるし」

しばしの沈黙が流れた。地元の友人と話していると、時々こういう齟齬が生じる。苑子が三ヵ月前に彼氏と別れたのは、彼に結婚の意志がないからだった。そして二十九歳で「独り身」になった今、彼女がかなり結婚に焦っていることが窺える。最近苑子の方から振ってくる話題は、同級生のあの子が結婚したとか、あの子はもう子供が二人いるとか、そういう類のものばかりだ。

苑子は中規模の物流会社で営業事務をしているが、職場の噂やグチは話しても、具体的な仕事内容や、仕事への思い、やりがいなどについて語るのを聞いたことがない。きっと彼女にとって、仕事は生活のためのものでしかないのだろう。

一方、東京の友人は、大学時代の同級生に前の会社、現在の会社の同僚と、増本先輩のようにかなり年上であっても、独身者の方が圧倒的に多い。会って話すことも、恋愛や結婚よりも、仕事についてが主だ。だから理世も、今はまったく結婚に焦っていない。仕事が忙しいから、考える余裕がないという現状もある。

博喜はどうだろうか。レストランでの彼の話しぶりを思い出してみる。気が付かなかっただけで、もしかして「結婚して一緒についてきてほしい」という空気を出されていただろうか――。

いや。真剣な顔で、kotoriさんに会いに、もう一度ジャルダンに行くことを強く勧めてきた。あれは、自分も仕事に夢中になっているから、理世にも仕事には妥協せず、熱を注いでほしいという思いだろう。パリに行くかもしれないという報告も、遠距離恋愛になるけれどいいか、というニュアンスだったように思う。

息を吸い込んだ。

「ねえ苑子。社外秘だから、今まで話してなかったんだけど。私、実は今、新しいブランドを立ち上げてるんだ。創立メンバーに選ばれたの」

そして思いを吐き出す。

「そうなの？　へえ。それって、けっこうすごいことなんじゃない？」

突然話題を変えたので、多少戸惑っている風はあったが、苑子は対応してくれた。

「うん。それもね、企画者は別の先輩なんだけど、コンセプトは私の発案なの。日本の女の子でも気軽に楽しめる、ヨーロッパアンティーク風。でも品質にはこだわって、っていう感じ」

「すごいじゃない！　私は服には詳しくないけど、昔からそういう服が欲しいってよく話してたよね。覚えてるよ」

何かを確認するかのように、理世は「うん」と大きく頷いた。

「だから、遠距離恋愛なんてしたことないし、不安はもちろんあるんだけど。でも、仕事を辞めてパリに一緒について行くっていう選択肢はないんだ。今の私には、絶対に」

また、しばしの沈黙が流れた。その後、苑子が口を開く。

「そうなんだね。ごめん、変なこと言っちゃって。理世の仕事への気持ちを、軽く見たわけではないんだけど」

「ううん。私こそごめん。こっちから話したのに。でも聞いてもらったら、気持ちの整理ができたよ。ありがとう」

「そう？　それならよかったけど」

喋りながら、何気なくぐるっと部屋の中を見回した。ベッド脇の壁で目を留める。そこには、紺地に花柄のバッグがかけられている。kotoriさんの、あのバッグだ。

部屋の中は決して暗くない。でもジャルダンで見た時と同様、やはりそこにだけライトが当たって、浮かび上がっているように、理世には見える。

赤い扉を押して中に入ると、「いらっしゃいませ」と若いウェイトレスが迎えてくれた。

「お一人様ですか？　お好きなお席にどうぞ」

奥の席に向かいながら、さりげなく店内を観察する。残念ながら今日はイズミ君はいないようだ。女性店主は先日と同じく、一人でキッチンに入っていた。席に着くのと同時に、女性店主と目が合った。「あ」という顔をされて、会釈を送る。

ウェイトレスに、アイスカフェラテと、今日は苺タルトも注文した。kotoriさんのバッグに入れていた新ブランドの資料を取り出し、テーブルに置いてページをめくる。斜め前の席の女性四人組の注文で忙しいのか、女性店主は携帯片手に、忙しなくキッチンを動き回っている。落ち着く頃合いを見計らって、話しかけよう。

「すみません。苺タルトは、もう少しお待ちください」

先にアイスカフェラテだけが運ばれてきた。飲みながら資料に目を通す。自分で作ったものなのに、気が付いたら夢中になって読み耽っていた。

どれぐらい時間が経っただろうか。扉が開く音がして、無意識に視線を上げた。と、視界が、紺地に黄色の大柄な花模様で埋め尽くされた。kotoriさんのバッグの柄だ。

「突然すみません。ビータイドの、佐和理世さん、でしょうか」

気が付くと、目の前に女性が立っていた。ふわり、という音が聞こえた気がした。紺地に黄色の花模様のワンピースの裾をふわり、とさせて、一人の女性が理世の目の前に舞い降りるように現れたのだ。

「は、はい。佐和です」

「私、kotoriです。初めまして。そのバッグ、買ってくださって、ありがとうございます」

女性が、椅子の上の、自分のワンピースと同じ柄のバッグに目をやって、丁寧にお辞儀をする。

「kotoriさん、ですか?」

「はい。kotoriです」

突然自分の前に舞い降りた女性に、理世は見とれた。大事に精巧に作られた、人形のような人だった。陶器のように白い肌。大きくはないが形がよく、バランスの取れた配置の目、鼻、口。肩先で柔らかそうに揺れる、緩くウェーブのかかった焦げ茶色の髪。少女のように細く、華奢な体軀。その触ったら壊れてしまいそうな繊細な体を、あの花柄のワンピースが丁重に包み込んでいる。この人のために存在しているかのようなワンピースだ、と思った。

「お名刺を頂いていたのに、ご連絡せず、すみません。本当に連絡していいのかしらって、気後れしてしまって」

女性が理世に語りかける。しっとりとした、とても上品な声だった。語り口調も美しい。上質な楽器が奏でた音楽のようだ。

「私も今、ここに向かっていたところだったんです。そうしたらハルミさんが、佐和さんがいらっしゃってるってメールをくれて。お会いできてよかったです」

この人は、一体幾つなんだろう。華奢な体と小造りな顔立ちは、まだ少女のようにも思える。しかし、落ち着いた声と語り口、品性のある佇まいは、成熟した大人の女性のそれに思えた。

「kotoriさん、なんですね、はじめまして。あの、とりあえず座りませんか?」

理世はやっとの思いで、言葉を絞り出した。立ち上がって、向かいの椅子を勧める。あれほど会いたがっていた人に会えたというのに、あまりに突然なことで、しかもその人が思った以上に魅力的だったので、すっかり自分のペースを失っている。

「いいんですか？」

「はい。もちろんです」

女性が、またふわりとした動作で、椅子に体を落ち着けた。そこに女性店主が苺タルトを運んできた。

「お待たせしました。よかった。引き合わせられて」

タルトをテーブルに置きながら、淡々とした口調で女性店主は言う。

「あ、ありがとうございます」

慌てて理世は頭を下げた。

「ハルミさん、私は紅茶を。アッサムで」

女性が告げる。女性店主は、ハルミさんというらしい。無言で頷いて、キッチンに戻って行った。

「kotoriさん、はじめまして。お会いできて嬉しいです。あの、本当にお会いしたかったんです」

「ありがとうございます。私に何かお話が、と伺(うかが)いましたが……」

「はい。そうなんです」

　電子音が鳴り響いた。理世の携帯にメールが入った音だ。マナーモードにしておくのを忘れたらしい。せっかく何とか気持ちを落ち着けて、会いたかった人と向き合ったところだというのに。

「メールですか？　どうぞ確認してください」

「いえ、いいです。……いえ、すみません。ちょっとだけいいですか？」

　携帯を取り出す。予感があった。今日の会議で正式にパリ転勤になるかどうかが決まると、博喜が言っていた。

　緊張しながら画面を操作する。やはり博喜からだった。

『パリ行き、正式に俺に決まった。取り急ぎ』

　音も色も存在しない、「無」な場所に、一瞬で放り出されたような感覚に陥った。

「あら。雨、降ってきましたね」

　しっとりした声で、我に返った。女性が赤い窓枠の向こうに、目をやっている。

「本当ですね。今日は降らないと思ったのに」

　ガラスに雨粒が一滴、一滴、ゆっくり静かに打ち付けられている。

「梅雨ですからね。この雨の名前は、何て言うんでしょうね」

「え？　雨の名前ですか？」

「名前というか、喩えというか。ほら、土砂降りの雨は、バケツをひっくり返したような、なんて言うでしょう。じゃあこういう雨は、なんて言うのかと思って。バケツからこぼれ落ちるような、ですかね。でも、おかしいですね。そのバケツは、穴が空いてるのかしら」

女性がくすっと音を立てて笑う。理世の胸で、カチリと何かが鳴った。

「懐かしいなあ。このお店から雨の景色を眺めてると、パリを思い出します。私、子供の頃、パリに住んでたんですよ」

今度は体がぶるっと震えた。しかし、嫌な感じではない。ずっと解けなかったパズルのピースがぴたりとはまったかのように、頭と心が、みるみる明瞭になっていく。

合同会議の後、バケツをひっくり返したような雨を見た時に、思い付いたことを、思い出した。会議で、新ブランドの名前を考えるように言われていた。増本先輩が企画書に書いた文で、理世が気に入っているくだりがある。女の子のオシャレへの欲求は、満たされることがない、というものだ。底なしだから、水をくんでもくんでも、こぼれ落ちてしまうので、絶対に満たされはしない。その永遠の欲求に焦点を当てたブランド作りを、という文章だ。

欲求がこぼれ落ちる様を、バケツと水、もしくは雨で喩えるのはどうだろうかと、あのとき理世は思い付いた。新ブランドのコンセプトはヨーロッパ風だから、あちらの言葉、例えばそう、フランス語でキャッチーに表現しては、と。あの時からもう、理世はフランスづいていたのだ。

話しかけてくれている女性に返事をしなければと思うのに、自分の頭の中に夢中になってしまって、なかなか叶わない。しかし女性は気にしている風はなく、理世を見つめて微笑んだ。

「いいですね、雨。私、雨が好きなんです」

えっ、と理世は声を漏らす。

「めずらしいですね。だって雨って、色々面倒じゃないですか。服とか髪とか……」

ああ、と女性が呟く。

「でも、五感がいつもより敏感になりませんか？　匂いや音や景色の色を、いつもと違う状態で感じられて、気持ちいいと思うんです。それに、この雨が上がったら何か新しいことが始まるのかもしれないって、ドキドキするんですよね」

彼女が口にした「ドキドキ」という言葉に連動して、理世の胸がまさしくドキドキと騒いだ。

彼女の言う通りだ。何か新しいことが始まる——。確かにそう感じた。理世にとって、とても大切な何かが今、始まろうとしている。

「kotoriさん」

意を決して、目の前の女性に語りかける。

「私が作る新ブランドの、デザイナーになってくれませんか」

雨がぽつりと一粒、窓ガラスに当たってこぼれ落ちた。

第二章　雨が止(や)んだら

一週間以上降り続いた雨がようやく止(や)んで、今日の東京には青空が広がっている。

でも理世が見つめる青空には、雨が降っている。バケツから一滴一滴したたり落ちるような、静かな雨だ。雨粒の中には、明るい景色が広がっている。放射線状のオレンジ色、グラデーションの緑、斑(まだら)の黄色。きっと、この雨が上がったら始まる「新しい何か」なのだろう。

「新ブランドのオープンは一年後、梅雨(つゆ)時とのことだったので、雨粒模様にしてみました。雨は決して暗いものじゃないという思いを込めて、地はスカイブルーです。夏を楽しみに待つ季節でもあるので、雨粒の中には夏を意識した模様を描きました。日差しに茂(しげ)った植物、子供たちの声……。佐和さん？」

しっとりした声に名前を呼ばれてハッとする。

「はい。ちゃんと聞いてます。でも、ごめんなさい。ちょっとぼんやりしちゃってましたね。あまりに素敵なデザインだったので、うっとりしちゃって」

「そんな風に言ってもらえたら、嬉しいです」

向かいに座る女性、kotoriさんが、上品に笑う。

テーブルに紅茶のカップが二つ差し出された。店主のハルミさんだ。

「サービス。頑張ってるみたいだから」

「ありがとう、ハルミさん」

「どうぞ。さっきは冷たいのだったから、温かいのにした。ディンブラね」

二人が飲んだアイスカプチーノのグラスをさっと片付け、ハルミさんはキッチンに戻って行った。今日も淡々としていて、やはり愛想がいいとは言い難い。でも決して悪い人ではないのだろう。

汚してしまわないように、理世はスケッチブックを閉じた。テーブルの隅に除ける。

「デザイン画、これで全部ですよね。すごくよかったです。大満足です」

「ありがとうございます」

深く頭を下げるkotoriさんに微笑みながら、紅茶のカップに手を伸ばす。ディンブラの香りを存分に味わった。このお店、ジャルダンに来るのは今日でまだ三度目だが、早くも理世にとって、心地のいい場所になっている。

二度目に来た時に、kotoriさんと出会えた。彼女は理世の前に、舞い降りるように現れた。

「私が作る新ブランドの、デザイナーになってくれませんか」

交わした会話に運命的なものを感じて、理世は挨拶もそこそこに、kotoriさんをデザイナーにスカウトした。驚いた顔をした彼女に、新ブランドのコンセプトにモットー、理世はじめメンバーたちの熱い想いを、切々と語った。

初めてここに来た時に、紺地に黄色の花柄模様のバッグに一目惚れしたこと。そして今、同じ柄のワンピースを本人が着ているのを見て、改めてそのクオリティに感動したこと。この人で間違いない、いや、この人しかいないと思っていると伝えた。

「だから、お願いします。私たちと一緒にブランド作りをしてもらえませんか」

そう言って理世が頭を下げてからもしばらく、kotoriさんは驚いた顔のまま、宙を見つめるようにして固まっていた。しかし、やがて視線をテーブルに落とし、考え込むような表情をした。そして顔を上げ、攻撃的ではないものの、強い視線を理世にぶつけた。

「私、やってみたいです」

その返事を聞いた理世が、「本当ですか？」と、店中から注目を浴びるほどの大きな声を出してしまったことは、言うまでもない。これまでの二十九年の人生の中で、間違いなく一番気分が高揚した瞬間だった。

「はい。まさかそんな話だと思わなかったので、今とても驚いていて、動揺しています。でもお話を聞くかぎり、コンセプトは確かに私が作りたい服と一致していますし、モットーや皆さんの想いにも共感しました。だから、私でお役に立てるかはわかりませんが、求めて頂けるなら、私、一緒にやらせてもらいたいです」

「ありがとうございます!」

初対面だというのに、気が付けば理世はテーブルに身を乗り出して、彼女の両手を取っていた。

それからkotoriさんは、自己紹介をしてくれた。年齢は三十一歳。少女のようにも、成熟した大人の女性のようにも見えると思ったが、実際は理世より二歳上の同世代だった。

本名は、小鳥遊美名。その名前と、電話番号、メールアドレスが書かれた名刺をくれた。始め、活動名が二つあるのだと思って、「こちらも素敵な名前ですね。よほど小鳥がお好きで付けたんですか?」と聞いたら、「いえ。これ本名なんです」と言われて驚いた。

「本名ですか! 素敵ですね! すごくイメージに合ってますね」

「そうですか? 自分ではよくわからなくて」

照れたのか、伏し目がちにそう言った時の彼女は、思春期の少女のようだった。

出身は神戸だが、小学校の途中から、父親の仕事の都合で、ヨーロッパを転々としていた。パリ以外にも、ウィーンやミラノなどに居たそうだ。そこで美しい町並みや、洗練された人々を見て、ファッションに強く興味を持つようになった。

中学生の時に帰国したが、親の手前、デザインや服飾の学校には進まず、大学は東京の私大の英文科に入った。理世が大学受験時、ダメ元で受験希望を出してみたものの、担任に「ふざけてるのか」と言われて却下された難関校である。

卒業後は外資系の商社に就職。しかしファッションへの思いが断ち切れず、二年強で退職。この辺りの事情は、理世とよく似ている。

その後アルバイトをしながら、デザインの本を買って読み込んだり、ワークショップなどでファッションの勉強をした。二十七歳の時に、ワークショップで知り合ったフリーデザイナーの男性と、インディーズブランドを立ち上げる。しかし方向性の違いで、二年ほどで解散。

以降は単独で、フリーデザイナーとして、服や雑貨作りに励んでいる。ここジャルダンのように作品を取り扱ってくれるお店や、フリーマーケットが主な活動場所だという。今は服作りに集中したいため、仕事やアルバイトはしていない。

「外からは、三十も過ぎてふらふらしているように見えると思います。でも私は、これでいいと思っています。やるからには中途半端にしたくないんです」

きっぱりとそう言い切った時の彼女は、意志のある、強い大人の女性の顔をしていた。

「でも服作りのスキルは、そろそろレベルアップしなければいけない時期だと思っていました。好きなものを好きなように作るだけじゃなく、着る人のことや商業的なことも考えて完成させられるようにならないと、って。ですから、独学の私は未経験のようなものですし、ビータイドさんで勉強しながらやらせて頂いて、結果的にそれがビータイドさんへの貢献にもなるように、と思います」

その言葉を聞き、理世は再びkotoriさんの手を取った。

「よろしくお願いします。一緒に頑張りましょう！」

お互いに利害関係が完全に一致した、この上なく良い出会いだと思えた。失礼ながら、現在アルバイトもしないで生活が成り立っているのだろうか。契約するとフリーの活動は辞めてもらわなければいけないが、ビータイドの出す契約料で足りるだろうかと気になったので、そこだけさりげなく確認させてもらったが、問題は無さそうだった。海外赴任中の友人夫婦が所有するマンションを、留守番する代わりにタダで借り受けているので、まず家賃がかからないらしい。そして、服や雑貨は自分で作るし、飲食店経営や、化粧品やスキンケア用品を作っているなど、クリエイティブな友人が多いので、お互いにサービスをし合ったり、物々交換をしたりで、お金はそれほど必要ないとのことだった。なんて羨ましい生活だろう。

「それにしても」

他愛のない会話をしながら紅茶を飲み干し、理世はスケッチブックを手許に戻した。

「独学、なんですよねえ。本当にすごいです。すごい以外の言葉が出てきません」

ページをめくりながら、ほうっと息を吐く。

先日、kotoriさんこと美名も理世と同じように、一度はファッションと無関係の仕事に就いた、しかし独自に勉強をして、今こんなに素敵な服を作れるようになっていると知った時は、もしかして自分も、今からでは無理だと端から諦めたりしなかったら、デザイナーへの道が開けたりしたのだろうか、などと少しだけ理世は考えた。けれど今日、美名の描いてきたデザイン画を見て、絶対にそんなことはなかった、これは美名に、生まれ持った才能があるからなのだと、思い知らされた。

「次に会う時までに、コンセプトに基づいたデザイン画を、サンプルとして幾つか描いてきてもらえますか？」

先日の帰り際にそう頼んだら、美名は十日後の今日、八点ものデザイン画を持参してくれた。中には個性が強くて商品化は難しそうなものもあるが、線画のようなレトロなタッチで太陽と月の絵を大きくあしらったカットソーや、虹の配色をマルチストライプにしたスカートなど、すぐにそのまま商品化したいと思えるものが半数以上だった。特に、さっき見とれてしまった雨粒模様のワンピースは、ポスターや店頭で華々しく目立つだろうから、ブランドオープン時の目玉商品にしようと、もう理世の頭の中で着々と計画が進んでいる。一枚の絵としても楽しめるような、大胆で独特な筆遣いだが、隅々まで精巧で丁寧に描かれており、デザイン画としてのスキルも申し分ない。

「早速このデザイン画を持って帰って、チームメンバーたちに見せたいと思います。まず間違いなく、全員一致で正式にkotoriさんにお願いしたいということになると思うので、再来週の面接に来て頂けますか？」

　再来週、内定を出すデザイナーたちの面接が行われることになっている。

「はい。よろしくお願いします。でも面接かあ、緊張しちゃう。私、人見知りの口下手なので。皆さんを不快にさせないといいんですけど」

　美名が紅茶のカップを持ち上げた。

「面接と言っても形式的なもので、内定式兼顔合わせみたいなものですから、気負わないでください。それにkotoriさん、人見知りとか口下手なんてことないですよね」

「え？　そんなことないですよ。私本当に、人に上手く心を開けないというか。特に初対面の方と打ち解けるのが苦手なんです」

「そうですか？　でも私とkotoriさん、今日でまだお会いするのは二度目ですよ。でも気兼ねなくお話しできてますよね。一度目の時も、話しやすい方という印象でしたよ」

初対面時について思い出す。理世は突然現れた美名の素敵さにどぎまぎしていたし、博喜から、正式にパリ行きが決まったとの連絡もあって、心が浮ついていた。それを、「雨が降ってきましたね」とか、「私、雨が好きなんです」と、落ち着いた声で話題を提供してくれて、空気を整えてくれたのは美名だったように思う。

「そう言えば……。先日はあまり緊張せずに、すぐにお話しできた気がしますね」

美名が紅茶のカップを置き、首を傾げた。

「佐和さんのおかげ、じゃないかしら」

少しの間の後、言う。

えっ、と理世が視線を上げると、美名が微かに頬を赤らめながら、口を開いた。

「佐和さんから、この人は私を受け入れてくれるというような、優しい人柄が滲み出ていたんですよ、きっと。だって私、言われてみれば初めてですよ。こんな風に、出会ったばかりの人と、心をすっかり許して打ち解けているのなんて」

いたいけな小動物のようなつぶらな瞳に見つめられ、理世は慌てて視線を逸らした。頬が熱くなっていくのがわかる。もし自分が男性だったら、今この瞬間に、彼女に恋をしたんじゃないだろうか。

扉が開き、新しく入ってきた女性客たちの、「わあ、かわいいお店！」「ほんと！」という甲高い声が響いた。空気が一新され、ホッとする。

しばらくまた雑談を交わした後、「じゃあ」とスケッチブックを持って席を立った。

「私はそろそろ、社に戻りますね」

「ありがとうございました。すっかりお引き留めしちゃって」

「とんでもないです。楽しかったです。面接の件は追って連絡しますね」

美名の分の会計も払って、店を出る。ハルミさんにサービスの紅茶のお礼を丁重に告げた。

赤い扉を開いて外に出た時、西日に照らされてハッとした。雨が降っていない。今日は朝から久しぶりに晴れたのだった。東京は明後日にも梅雨明けすると、今朝の天気予報で言っていた。

ゆったりと時間が流れるような空間で、美しい雨粒模様の「絵」に見とれ、降り注ぐような美名のしっとりとした声を聞いていたので、静かな雨が降っているような気がしていた。

「私も、雨を好きになれるかもしれないな」

目を細めて西日を見つめ、わざと声に出して呟いてみる。


濃紺のベロアジャケットに、チャコールグレーのアンゴラニット、キャメルのカシミヤマフラーと、一つずつ然るべき形にたたんでボックスに詰めていく。ジャケットは付き合い始めた年に、一緒に買い物に行って理世が勧めたものだ。ニットは初めてのクリスマスデートで博喜が着ていたもの。マフラーは十一月の博喜の誕生日に、去年理世がプレゼントした。一つ一つに思い出が詰まっている。

「区切り付く？　そろそろ夕食に行こうか」

本棚の整理をしている博喜から、声をかけられた。秋からのパリ赴任に向けて、博喜は少しずつ荷造りを始めており、土曜日の今日は理世も手伝っている。理世の担当はクローゼットだ。

「そうだね。でも、あと少しやりたい」

「わかった。よろしく。じゃあ俺は来週のホテルやメトロを調べてるよ」

ローテーブルに移動し、博喜はノートパソコンを開いた。来週末から一週間ほど、赴任後のアパートの下見や支社への挨拶のため、博喜はパリに出張する。

冬物をすべてしまい終えてから、夕食に出た。近所の洋食屋に向かう。

「じゃあ来週はデザイナーさんたちの面接なんだ。一時期は大変そうだったけど、全員無事に決まってよかったね。念願のkotoriさんとも契約できそうだし」

デミグラスオムライスにスプーンを入れながら、博喜が言う。

「うん。博喜が、そこは遠慮するところじゃないって言ってくれたおかげだよ。もう一度ジャルダンに行ってみて、本当によかった」

理世はカルボナーラにフォークを入れる。

「俺のおかげなの？　いや、だって自分だったら、諦めたら絶対に後悔すると思ったからさ」

嬉しかったのか、博喜は得意気な顔をした。呆れ笑いをしつつ、でも本当に彼のおかげだと理世は感謝する。光井被服の値上げ交渉は、結局先方の希望を呑み、こちらが折れることになったのだが、その決定の直後にkotoriさんと出会い、素晴らしいデザイン画をもらえたので、誰一人として気に病むメンバーはいなかった。理世の仕事としても、「負荷」をかけたことより、kotoriさんを見つけてきた功績の方が評価されていて、ありがたい。

「そうだ。kotoriさん、子供の頃パリに住んでたんだって。お父さんの仕事の都合で、ウィーンやミラノにも。今度、パリのお勧めの場所を訊いてみようかな。博喜が赴任してる間に、私も旅行で行きたいと思ってるから」

「へえ、大都市ばっかりすごいね。ファッションセンスもそこで培われたのかな。いいね、訊いておいて」

頷いたが、理世はまだ、博喜がパリに行くことどころか、彼氏がいることさえ美名には話していない。デザイン画をもらった日は、ジャルダンで沢山雑談もしたので、何度も話そうかと思ったが、まだ二度しか会っていないのに距離を詰めすぎかと遠慮した。

そう言えば、美名には彼氏はいるのだろうか。指輪をしていないし、友人夫婦のマンションで一人暮らしだと言っていたので、独身なのは間違いない。でも魅力的な人だし、付き合っている人はいても不思議ではない。

「kotoriさんのデザイン画を見せた途端に、メンバー全員、彼女に惚れ込んじゃったんだ。面接で本人に会ったら、もっと夢中になるだろうなあ」

「ふうん。そんなに素敵な人なんだ」

「うん。すごく美人とかスタイルがいいってわけじゃないんだけどね。自分に似合うものがわかってるし、年齢や型にハマってなくて、独特の雰囲気が漂ってるっていうか。上手くは言えないんだけど、素敵な人だよ」

「理世もすっかり夢中だな。でも、よかったよ。俺が言うのも何だけど、俺がパリに行った後も、理世のこっちでの生活が充実しそうで」

博喜の言葉に、フォークを止めて、「うん」と強く頷く。理世もまったく同じ思いだった。ついて行かないと自分で決めたとはいえ、終わりが見えない遠距離恋愛が始まることに、どうしたって不安はある。しかし美名と出会って、ますます新ブランドへの熱意が高まったので、きっと大丈夫だろうと思えている。

帰りは博喜のマンションまで、手をつないで歩いた。部屋に入ってソファに並んで座り、どちらからともなく体を寄せ合う。

そのまま、ゆっくりと押し倒された。今日も雨は降らなかったが、蒸し暑かったので、博喜の首筋は少し汗ばんでいた。理世はそこに指を這わせてみる。

お返しのように、博喜が理世の首筋に唇を寄せた。彼の肩に腕をまわし、二人で深くソファに体を沈める。

「では田代さんは、ファストファッションブランドばかりが増える最近の業界の傾向に、危機感を持っていらっしゃるんですね」

「はい。若者の低賃金など、仕方ない背景もあるかとは思いますが、このままではファッション業界は衰退する一方だと思います。ですから、今あえて個性的なブランドを作ろうという、御社の今回のプロジェクトには強く共感しました。ぜひ私も参加させて頂き、力になれればと思っています」

ベーシックデザインのデザイナーに決まった田代さんが、島津課長と熱く語り合う。さすが最近まで大手でデザイナーをしていただけのことはある。低姿勢だが、一方で自信が体から滲(にじ)み出てもいる。雑貨デザイナーの小松さんも、先ほど言葉少なではあったが、ファッションへの思いと、自身の実績について、的確に語っていた。

理世は、一番右端に座る美名に視線をやった。口をきゅっと結んで、壁の一点を見つめている。緊張しているのだろうか。

目が合った。「大丈夫ですよ」の意味で笑いかける。美名も口許だけを緩(ゆる)め、笑みを返しながら、頷いた。「頑張ります」と言っているように思えた。

「では最後に、kotoriさん。小鳥遊美名さんですね。よろしくお願いします」

島津課長が呼びかける。

「はい。よろしくお願いします」

「沢山のデザイン画をありがとうございました。メンバー一同で大いに盛り上がりましたよ。すばらしい出来でした。独学なんですよね。すごいなあ」

小松さんと田代さんが、顔を見合わせた。それぞれのデザイン画は、資料として全員に配ってある。独学だということに驚いたのだろう。

「特に、あの雨粒模様のワンピース。佐和が推しているように、ブランドオープン時の目玉商品にしようかと思っています」

「ありがとうございます。でも私一人だけ未経験なので、皆さんの足を引っ張らないように、一生懸命勉強させて頂きながら、務めたいと思っています」

「未経験といっても、インディーズブランドをやっていらしたことはあるんですよね。今は単独でkotoriさんとして活動もしていらっしゃるし。ああ、そうだ。そのインディーズブランド、『sola』でしたか。あちらの作品を見せてもらったんですが……」

課長が手許の資料をめくる。「えっ」と美名が理世を見た。

「すみません、ご報告を忘れてました。昨日、個人ブログで一枚だけ画像を見つけたんです。デザイナーの皆さんに送るのは間に合わなかったので、今朝チームメンバーだけで共有させて頂きました。こちらです」

自身の資料から、プリントアウトした画像を美名に見せる。女性もののデニムのシャツだ。

過去に男性とやっていたというインディーズブランド「sola」の作品やデザイン画も、資料として提供してほしいと美名に頼んでいた。けれど相手の男性がリーダーだったので、解散時に実作品もデザイン画も全て彼に託してしまって、手許には何もないと返答された。当時のサイトももう削除していて、データも残っていないという。しかし、ネットの海を探せば少しぐらい画像が出てくるのではと、理世は最近、ヒマを見つけては検索をし続けていた。そして昨日の退勤間際、個人ブログの「フリーマーケットで、solaというブランドのシャツを買った」という記事と画像にたどり着いた。

「ああ、そうだったんですね」

「こちらの画像を見る限り、このsolaはシンプルというか、いわゆるナチュラルテイストだったんですか？ kotoriさんの作品や、新ブランドのコンセプトとは異なりますが、この頃とは作りたい物の方向性が変わったのでしょうか」

「ええ。はい、そうです。solaではシンプルなものを作っていました。まだ私が服作りの基礎もできていなかったので、経験を積むなら最初はそこからと思ったんです。でも本当に作りたい物は、初めから御社の新ブランドのコンセプトのようなものでした」

「なるほど。解散の理由はそれですか？」

「ええと、はい。そうですね……。いえ、あの……」

美名の声がか細くなり、口ごもった。目を泳がせている。よく見ると、小刻(こきざ)みに足を震わせてもいた。課長や増本先輩が、「どうしたの？」という顔で理世を見る。しかし理世にも、何が起こったのかわからない。

「すみません。あの、お世話になるのですから、本当のことを話します。解散理由は方向性の違いも確かにありましたが、それだけではないんです」

美名の思い詰めたような声と、強張った表情に、場の空気も張り詰めた。

「相手の男性に、異性として好意を持たれてしまって……。私はビジネスパートナーとしてしか思っていなかったので、お断りしたんですけど、トラブルになり……。なので、あまり円満な解散の仕方ではなかったんです。でも今はもう解決していますし、ビータイドさんにご迷惑をかけるようなことはありません」

メンバー間で視線が飛び交う。皆、どうしたらいいかわからないという表情をしていた。小松さんと田代さんも、気まずそうだ。

「そう、だったんですね。プロフィールやこれまでの活動についての形式的な質問でしたが、辛いことを告白させてしまって、すみません」

ここは紹介者の自分がと思い、理世は慌てて口を開いた。

「いえ。こちらこそ、誤魔化そうとしてすみませんでした」

美名が頭を横に振る。

「そうでしたか。佐和の言う通り形式的なものでしたが、失礼しました。大変でしたね。

でもう解決しているとのことで安心しました。そうだ、kotoriさんは神戸のご出身でしたね」

島津課長が仕切り直しにかかる。

「はい、そうです」

「私も加古川ですが、兵庫なんですよ。神戸は学生時代、デートでよく行ったなあ」

「まあ。そうなんですか」

美名の声が明るくなり、足の震えも止まった。強張っていた場の空気も和らいでいく。

理世はホッと胸をなで下ろした。

美名への問答が終わった後は、デザイナーからの質問を受け付けた。特に問題のあるものはなく、「じゃあ今日はそろそろ」と増本先輩が締めにかかる。

「ああ、ダメ。忘れるところだった。先日の会議でブランド名が決定したので、今日ここで発表させてください。名付け親は佐和なので、本人から」

先輩に促され、「では」と理世は多少緊張しながら立ち上がる。

「発表します。新ブランドの名前は『スウ・サ・フォン』です」

「おお」「へえ」「スウ・サ・フォン」と、デザイナーたちから声が上がった。一音ずつ丁寧に発音して、ブランド名を繰り返してくれたのは美名だった。

「フランス語で、底なしのバケツというような意味です。と言っても、私はフランス語ができるわけじゃないので、辞書で引いた言葉をいろいろ組み合わせただけで、文法や発音など正確じゃないでしょうが、そこはご愛敬でお願いします。企画書に、女の子のオシャレへの欲求は、底なしだから満たされることがない、というフレーズがありました。そこから穴の空いたバケツを連想して名付けました」

「いいですね。響きもかわいいし」

「水がこぼれるというイメージと、kotoriさんの雨粒ワンピースのイメージがつながるし、いいと思います」

小松さん、田代さんが嬉しいことを言ってくれる。美名はもう一度、「スウ・サ・フォン……」と噛みしめるように呟いた。

「素敵だと思います。私も気に入りました」

そして理世に、笑顔を向ける。

誇らしい気持ちになり、理世はデザイナーたちに向かって、深く一礼した。

管理職会議に出る課長を除いて、全員で休憩室に向かった。川口さんが小松さんに、増本先輩が田代さんに、理世が美名にと、それぞれ紹介者がデザイナーに給茶器からお茶を入れてくる。

「小松さん、お子さんは二人でしたっけ。何歳ですか？　男の子？　女の子？」

「四歳と二歳で、上が女の子、下が男の子です」

「じゃあ、お子さんの服も作ったりしてます？」

「はい。もう楽しくて仕方ないです。田代さんがパートナーさんとやってるお店は、どんな雰囲気なんですか？」

「相方の趣味を突き詰めたような店です。でもよかったら、今度ぜひ来てくださいよ」

小松さんと田代さんは、すっかり打ち解けて雑談を交わしている。

「kotoriさんは、どこで服作りをしてるんですか？」

「興味あるなあ。アトリエとか持ってます？」

やがて美名にも話しかけた。

「いえ、そんな大それたものは……。自宅で作ってます。デザイン画だけなら、行き付けのカフェで描くこともありますけど……」

理世はデザイナーたちの交流を微笑ましく眺めていたが、美名の返事はたどたどしく、顔も二人から逸（そ）らし気味だった。人見知り、口下手だと言っていたことを思い出す。

「それにしても、独学だなんてびっくりしましたよ」

「本当に。いつからファッションに興味があったんですか？」

「いえ……。プロの方たちに話せるようなことは……」

「kotoriさん、子供の頃パリに住んでらっしゃったんですって。ウィーンやミラノにも。きっとそこでセンスが培われたんですよね」

見かねて理世は、助け船を出した。

「へえ、帰国子女なんですね」

「パリですか。いいですねえ。私、一度も行ったことないのよね、パリ」

増本先輩も、会話に参加してきた。

「そうなんですか。先輩、一年に一回ぐらい海外旅行してるのに」

「そうなの。パリは何だかタイミングを逃しちゃってて。佐和ちゃんは行ったことある？」

「私もないんです。でも近々行きたいと思ってます。実はこの秋から、彼氏がパリ支社に赴任になるんですよ」

えっ、とメンバーたちが一斉にこちらを見た。

「彼氏って、自動車メーカーの？」

「そうなんですか。じゃあ遠距離になるんですか」

「大変だね。でも海外に転勤なら、栄転なのかな」

「色々事情があって、急に決まったんです。すみません、突然プライベートの話を」

メンバーに説明をして、デザイナーたちには頭を下げる。小松さんと田代さんは、「いえいえ」と言ってくれた。美名は黙って、理世の顔を見ている。心配そうな表情に見えた。

「もしかして、佐和ちゃん。スウ・サ・フォンってフランス語にしたのは、それもあるの？　ヨーロッパ風だから、英語でもイタリア語でもいいのに、どうしてフランス語なんだろうって思ってたのよね」

「はい。実はそれもありました。kotoriさんと知り合ったカフェもフランス風だから、最近フランスづいてるなあ、今フランス語にしたら、ブランドが上手くいきそうな気がする、と思って」

「いいですね、そういうゲン担(かつ)ぎ。私も子供関連ではよくやりますよ」

「じゃあ佐和さんには、彼のところに遊びに行って、スウ・サ・フォンの身になることを沢山持ち帰ってもらわないとね」

皆、好意的な反応を示してくれた。

やがて三々五々(さんさんごご)、お開きになった。まず小松さんが、「子供を保育園に迎えに行きます」

と、川口さんと席を立った。次に田代さんが、「お店の準備が」と増本先輩と出て行った。先輩たちと同じタイミングで、外回りがあるという野村君も去った。

理世と美名だけが残された。美名がお茶を急いで飲み干そうとしているので、「いいですよ、ゆっくりで」と声をかける。

「はい。でも今からジャルダンで人と会う約束があるので、私もそろそろ失礼します」

「そうですか。お友達ですか？」

「はい。ジャルダンに作品を置いている、ブローチ作家の子です。あのお店、クリエイター仲間が沢山集まってくるんです」

「刺激があっていいですね。今日は本当にありがとうございました。改めて、これからよろしくお願いします」

「こちらこそ。いい人ばかりで助けられました」

「そう言ってもらえると」

廊下に出る。続きは歩きながら話した。

「solaの元パートナーさんの件は、すみませんでした。大変だったんですね」

「気にしないでください。でも……、そうですね、当時は大変でした。私はそんな気はなかったって言ったら、そんなはずはない、むしろそっちが誘惑したんだって言われたり。

解散を申し出たら、人生を狂わされたから慰謝料を払えって言われたりしました」

「……酷(ひど)いですね」

怒りが籠(こ)もり、つい低い声になった。しかし一方で、腑(ふ)に落ちてすっきりもした。いくら相手がリーダーだったとはいえ、当時の作品やデザイン画が、一枚も美名の手許に残っていないなんて不自然だと感じていた。しかし、そういう事情だったなら頷ける。

「でも逃げ切りましたし、もう大丈夫ですから。彼も頭を冷やしてくれたのか、今は田舎(いなか)に帰ったそうです」

「私の地元の親友が、大学時代に同じような目に遭(あ)ったんです。だから、お気持ちはわかるつもりです。解決はしても、きっと傷は残りましたよね」

美名が足を止めて、理世の顔をじっと見つめた。

「佐和さんは、本当に優しい方ですね」

「えっ。どうしたんですか」

「だって、今はご自身が大変な時なのに、私のことを心配してくださって。彼氏さんと遠距離になるんでしょう?」

「ああ、ええ、はい。でも付き合いも長いですし、離れても頑張ってやっていこうと二人で決めたので、大丈夫ですよ。ありがとうございます」

美名の労るような目に動揺して、返事がしどろもどろになった。でもこれは嬉しい動揺だ。やはりさっきも、心配してくれていたらしい。美名の方こそ、優しい。

「あの、kotoriさんは彼氏はいるんで……」

この勢いで気になっていたことを聞いてみようとした時だった。「理世ちゃーん」と、背後から名前を呼ばれた。普段は溜め息だが、今日ばかりは舌打ちをしそうになる。確かめなくても相手はわかる。

「どこ行くの？　今日は外回りあったっけ？」

社外の人と一緒だというのに、気にも留めず、菅井主任は理世の前に回り込んできた。

「菅井さん、お疲れさまです。今日は新ブランドのデザイナーさんたちと顔合わせだったんです。こちら、メインデザインのデザイナーになってくださる、kotoriさんこと小鳥遊美名さんです」

「やあ、これはどうも」

「kotoriさん、こちらは広告・宣伝課の菅井です。スウ・サ・フォンの担当ではないですが」

仕方がないので紹介をする。「どうも」と、美名がぺこんと頭を下げた。

「新ブランドもいよいよ始動だねえ。彼女が気合を入れてるから、どうぞよろしくお願いしますね。そうだ理世ちゃん、決起会はするんでしょう。僕、一緒に仕切ろうか？　今晩あたり店の下見に行かない？」

「え？　いえ今日は予定があるので。もしするとしても、私と野村君で仕切りますし」

娘の服を買うのに付き合ってくれに続いて、また何をおかしなことを言い出すのだろう。自分はスウ・サ・フォンと無関係だというのに、なぜ決起会にまざる気なのか。

「kotoriさんに次の予定があるので、失礼しますね。あ、エレベーター来てる。行きましょう」

嫌悪感を隠せる自信がなくて、美名を急がせてしまった。無人のエレベーターに二人で乗り込む。

「大丈夫ですか？」

扉が閉まったところで、美名が訊ねてきた。

「何がですか？」

「さっきの方。佐和さんのこと好きそうですね。でも佐和さんは、迷惑してますよね」

横並びの状態で、小柄な美名が理世を上目遣いで見つめる構図になっている。

「わかりました？　ごめんなさい、わかりますよね。あの人、苦手なんです。一年ぐらい、ずっとあんな感じで付き纏われてて。すみません、社内事情のみっともないところをお見せして」

「いえ、佐和さんは悪くないですから。でもあの人、危険そうな気がします。もっときっぱり突っぱねた方がいいんじゃないですか？」

「そうしたいんですけど、役職も私より上だし先輩なので難しいんです。でも大丈夫です。あの人、結婚してて子供もいるので。軽く誘ってくるだけで、別に私のこと好きなわけじゃないんですよ」

「solaの元パートナーも、そうでしたよ」

美名が言った直後、エレベーターが一階に着いた。開いた扉から、美名はスタスタと出て行く。理世は後を追いかけた。

「えっ、どういうことですか？」

「solaの元パートナーも、結婚していて子供もいました。家族仲も良さそうだったし、だから私は男性として見ていなかったし、恋愛感情を持たれる心配もないと思っていたんです。でも一方的に思い詰められて、こっちが誘惑した、だって愛想（あいそ）よくしてくれたじゃないか、とか言われました。愛想は悪くなかったと思います、確かに。だって私は教えてもらう立場で、ビジネスパートナーとして上手くやっていきたいと思ってましたから」

これまでに聞いたことのない、冷たく刺すような口調と声で、美名は話す。

背中がひやっとした。事件後に、慰めるために苑子の家に泊まり込んだ時のことを思い出す。

「その気がないなら、どうして俺にもっと冷たくしなかったんだ、って言われた。期待させたのはそっちだ、って。私はバイト仲間だから、他の人と同じように仲良くしようと思っただけだったのに」

パジャマ姿の苑子は泣きじゃくりながら、深夜に何度もそう繰り返していた。

「余計なお世話だったら、ごめんなさい。でもさっき佐和さんは私の過去について、とても心配してくれました。だから私は、佐和さんの現在について、もっと心配します。ああいう空気の読めない人は、早いうちにきっぱり突っぱねないと、後々危険だと思います。佐和さんに、私や親友さんのような思いをさせたくないです」

「あら、kotoriさんもお帰りですか。今日はありがとうございました」

田代さんを駅まで送って行ったのか、増本先輩が入口の方から歩いてきた。

「ありがとうございました。こちらの契約書、書いたらすぐに郵送しますね」

美名がバッグから、さっき渡した封筒をちらりと覗かせる。

「あ、kotoriさん。よかったらジャルダンに取りに行きますので、連絡をください」

自動ドアを通ろうとする美名に声をかける。

「わかりました。よろしくお願いします。では失礼しますね」

微笑んで、華奢な体軀を動かし、美名は歩道の向こうに消えて行った。最後はまた、これまでの美名の、しっとりとした声と口調になっていた。

「佐和ちゃん、お疲れ。今日はいい会になったねえ」

「ほんと、いいスタートが切れましたね」

まだ美名に緊張があったとはいえ、デザイナー同士が打ち解けて、ブランド名も皆気に入ってくれた。本当に幸先がよかったと思う。

実際にそう思うのに、理世はさっき面接を終えた時のように、誇らし気な気持ちはもう味わえなかった。

「早いうちにきっぱり突っぱねないと、後々危険だと思います」

美名の刺すような声が、頭の中でこだましている。

本日最後の業務メールを送り終えると、つい「よしっ」と声が出た。

「今日は彼氏さんのお見送りでしたっけ。お疲れさまです」

隣席で野村君が笑う。

「うん。お先に失礼するね」

今日の夕方の便で、博喜はパリへのプレ出張に向かう。デザイナーたちの面接の日、休憩室でメンバーに話したことが、いつの間にか島津課長に伝わっていて、翌日、「佐和、彼氏が海外に行くんだって。大変だな」と声をかけられた。そして今日からの出張について話すと、「じゃあ半休を取って、見送りに行ってもいいぞ」と言ってもらえた。いい職場、いい上司に恵まれたと思う。

「もう出るんですか？」

「うーん、まだ時間があるから、タイムカードは切って、ランチに行って来ようかな。もう一度メールチェックに戻ってくる」

最後に送ったメールの相手は、いつも返信が早い。きっと一時間後にはもう来ているだろう。バッグを持ち、タイムカードを押して、廊下に出た。

数歩歩いたところで、「理世ちゃーん」と、いつもの声に呼び止められた。いつもより、激しく肩がびくっとする。

「ランチに行くの？　いいなあ、僕も休憩に入りたいんだけど、まだ仕事が残っててね」

「はい。でも今日はランチを食べたら、そのまま上がります。半休を取ってるんです」

「そうなの？　どこか行くの？」

「彼氏が海外出張するので、見送りに」

いつもより愛想なく、淡々とした対応を心がけた。

「彼氏？　理世ちゃん、彼氏いたんだ」

菅井主任が、面食らった顔をする。そういえばこの人には、今まで博喜の話はしたことがないかもしれない。

「いますよ。もう長い付き合いです」

「そうだったんだ。ねえ、ところで決起会の下見はいつにする？　週明けの月曜は？」

しかし敵はめげない。自分にも妻子がいるし、理世に彼氏がいても、それはそれでいいとでも思ったのか。気持ちが悪い。

「決起会は、今のところする予定はありません。するとしても私と野村君でしますから、菅井さんに何かお願いすることはないです。だから下見も行きません」

意を決して、理世は冷たく言葉を吐き出した。効果があったのか、敵は再び面食らっている。

「何かと理由を付けて、私を外に誘うのはもう止めてください。彼氏がいるから応じませんし、社内の人に菅井さんとの仲を誤解されても困るので、迷惑なんです」

一度覚悟を決めたら、言葉はするすると口から飛び出した。無理もない。一年もの間、この人から何か話しかけられたり誘われたりする度、心の中ではこういった思いが渦巻いていたのだ。

「あの、理世ちゃん。どうしたの、急に」

「下の名前で呼ぶのも、止めてもらえませんか。ここは会社ですし」

言い捨てて、理世は足早にその場を去った。エレベーターが来ていたが、あえて階段で下に向かう。ちらと後ろを確認したが、幸い菅井主任が追いかけてくる風はない。一段一段、パンプスの踵を鳴らしながら下った。カン、カン！　という音の連なりが、自身を称えているように思える。

会社の裏通りのカフェで席に着いた時には、体が充足感で満ち満ちていた。頻繁に食べているホットドッグも、いつもよりおいしく感じる。

どうして、もっと早くこうしなかったのだろう。やってみれば難しいことではなかった。敵の戸惑った顔を思い出して、にやりとする。きっと、もう二度と社内で理世につきまとってくることはないだろう。今後顔を合わせるのが気まずくはあるが、当たり前のことをしただけなのだから、こちらは堂々としていればいい。

気分良くホットドッグとコーヒーを平らげ、食後しばらくは読書に興じた。一時間を見計らって、店を出る。

オフィスに戻り、デスクに着いた。さてと、とメールの確認をする。予想通り、さっき送ったメールの相手からの返信と、もう一通メールが来ていた。

全身が激しく揺れた。もう一通の差出人に、「(株)ビータイド　広告・宣伝課　菅井」とある。タイトルは「謝罪とご意見」となっていた。

心臓なのか、どこかの脈なのかわからない。とにかく理世の内部のどこか、もしくは全てが、強く波打っている。恐る恐るマウスを操作し、メールを開けた。細かい文字列が、わっと視界を侵す。

『企画・生産課　佐和理世様。先ほどは立ち話で失礼しました。どうやら先ほどの会話で、私が貴方を異性として誘ったと誤解を与えたようなので、ここに心より謝罪の意を表します。』

文字を目で追う。

『加えて、私から貴方に強く意見をしたいことがございますので、そちらもここに記します。誤解を与えてしまったのだとしても、先ほどの貴方の私への言動は、あまりにも不遜で無礼でありました。自尊心が酷く傷付けられました。よって即刻の謝罪を求めます。ここ一年ほど貴方と私は、部署、社歴、年齢、性別の枠を超え、一人の人間同士として親しくしてきたではありませんか。それなのに突然の貴方のあの態度は、まったく承服しかねます。』

体の内の波が、どんどん大きくなる。

『そもそも何故、私が貴方を異性として誘ったなどと、誤解をされたのでしょう。私のこれまでの貴方への交流や誘いは、あくまで社内の年長者から無知な後輩への温情以外の何物でもありませんでした。まだ未熟な若輩者を気遣うのは、年長者の務めであるからです。それをあのような態度で返されるなど、まさしく飼い犬に手を噛まれた思いであります。』

体温がすうっと下がっていく。

『いい機会なので申し上げますが、だいたい普段からの貴方の態度に問題があったと思います。話しかけると常に女性を意識させるような言葉遣いと笑みを返してきたり、先日などは会議では下ろしていた髪を、廊下で再会した時には結い上げて見せつけるような、媚びた行動がありましたよね。ここは会社ですから、このような性を意識させる行動は控えるべきだと思います。』

カタカタと音がする。体のどこかが震えているのだと思う。でも、どこなのかわからない。全身かもしれない。

『貴方もれっきとした一社会人で大人なのですから、これまでと本日の自身の言動について、深く反省をして頂きたいと思います。我々社会人は、自身の言動が相手に対してどのような影響を与えるのか、常に考えて行動する義務があるのではないでしょうか。尊い労働を共にする者の間では、尚更のことです。』

ぎりぎりと胸が痛む。音が外に漏れそうだ。

『強く傷付けられた私への、貴方からの誠意ある謝罪を求めます。応じられない場合は、社内のモラルを著しく侵した事案として、人事課へ被害を訴える心づもりでおります。そのようなことをしなくてもいいよう、貴方にも僅かでも善意や自身を省みる心が存在していることを願って止みませんが。　広告・宣伝課　菅井拝』

「佐和さん、どうかしましたか？」

ひっ。声にならない声が、理世の体から発せられた。

時間が止まっていたような、どこか遠い場所へ行っていたような、奇妙な感覚に襲われていた。

「どうしたんですか？」

野村君が理世の顔を覗き込んでいる。意識を正す。ここはオフィスで、理世は今から上がるべく、メール確認をしたところだった。

「ちょっと、友達からのメールにびっくりしちゃって。同級生同士の夫婦が離婚して、なんか裁判沙汰になってるんだって」

急いでメール画面を消して、少し前に苑子から聞いた話を口にした。なぜ友達からのメールが会社のパソコンに、同級生の離婚でなぜ理世が震えるのか、と穴だらけだが、他に誤魔化し方が思いつかなかった。

「ああ、そうなんですか」

野村君の視線が逸れる。こっそりまたメール画面を開いた。菅井主任からのメールを携帯に転送する。バッグで携帯が震えたのを確認してから、席を立った。

「じゃあお先です」

野村君や他の同僚にも挨拶をして、オフィスを出る。廊下に勢いよく飛び出て、身を竦めた。菅井主任に出くわす可能性がある。周囲を見回しながら、駆け足でエレベーターに向かう。

一階に着いてからも、駅まで走った。ホームで携帯を確認する。自分で転送したが、メールなんて来ていませんように、と祈る。あんなメールは、存在しないと思いたい。

しかし画面には、しっかりと「未読メール1件」と表示されていた。差出人は「(株)ビータイド　広告・宣伝課　菅井」。タイトルは「謝罪とご意見」。本文には、「先ほどの貴方の私への言動は、あまりにも不遜で無礼」「飼い犬に手を噛まれた」「普段からの貴方の態度に問題があった」、などと文章が並ぶ。

画面を閉じ、投げるようにバッグに携帯を放った。やってきた電車に乗り込む。動き出してから、方向が合っていただろうかと不安になった。合っている。四つ目の駅で乗り換えて——。違う、それは自宅へのルートだ。今からどこへ行くんだっけ。空港だ。博喜の見送りに行くのだ。

早く着いて、と念じ続けた。早く博喜に会いたい。このメールについて相談したい。きっと一緒に解決してくれる。

私鉄の空港線に乗り換えた。空いていたボックス席に座る。ここからは、あと七駅だ。あと六駅、五駅——。拷問（ごうもん）のように長い時間を、カウントダウンしてやり過ごす。

「ここ、いいですか?」

声がして顔を上げた。トランクを引いた、若いサラリーマンが立っている。

「ええ、はい。どうぞ」

背格好や顔立ちが、どことなく博喜に似ている気がした。そうでもないだろうか。博喜のことを考えていたから、そう思えただけかもしれない。

隣に座ったサラリーマンは、カバンを何やらごそごそしている。紙を取り出したが、直後に理世の足許に落とした。反射的に拾って、差し出してあげた。

「すみません。どうも」

英語で書かれた路線図が、ちらりと見えた。Grand Centralとあったから、きっとニューヨークの路線図だ。サラリーマンは熱心に覗き込んでいる。

口を手で覆って、「ダメだ」と呟く。博喜も今、同じ状況のはずだ。初めてのパリ出張で緊張している。そんな時にストレスを与えるわけにはいかない。出発まで一緒にいられるのは一時間もないし、それまでに解決できるとも思えない。

空港の駅に着いた。「どうぞ」とサラリーマンが、トランクを除けて理世を先に通してくれる。頭を下げ、ホームに降り立った。すうっと息を吸い、拳を握る。何事もなかったように振る舞わなければいけない。博喜には話せない。

改札を抜け、待ち合わせた出発ロビーのエントランスに向かう。長いエスカレーターを上り切ると、すぐそこに博喜がいた。

「おう」と理世を見つけて、手を上げる。週末に到着するので、シャツにジーンズというラフな装いだ。でもスーツだったとしても、さっきのサラリーマンとは、やはり別に似ていなかった。

「悪いね、わざわざ」

「ううん。私も半休が取れてラッキーだったから」

口角を上げて、理世は笑顔を作った。

ロビー内のカフェで四十分ほどお茶を飲んだ後、セキュリティチェックの前まで博喜を見送った。お茶の間、「お土産(みやげ)は何がいい?」と訊かれて、「何でもいいよ」と答えたら、「どうした? らしくないな」と言われた時と、テーブルの上に置いていた博喜の携帯が震えて、異様なほどに驚いてしまい、「何だよ、びっくりした」と言われた時だけ少しひやっとしたが、概(おおむ)ね自然に振る舞えたと思う。

「じゃあ行って来る。今回は一週間だからすぐに帰って来るけど、一応無事に着いたら連絡するよ」

「うん、よろしく。気を付けて」

博喜の姿が視界から消えると、その場に崩(くず)れ落ちそうなぐらい、体から一気に力が抜けた。博喜が去ったことを喜んでいるようで、罪悪感が募(つの)る。

自宅に直行しようかとも思ったが、自身を落ち着かせるために、さっきとは違うカフェに入った。飲みたくもないアイスティーを注文し、テーブルで今一度携帯を確認する。

やはり件(くだん)のメールは存在した。差出人は「(株)ビータイド　広告・宣伝課　菅井」、タイトルは「謝罪とご意見」、内容は——。また携帯をバッグに放る。

どうしてこんなことになったのだろう。理世が今日は強く拒否をしたからか。でも「早いうちにきっぱり突っぱねないと、後々危険」という美名の意見には賛同した。苑子や美名のような目に遭いたくなかった。きっぱり突っぱねるとは、ああいうことではないのか。そもそもこちらは彼から、一年もストレスを与えられてきた。それを一度強く拒否しただけで、どうしてここまで責められないといけないのか。ましてや謝罪だなんて。

結局まったく落ち着けないまま、ほとんど飲んでいないアイスティーを残して、ふらふらと店を出た。空港を後にする。

ホームに立った時、バッグの中で携帯が震えた。また異常なほどに怯えてしまう。メールではなくて着信のようだ。手を震わせながら画面を確認すると、「小鳥遊美名」と出ていた。呼吸を整えて、「はい。佐和です」と平静を装って出る。

「佐和さん、お世話になります。急にすみません。今よろしいですか？」

「はい、いいですよ。どうかしましたか？」

「契約書の記入をしているんですけど、一ヵ所書き方がわからなくて」

「どこですか？　ああ、でも現物を見ながら話した方がいいですかね。すみません今、出先なんです。今日は戻らないので、週明けになっちゃうんですが……」

「私は構いませんけど……。佐和さん、大丈夫ですか？」

「こちらは大丈夫です。急ぎませんから」

「そうじゃなくて。……佐和さん、何かありました？　なんか声や様子がいつもと違うような」

ぎくりとする。

「え、な、何がですか？」

「もしかして、あの人と何かありました？　何て言いましたっけ。あの広告課か何かの危険そうな人」

「……kotoriさんっ！」

その後のことは、よく覚えていない。理世は今日何があったのか、今自分がどれほど怯えているか。思いのままに、美名にぶつけてしまった。

初めて降りる駅だったが、美名の説明がわかりやすかったので、指定された駅ナカのコーヒーショップはすぐに見つかった。

美名は一番奥の席にいて、理世を見つけると、わざわざ立ち上がって合図してくれた。

「kotoriさん、ありがとうございます。すみません、急に」

理世の電話の話を受けて、今から会わないかと言ってくれたのだ。

「いえ。こちらこそ、遠くまでお呼び立てしてごめんなさい。ジャルダンでは話しづらいだろうと思ったのと、私がこの後ここで待ち合わせしてるので」

「いえ。でも本当にすみません。私、本来ならkotoriさんをお世話する立場なのに、頼ってしまって」

「いいんです、佐和さん、そんなことは。私も同じような怖い思いをしたことがあるから、力になりたいです。佐和さん、一旦落ち着きましょう。注文していらしたら？」

美名に促され、レジの列に並んだ。頭が回らず、またアイスティーを頼んだ。博喜と一緒にも飲んだので、今日三杯目だ。席に着いて惰性で一口啜ったが、まったく潤った気がしない。

「お話はだいたいわかりました。そのメールを、よかったら見せてもらえませんか？」

美名に言われ、多少躊躇ったが携帯を取り出す。件のメール画面を開いて、手渡した。

「失礼します。読みますね」

美名がメールを読んでいる間、これまでに味わったことのない、酷く不快な感覚に理世は襲われ続けていた。皮膚が裏側まで焼かれているようにじりじりと熱く、あられもない姿で自分が白日の下にさらけ出されたような、そんな痛くて恥ずかしいような感覚だった。

何故だろう。何故そんな風に感じるのか。理世は何も悪いことも、恥ずかしいこともしていないのに。

「酷いですね。この人、おかしいです」

美名が画面から顔を上げ、唸るような声を出した。

「酷いですよね！　おかしいですよね！」

理世はテーブルに身を乗り出した。

「あの、私、こんな風に言われなきゃいけないようなこと、してないんです！　拒否はしましたけど、そんなに酷い言葉は使ってない。これまで一年も迷惑をかけられたことを思えば、当然のことをしただけです。それに、書いてあるような……。その、性を意識させるような行動なんて、絶対にしてないです！　他の男性の同僚、ううん、女性の同僚とだって変わらない接し方しかしてません。髪を下ろしていたのを、結って媚びたとか書いてありますけど、それは下ろしてる状態で会議で会った日に、外回りに行くのにゲリラ豪雨になったのでアップにしたら、その後も偶然廊下で会っただけで！」

言葉が後から後から溢れ出す。

「わかってます。大丈夫ですよ、わかります。佐和さんが、そんなことするわけないじゃないですか。おかしいのはあちらです」

美名が肩に手を添え、宥めてくれた。隣の席の若いカップルが、何事かと理世を見ている。咳払いをして、理世は呼吸を整えた。

「でも本当におかしいですよね、このメール。例えば、ほら、ここ」

　美名が画面を指差した。

「佐和さんとは、社歴や年齢を超えて、一人の人間同士として親しくしてた、って言ってるじゃないですか。でも後から、佐和さんへの誘いは年長者から無知な後輩への温情、なんて言ってますよね。年齢や上下関係を意識していたのか、していないのか、どっちなんでしょう」

「あ……」と、理世は美名の顔をまじまじと見た。

「ここもです。性別も超えてたって言ってますけど、佐和さんが性を意識させる行動をしてたって、要は佐和さんに女性を感じてたって言ってるようなものでしょう。矛盾だらけで酷い文章です」

「そんなこと、考えもしなかったです」

　理世も、酷い、おかしい、と思いはした。でもそれは、何故こんな風に言われなければならないのか、あなたにそんなことを言う資格があるのか、という類のものだった。例えば、社会人は自身の言動が相手にどんな影響を与えるか考える義務がある、などと言っているが、理世が嫌がっているにも拘わらず、へらへらと纏わりついていたのはそちらじゃないか、とか、社内のモラルを著しく侵した、などと言うが、社内なのに気安く下の名前で呼び、仕事に無関係な話ばかりしてきたのは誰だ、とか。メール内の細かい矛盾になんて気が付かなかった。美名の冷静な観察眼に感心する。

「この人、佐和さんのことを女性として大好きで、且つ自分の方が立場が上だと思って接していて、でも拒否されたから、プライドが傷付いて滅茶苦茶になって、こんな訳のわからない状態になってるんでしょうね」

美名のまとめに、はあっと深い溜め息を吐いた。

「どうしたらいいんでしょう、私」

文字通り頭を抱える。

「辛かったですね。この間私に言ってくださったみたいに、傷も残ると思うので、お気の毒です。でも、こんな人の相手をすることありませんよ。無視しましょう」

「え？　無視ですか？」

顔を上げた。

「だってその人、私に謝罪しろって。しないと人事に訴えるって」

「脅しですよ、こんなの。実際にはしないと思います。それに、したらしたでいいじゃないですか。佐和さんは何も悪いことはしていないんですから、堂々としていれば」

「そうですけど……。でも同じ会社にいるのに、無視なんてできるでしょうか」

「スウ・サ・フォンの担当じゃないんですよね？　仕事では関わらないんじゃないですか？」

「はい。でも人事に訴えられたら……。その人、仕事はできるそうなんです。大手の取引先からの信頼も厚いみたいだし」

これまでに聞いたことのある、菅井主任の仕事にまつわる話を思い出す。元々はライバル社の社員だった。理世の入社前だが、引き抜きでビータイドに入ったそうだ。大型の取引先を何件も引っ張って来たので、すぐに主任の肩書きが付いた。最大手取引先の担当者とは、家族ぐるみで旅行に出かけるほどの仲だという。

「だから、もし私にも責任がある、というようなことになったら……。私は自分は間違ってなかったと思っています。でも私、人に強い態度を取ることに慣れてないし、もしかして私の言い方も悪かった、という話になるかも」

「そんなことにはならないと思いますよ」

「そうですかね。でも訴えられるのは嫌です」

このメールを、社内の他の人に知られるのにも抵抗がある。どうしてだろう。美名の言う通り、理世は何もしていないし、相手の言いがかりに過ぎないのだから、堂々としていればいい気がする。でも、周囲に知られたくないと強く思う。また皮膚がじりじりと熱く感じる。

「でも、無視以外に何か対処方法がありますか？」

「話し合ってみるのはどうでしょう？　嫌ですけど。でもその人、私が一方的に悪いって決めつけてるから。そんなことはない、私もずっと迷惑してたんだって話してみては」

「佐和さん」

美名が突然、ぴしゃりとした声を出した。

「前に聞いた、男性から酷い目に遭った地元の親友さんは、相手にどうやって対応したんですか？」

「彼女は、最初は穏便に済ませたくて話し合おうと思って……。でもまったく通じなくて、どんどんあちらがエキサイトして、最後はストーカー行為をされました」

話しているうちに、自分でハッとなった。

「私も同じです。solaの元パートナーと、仕事を共にした人なんだし、最初は何とか話し合って解決しようと思いました。でも全然ダメで、彼は慰謝料を請求するって言い出したり、私に会わせろと友達に詰め寄って、迷惑をかけたりしました」

理世は言葉を失くす。

「佐和さんも同じことになります。おかしな人と対話をしようとしたって、無理なんです。相手はおかしいんですから。大手の電機メーカーの人事部にいた友達がいるんです。セクハラやモラハラの案件をよく扱ってたそうで、元パートナーの件を聞いてもらったんですよ。そうしたら、社内で公（おおやけ）になったような事案はなかなかそうもいかないそうですけど、本来はそういうことをする人とは、無視をして距離を置くのが一番いいって言われました。相手の怒りが冷めて、諦めるのを待つのが、一番被害が少なく済むんですって」

「そう、なんですね」

返事はしたものの、理世はまだ不安に思っていた。無視をするなんて、実際に可能なのだろうか。そして、それで相手が諦めたり、怒りが冷めたりするのだろうか。

美名が窓の外に顔を向け、「あ」と言った。

「あ、待ち合わせなんでしたっけ？　相手が来ましたか？」

「はい。でもまだ時間に余裕はあります」

「いいえ、いいですよ。行ってください」

つられて理世も外を見た。見覚えのある男性の姿が目に入った。

「あれ、あの人、ジャルダンのウェイターさん？　イズミさんでしたっけ？　待ち合わせって、あの方とですか？」

今日の博喜と同じような、シャツにジーンズというラフな格好で、ロータリーで携帯を触っている。

「え？　佐和さん、イズミ君と顔見知りでしたっけ？」

「最初に行った時に接客してもらいました。kotoriさんのこと、色々教えてくださったの、あの方なんですよ」

「そうだったんですね。だから彼、ビータイドさんにスカウトされたって言ったら、すごく喜んでたのかな。はい。今日は彼とワインの試飲会に行くんです。最近彼、ソムリエの試験に受かったんですよ。だからもうすぐ、ジャルダンは辞めちゃうんです」

「そうなんですか。でも試飲会は楽しそうですね。いいなあ」

もしかして、付き合っていたりするのだろうか。気になったが、状況を考えると、そんな呑気な質問はできなかった。

「ねえ、佐和さん。さっきのメール、よかったら私の携帯に転送してもらえませんか？　さっき話した、大手の人事にいたのってイズミ君なんです。彼に対処方法を相談してみましょうか」

「えっ。それはありがたいですけど。でも」

彼が理世のことを覚えているなら、メールを読まれるのは抵抗がある。

「知られたくなかったら、佐和さんの名前のところは伏せ字にします。友達の友達が悩んでて、っていうニュアンスで話しますよ」

「そうですか？　じゃあ……」

携帯を操作し、転送した。ここまで親身になってくれている美名に、拒否はできなかった。

「じゃあ、すみません。私はこれで。お役に立てたかわかりませんが」

「とんでもないです。話を聞いてもらって、かなり落ち着けました。本当に急にすみませんでした」

深く頭を下げ、美名を見送る。

彼女が去った後、また惰性でアイスティーを一口飲んだ。やはり潤わないし、おいしくない。

美名に話を聞いてもらって、空港にいた時より動揺がマシになったのは確かだが、事態が解決したわけではないし、本当は落ち着いたとは言い難かった。帰宅してからはテレビを見たり、夕食を作ったりと、いつも通りに過ごしたが、心の中には不安と恐怖が、どっしりと横たわっている。

自分で作った料理を半分以上も残し、それを片付け終えたところで限界が来た。苑子に電話をかける。

「はい、もしもーし。週末の夜だけど独り身だから、問題なく電話できますよ」

まだこちらが何も言う前から、先回りして自嘲の挨拶をされた。しかし、今日は笑ってあげる余裕がない。

「よかった。聞いてほしい話があるの」

「どうしたの。声暗くない？　何かあった？」

「うん。例の広告課の気持ち悪い人と、遂に」

「え、何？　やだ、怖い」

事態を説明し、件のメールは一度電話を切ってから転送していいかと訊ねた。付き合いが長い分、美名やイズミ君に比べて読まれることに対して抵抗は薄いし、あのメールを自分で口に出して読み上げるなんて、絶対にできない。

「う、うん。わかった。読むよ」

十分後に理世からかけ直すと言って、電話を切った。けれどメールを転送すると、五分もしないうちに、苑子の方からかかってきた。

「ちょっと何これ！　酷い！　何なの、これ！　おかしいよ、この人！　あり得ない！」

「おかしいよね？　酷いよね！　もう私、どうしていいかわからなくて」

共に悲鳴のような声を出す。

「謝罪しろって何？　謝るのはあんたの方でしょう？　さんざん嫌な思いさせておいて！　飼い犬って何？　バカじゃないの？」

「本当だよ！　こっちが謝ってほしい！」

しばらく二人で、菅井主任を力いっぱい罵(ののし)った。やがて息が切れ、どちらからともなく黙る。

「理世。このメール、本当にキツい、って言うか、辛いでしょう。特に、媚びてたとか、性を意識させてた、ってところ。私も例の件の時にあいつに、どうせ色んな男とヤりまくってるんだろうって言われたり、出会い系の偽プロフィールに、私は淫乱(いんらん)だから、どんな人とのどんなプレイでもＯＫです、って書かれたりしたの」

「何、それ。酷い」

初耳だった。酷いことを言われた、された、というのは聞いたけれど、ここまで具体的な内容は当時は知らされなかった。

「そんなわけないし、そんなことしてないんだから気にしなければいいって思うのに、私、当時、自分でもびっくりするぐらい傷付いたんだ。実際にそういう被害に遭った人のことを思うと、こんなこと言っちゃいけないんだろうけど、犯された、気がしたの」

犯された――。苑子が口にした強い言葉を、頭の中で繰り返す。また、あの肌がじりじりするような感覚が、甦った。

「わかる、気がする」

なるほど。実際にはされていないが、理世も言葉によって、犯された、のだ。だから痛い、恥ずかしいと思ったし、それをされたことを人に知られたくなかった。

「理世、どうするの？　こいつ、本当に人事に訴える気なのかな。でも絶対に謝りたくなんてないよね」

「うん。それなんだけど、さっきkotoriさんに話を聞いてもらったのね。新ブランドのメインデザイナーになってくれる人」

美名に会うことになった経緯と、言われたことを話して聞かせた。

「無視かあ。確かに私も例の件の時、後から警察に、最初から完全無視してたら、ここまでの被害にはならなかっただろうって言われた。でも理世、同じ会社なのにできるかな」

「そうなんだよね。それに仕事はできる人みたいだから、人事に訴えられて両成敗みたいにされても嫌だし。じゃあ、先にこっちから訴えようかって、さっき少し考えてたんだけど。でも、やっぱりあのメールを人に知られるのも嫌で」

「うんうん、わかる。両成敗なんてあり得ないわ。どうしようね。博喜君もこのタイミングで出張なのかあ、仕方ないけど」

「うん。出張前にこんな話、できなかった。菅井さんのことも、ちょっと面倒くさい人がいて、ってぐらいにしか話したことないし」

「わかる。私も言えないと思う」

　どちらかが何か言うと、どちらかが「わかる」と同調する会話が続いた。

締め方がわからなくなり、頃合いを見て、理世の方から「こんな時間だから、そろそろ切るね」と切り出した。

「ごめんね、嫌な話を聞かせて」

「ううん。何の役にも立てなくてごめん」

「そんなことない！　聞いてもらって、楽になったよ」

　これは本当だった。解決策はまだ見出(みいだ)せないものの、今の自分の気持ちすべてに、心から「わかる」と言ってもらえて、救われた。

「進展があったら、教えて。難しいとは思うけど、今日はすごく疲れてると思うから、ゆっくり寝て休んでほしいな」

「ありがとう。また連絡する」

電話を切って、手短に入浴を済ませ、ベッドに入った。けれど苑子が心配した通り、ゆっくり寝るのは難しかった。少しまどろんではまたすぐに目を覚ますというのを、朝まで繰り返した。

定かではないが、夢を見た気がする。黒い大きな塊が、唸り声を上げながら蠢いて、理世に向かって来る。やがて理世はその塊にすっぽり取り込まれる——。そんな夢だったように思う。

土日は両日とも、家から一歩も出ずに過ごした。バラエティ番組を見て声を上げて笑ったり、大音量で音楽を聴いてみたりしたが、まったく気が休まらない。土曜の昼に博喜から、無事にホテルに着いた旨のメールが来たが、そっけない返事しか返せなかった。

眠れない夜が続き、月曜の朝、ベッドに横たわりながら考えたのは、会社を休む口実だった。ずる休みを試みるなんて、小学校の時以来である。しかし良い言い訳を思いつかず、また、嘘を吐く気力もなくて、重い体をベッドから引きずり出した。のろのろと準備をし、出勤する。

菅井主任に出くわすことなく、オフィスに到着できた。

「おはようございます」

隣席の野村君は電話をしていて、会釈（えしゃく）だけで挨拶を返してくれた。

「その件は、広告・宣伝課の菅井の担当でして……」

敵の名前が聞こえてきて、体を強張らせる。

「では菅井の方から、連絡させます。ただ、今日明日出張に出ていまして、水曜日になるのですが、よろしいですか？」

次の言葉を聞き、理世は野村君をじっと眺めてしまっていたようだ。

「おはようございます。何か？」

電話を切った彼に不思議そうな顔をされた。

「はい、九州に。仕事は明日だけなんですけど、奥さんがあっちの出身なんですって。だから土日と有休と組み合わせて、家族で帰省してるらしいですよ」

「そっか。お子さんはもう夏休みかあ」

ということは、少なくとも今日明日は社内で敵と出くわすことはない。肩から少し力が抜けた。

パソコンを立ち上げ、いつものように、まずメール画面を開ける。何気ないこの作業で、三日前は地獄に落とされたのだ。そんなことを考えながら、ぼんやりと画面を眺めていた。

次の瞬間、全身が引き攣った。受信したメールの差出人の中に、「(株)ビータイド　広告・宣伝課　菅井」の文字がある。怖がっているあまり、三日前のメールの幻影を見たかと思ったが、違う。新たなメールで、タイトルは「謝罪要求」。本文が短いので、一覧表示のままで読むことができた。

『企画・生産課　佐和理世さま。先日貴方の問題のある言動について、即刻私への謝罪を求めるメールをお送りしましたが、数日経った現在も、貴方から音沙汰がありません。社用のアドレス宛のメールをモバイルに転送していますが、何も届いていませんので、何もしていらっしゃらないですよね。今一度、誠意ある謝罪の要求を致します。』

震える体をさりげなく両手でさすりながら、「お茶飲んできます」と、理世は席を立った。

定時ぴったりで退社して、家路を急いだ。自宅に駆け込んで、中からしっかり鍵をかける。倒れ込むようにベッドに腰を落ち着け、苑子に電話をかけた。

十コール目で「もしもし?」と出た苑子の声は、何だかいつもよりくぐもっていた。

「もしもし。あれ、調子悪い？　家にいる？」

時間が早いから、まだ会社や外かもしれないと思ったが、背後からは何の音もしない。

「ああ、うん。ちょっと」

「風邪？」

「ううん。あのね、理世のせいじゃないから、絶対に責任は感じないでね。この間の理世の話を聞いたら、自分の事件を思い出しちゃって、だんだん具合が悪くなってきて……。今日は会社を休んだの」

「えっ。そうなんだ」

「明日は行けると思うし、気にしないで。理世は？　出勤した？　あいつ、どうだった？」

「ああ、うん」と口ごもる。報告するつもりで電話をしたが、体調を崩したという人に、更なる悪い展開について話せるわけがない。

「何もなかったよ。あの人、今日明日は九州出張なんだって。明後日以降、もう怒りが解けてくれるといいんだけど」

「そうなんだ。よかったね。うん、本当にそうなってほしいなあ」

適当に会話を交わし、電話を切った。ベッドに体を倒し、長い長い息を吐く。

翌朝、ある程度覚悟を決めた上で出勤したが、また菅井主任からメールが来ていることを確認した時は、やはり体が強張った。タイトルは「謝罪要求（再送）」。内容は昨日とまったく同じだった。家族も一緒の出張先から、毎日ご苦労なことだ。

昨日と同じく無視を決め込んで仕事に励んだが、夕方に休憩室で一人お茶を啜っていたら、不意に涙が流れてきた。一滴、一滴、穴の空いたバケツからこぼれ落ちるように、流れ出したら止まらない。

どうしてこんな目に遭っているのだろう。一体何の罰なのだろう。長い間嫌な思いをさせられて、耐えてきた。限界が来て拒否をしたら、逆上された。こんな理不尽なことがあるだろうか。

明日は遂に敵が出勤する。直接「謝罪要求」をされるのだろうか。もういっそ、形ばかりの謝罪をしてしまおうか。いや、こちらは何も悪くないのに、そんなことは絶対におかしい。

でも無視をし続けたら、本当に人事に訴えられるかもしれない。きっと言葉巧みに、いかに理世が悪かったか、非常識だったかを説くのだろう。今回の件で菅井主任への嫌悪感、拒否感が高まったのは、逆上されたという事実だけでなく、あの最初のメールの文体によるものも大きい。美名が指摘したように、冷静に考えたら矛盾だらけなのだが、一文一文が巧みというか、文章として妙に達者なのだ。慇懃無礼の見本のようで、生理的に強い拒否感を抱く。

しかしあの調子で訴えられたら、理世にも非があったという結論を出されるのではないか。処分を受けたりするのだろうか。博喜と離れてまで、スウ・サ・フォンに身を捧げようと決めたのに、チームから降ろされたりしたらどうしよう——。

翌朝とうとう理世は、ベッドから出ることができなくなった。会社に電話をすると、育児中のためフレックスで早朝出勤している女性同僚が出た。体調が悪いから休むと、島津課長へ伝言を頼む。

逃げただけだが、今日も一日菅井主任に会わなくて済むと思ったら安心したようだ。突然の睡魔に襲われた。これまでの寝不足分を、体が取り戻したがっていたのだろう。途中で何度か目を覚ましたものの、夢も見ずに熟睡するのを、夜まで繰り返した。

会社から着信があったことに気が付いたのは、二十二時を過ぎてからだった。十七時半頃にかかっていて、留守電が入っている。

「佐和、体調はどうだ？　出勤したら、話がある」

島津課長の低い声に、青ざめる。きっと出張から帰った菅井主任が、とうとう人事に訴えたのだ。

こうなったら、こちらの主張も全力で訴えるしかない。一年もの間しつこくされて、ずっと苦しかったが、関係性上、何もできなかった。でも最近の誘い方は度が過ぎていたので、迷惑だと意思表示をした。そうしたら暴力的な逆上をされた。私は何も悪くない。メールに書かれているような言動は言いがかりだ。

そう言おう。どこまで聞き入れてもらえるかわからない。でも、もうそれしか道は残されていない。

翌朝もベッドから出るのに時間がかかり、出勤がぎりぎりになった。

「おはようございます」

オフィスの空気が、いつもより固いように思えた。増本先輩、川口さん、野村君とチームメンバーが、一斉に意味ありげな表情で理世を見た、気がする。

「おはよう。課長、佐和ちゃん来ましたよ」

増本先輩が、電話を終えたばかりの課長に話しかける。

「おう、佐和。体調はどうだ？」

「まだ万全ではないですが……。昨日は急にすみませんでした。電話にも気付かなくて」

「留守電にも入れたが、話があるんだ。いいか？」

頷いて、課長について廊下に出る。

「人事がお前から聞き取り調査をしたいと言ってる。できるか？」

やはり、と目を伏せて、無言で頷く。課長は社内携帯で電話を始めた。

「島津です。佐和が出勤しました。……はい。会議室ですね。すぐに行きます」

会議室に連れて行かれる。廊下に人事課の社員が二人、立っていた。四十代の半ばだと思われるメガネの女性は都築、三十歳前後の男性社員は坂田と名乗った。都築さんの方は、全体会議で見かけたことがある気がする。

「佐和さんですね。昨日はお休みされていたそうで、体調が万全じゃない中、すみません。お話しできますか？」

都築さんに言われて、本心は大丈夫ではないが、「はい。大丈夫です」と返事した。中に入り、人事課ペア、課長と理世という、二対二の対面式で座る。

「本日お呼び立てしたのは、昨日の昼頃に人事課宛に、匿名の告発メールが届きまして。内容が佐和さんに関するものだったので、聞き取り調査をさせて頂きたく思いました」

都築さんが仕切り、坂田さんが手許のファイルから紙を取り出す。匿名なのか、と理世はこっそり息を吐いた。理世が菅井主任に「不遜で無礼」な態度を取っているところを目撃した第三者からの告発、という設定にでもしたのだろうか。まったく手が込んでいる。

「具体的な内容です。佐和さんが、広告・宣伝課の菅井浩文氏から、一年ほどにわたって、セクハラとも言える接し方や誘いを受けていた。佐和さんは立場上、拒否をするのが難しかった。しかし最近、菅井氏の誘いがエスカレートしていたので、先週の金曜日の昼、佐和さんは迷惑である、今後は止めてほしいと菅井氏本人に訴えた。そうしたところ菅井氏から、佐和さんを侮辱し、謝罪を要求するメールが届いた。ということです。こういった事実はありましたか?」

え、と声を出したつもりだが、音が出なかった。頭が混乱している。

今、都築さんは何と言った? 理世がセクハラ被害に遭っていた、理世が侮辱された、とそう言った。

「メールも添付されていました。読み上げてもよろしいですか?」

「え、は、はい」

都築さんと坂田さんが目配せをする。坂田さんが手許の紙を持ち上げ、口を開いた。

「企画・生産課　佐和理世様。先ほどは立ち話で失礼しました。どうやら先ほどの会話で、私が貴方を異性として誘ったと誤解を与えたようなので……」

件のメールが読み上げられるのを、理世は口をぽかんと開けて聞いていた。

「こういった内容です。このメールを受け取りましたか?」

都築さんに聞かれ、「あ、はい」と、首を縦に振る。

「全部事実です。メールも受け取りました。あっ、それ以外にも、月曜と火曜に『謝罪要求』というメールも来ました！」

二人がまた顔を見合わせる。

「そのメールを、後で確認させて頂くことはできますか？」

「はい、はい！　あのっ」

テーブルから身を乗り出す。まだ事態に頭がついていっていない。けれど、どうやら自分が訴えられているのではない。訴えられているのは菅井主任だ、というのはわかる。そして、これはチャンスだと思う。

「一年ぐらい前から、菅井主任に仕事と無関係なことを話しかけられたり、飲みに行こうと誘われたりして、嫌な思いをしていました。でも年下で後輩という立場上、強く拒否はできませんでした。けれど最近、娘さんの服を買うのに付き合ってほしいとか、菅井主任は無関係のスウ・サ・フォンチームの決起会を二人で仕切ろうなどと言われて、一度強く拒否をしないと止めてもらえないと思い、金曜の昼に、迷惑ですと伝えました。そうしたら一時間後に、そのメールが送られてきました。拒否をしたのは事実ですが、メールで書かれているようなことは、言いがかりです。普段から行動に問題があったとか、性を意識させていたとか、飼い犬なんて言われて、私の方こそ、強く傷つけられました！」

出勤の電車の中で、人事から何か言われたらこう訴えようと、頭の中で練習していた言葉を放つ。興奮して、ところどころ声が裏返った。

人事課の二人、都築さんと坂田さんが、神妙な面持ちで理世を見つめている。

「よろしいでしょうか」

隣の島津課長が、口を開いた。

「昨日の調査でも申し上げた通り、私は菅井さんとはほとんど交流がなく、佐和がしつこくされていたことも認識できておらず、上司として管理不足だったと反省しています。ですが、そのメールに書かれているようなことはないと、普段の佐和の仕事ぶりや行動から、断言できます。不遜で無礼な態度を取ったとは信じられませんし、これまでに問題行動もありません。ましてや性を意識させる行動などは、絶対にありませんでした」

顔を横に向け、課長を見上げた。目が合うと、大きく頷いてくれた。泣きそうになる。

「チームメンバーの皆さんも、概ね同じような証言でしたね」

都築さんが言う。

「あ、あの。チームメンバーも、そのメールを読んだんでしょうか」

「いや、メールを読んだのは俺だけだ」

「お三方には事の概要を話して、普段の佐和さんの人となりなどについてお聞きしました」

課長と都築さんが順番に答える。

「あいつらは菅井さんが佐和を気に入ってることも、佐和が嫌がっていたのも気付いてたみたいだ。でも何もできなくて、悪かったって言ってた」

さっき三人が一斉にこちらを見たと思ったのは、気のせいではなかったようだ。

「菅井さん側の聞き取り調査がまだなので、結論はすべて話を聞き終えるまで出せませんが……。佐和さんがセクハラ被害を受けていて、今回の件ではパワハラの被害に遭ったことは、間違いないようですね」

都築さんが、ふうっと息を吐く。セクハラにパワハラ。改めて言葉にされると、背筋が冷えた。

「佐和さん。苑子は『犯された』とも言った。自分は、そういう被害に遭ったのだ。

「佐和さん。オフィスに戻ったら、私に先ほど仰っていた他のメールを送って頂けますか？」

「はい」と丁重に返事をする。

「おそらく菅井氏には処分が下ることになると思います。佐和さんの希望も訊ねるかと思いますが、まずは全容解明を急ぎますので、質問がなければ、一旦失礼します。この後、菅井氏側の聞き取り調査に入りますので」

二人は立ち上がり、礼をした。課長と理世も倣う。

二人が出て行ったのを見届けてから、「あの、課長」と話しかけた。同時に課長の社用携帯が鳴る。

「ちょっと待ってくれ。もしもし？ ……ああ、今終わった。ああ、全面的に認められた。佐和、増本たちだ。心配してて、こっちに来たいと言ってるが、いいか？」

「え、ああ、はい」

廊下の方から足音が聞こえてきた。扉が勢いよく開き、「佐和ちゃん！」と増本先輩が叫びながら駆け込んできた。川口さんと野村君も後ろにいる。

「大丈夫だった？ こんな大変なことになってたのね！ 気付いてあげられなくてごめん！ 何なのよ、あの男！ 気持ち悪い！」

理世に抱き付いた先輩は、背中をさする。

「僕も、すみません。菅井さんが僕のところに来るふりをして、本当は佐和さんが目的なのもわかってたし、佐和さんが嫌がってるのも気付いてたんですけど。立場上、何もできなくて」

「僕も。佐和さん迷惑なんだろうなあってのは、何となくわかってたんだけど。前に一度菅井主任と組んだ時、自信たっぷりっていうか、押しが強くて、苦手意識があったんだよね。だから、見て見ぬふりをしちゃってた」

野村君と川口さんが、肩をすぼめる。理世は皆に向かって、首を横に振る。

「いえ、皆さん私は悪くないって証言してくれたんですよね？　私、自分にも非があるって言われたらどうしようと思って、怖くて何もできなくて……。ありがとうございました！　本当にありがとうございます！」

腰を深く折る。

「あの、どなたが人事にメールを送ってくれたんですか？」

「え？」と、四人は顔を見合わせた。

「佐和が自分でしたんじゃないのか？」

「うんうん。上手い手だなあと思ったよ。うちの人事、しっかりしてるしねえ」

理世が菅井主任からのメール画面を開きっ放しにしていたとかで、事態に気が付いた誰かがこういった行動を取ってくれたのかと思った。でも違うようだ。

ということは――。あのメールを持っている人は、二人しかいない。でも苑子は性格的に、こんな思い切った行動に出るとは考えにくい。理世に黙って実行するのもおかしい。

そうなると――。

「課長！　私、やっぱり今日一日休みをもらえますでしょうか。まだちょっと混乱して
て。金曜日からの精神的な疲れもあって……」

「ああ、そうしろ。今から菅井さんの方の調査だって言ってたし、社内で顔を合わせたくないだろう」

「うん、ゆっくり休みなよ。仕事は何とでもなるからさ」

課長と増本先輩が頷く。

オフィスに戻って、社内メーリングリストから都築さんのアドレスを調べて二件のメールを送った後、すぐさまオフィスを出た。会社のビルを出たところで、携帯を取り出す。目的の人に電話をかけようとして、でもコール音が始まる直前で切った。

あの人はきっと、あそこにいる。何故だか確信を持って、そう思った。地下鉄に乗り込む。

赤い扉を開く。

「あら、佐和さん。いらっしゃい」

声をかけてくれたハルミさんに会釈をし、奥の席に向かった。

その人は、予想した通り、一番奥の席でくつろいでいた。今日も自作の、紺地に黄色の

花柄のワンピースを着ている。窓から差し込む光が、彼女の白い頬を照らしている。絵画のように美しい光景だった。

「ああ、佐和さん」

「kotoriさん。こちら、いいですか？」

断って、向かいの席に座る。ハルミさんが、理世に注文を取りにきた。アイスカフェラテを頼む。美名は手許に広げていたスケッチブックを閉じて、テーブルの端に除けた。

「お話があるんです。例の広告課の主任の件です。昨日人事課に、私が彼からセクハラ、パワハラ被害を受けているとメールが届いたそうで、さっき聞き取り調査を受けました」

「そうなんですね」

美名は紅茶のカップに手を伸ばす。

「チームメンバーや課長の証言もあって、全面的に私が被害者だと認めてもらえました。あの人には処分が下ることになりそうです」

「それはよかったです」

「kotoriさん、メールをしてくれたんですよね？」

「イズミ君に事情を話して、メールを見せたら、これは立派なセクハラ、パワハラに相当するって言われたんです。きちんとした会社なら、然るべき対応を取るはずだ、って。付き合いはまだ浅いですが、ビータイドさんはきちんとした会社だとお見受けしたので」

いつものしっとりとした声と口調で言い、美名は微笑した。

「あの、ありがとうございました。私……」

「いいんです、お礼なんて。先に佐和さんが私を、助けてくれたんですから」

「え?」

ハルミさんがアイスカフェラテを運んできた。無言でグラスをテーブルに置き、去って行く。

「三十歳を過ぎて、フリーで服作りをしていて。この間は、これでいいと思ってる、なんて強がっちゃいましたけど、私本当は、ずっと将来や、自分はこれでいいのかと不安でした。でも佐和さんが、私を見つけてくれて、引っ張り上げてくれた。アパレル会社のブランドの、デザイナーにしてくださったんですよ? 私は佐和さんに助けられたんです。私が佐和さんを助けたいと思うのは、当然です」

目頭がきゅっと熱くなった。何か言わなければと思うけれど、胸がいっぱいで言葉が出て来ない。

「私にお礼はもう言わなくていいです。今後も、今回の件で気を遣ったりしないでくださいね。一デザイナーと担当のＭＤさんの、正しい付き合い方をしてください。あと、歳の近いお友達としても、いい付き合いをしてもらえたら嬉しいです」

踏ん張ったつもりだったが、涙がこぼれた。誤魔化すために、アイスカフェラテを飲む。爽(さわ)やかな風味とコクが、心地よかった。一口で全身が潤った。

「嫌な話は忘れて、楽しい話をしましょう。実は今もデザイン画の下書きを描いてたんです。見てもらえませんか?」

頷いた。美名がスケッチブックを引き寄せ、開ける。鮮(あざ)やかな色が、視界に飛び込んできた。

雨が止んだら、新しい何かが始まる。そう、今度こそ始まるのだ。負荷やストレスは去り、明るい未来が、穴からぽつりぽつりとこぼれる雨粒のように、一歩ずつ、ゆっくりゆっくり、理世に向かって近づいてくる。その音を、理世は確かに聞いた。

第三章　私の名前は美名(みな)

　レースの端切(はぎ)れを顔の高さに掲(かか)げ、「うーん」と陶器のような肌をした女性が首を傾(かし)げる。

「イメージと違うなあ。日本ではぴったりのものが手に入らないようなら、もう壁にレースを這(は)わせるのは止(や)めましょう」

「かえってその方がいいですかね。海外から取り寄せられるといいんですけど、オープン前で予算がギリギリで、すみません」

　理世も悔しさから「うーん」と唸(うな)る。

　ビータイドの小会議室で、美名と二人でスウ・サ・フォンのオープン時の、店舗のディスプレイについて打ち合わせをしている。美名自ら、ぜひ関わりたいと申し出てくれた。

「そうだ、コトリさん、忘れないうちに。この間依頼のあった女性誌の取材ですけど、断りのメールをしておきました」

「ありがとうございます。すみません、拒否しちゃって。でもデザインとブランドに関係のないものは、受けたくないんです」

「それでいいと思います。受けても、広告を入れてくれる風はなかったですし」

ゴシップを取り扱う女性週刊誌だった。広告課のスウ・サ・フォンの担当が、広告を入れて欲しいと営業に行ったら、そちらの返事は芳しくなかったが、代わりに美名への取材を打診された。最近不倫騒動があった女優について、いろんな職業の女性からコメントが欲しいのだという。

「でもファッション誌では、広告を入れてくれるところもあるんですよね？」

「はい。特集の中で商品を紹介してくれるところもあります。オープンして商品が世に出回るようになったら、じゃんじゃんそういうオファーがあちらから来るようになりますよ！　と、信じて頑張ってます」

理世の言葉に、美名はくすっと笑う。

「とうとう、ですねえ。ここまで、すごく短かった気がします」

「本当に。私もあっという間でした」

スウ・サ・フォンのオープンが、いよいよ一ヵ月後に迫っている。三人のデザイナーが決まり、本格的に始動し出してからの約一年間は、慌ただしく過ぎて行った。

一番の大きな出来事は、やはり菅井主任の事件だった。美名が告発メールを送ってくれて、チームメンバーも皆理世の味方をしてくれて、実際は数日間で解決した出来事だった。でも衝撃の大きさから、理世にとっては今でも「事件」という認識だ。

聞き取り調査で菅井主任は、自分は悪くない、傷付いたのはこちらだと、譲らなかったらしい。でも実はこういう出来事は二回目だということで、人事部は理世を被害者だとしてくれた。理世が入社したばかりの頃にも、広告課の女性から、「仕事の指導と称した菅井主任の誘いに迷惑している」と人事に相談があったそうだ。その時は、相談した直後に既婚者だった女性の妊娠がわかり、退社することになったので、女性の希望もあり、それ以上事を大きくしなかったという。でも、おかげで理世が助けられた。

菅井主任は、翌週付けで九州支社に異動になった。奥さんの実家があるので、前々から異動願いを出していたらしい。「えー、問題起こして希望が通るなんて、おかしくない？」と増本先輩は不服そうだったが、理世は自分の前から彼がいなくなってくれるなら、何でもよかった。行きたくない場所に飛ばされるより、逆恨みされる可能性も低そうで、良かったと思ったぐらいだ。人事から、「菅井氏に謝罪を望みますか？」とも訊かれたが、それも断った。とにかく二度と関わりたくない。早く彼を記憶から消したい。上司も同僚も皆、理世を信じてくれたから、それで十分だ、という思いだった。

事件が収束したのと同時に、パリ出張から帰ってきた博喜に、事の次第と顚末を告白した。そこで理世は、これまで知らなかった博喜の新しい一面を見た。

「もう解決したから。この人、九州に異動になったから」と、何度も前置きをした上で話をしたのだが、例の慇懃無礼なメールを読んだ博喜は、いつも冷静沈着なのに、全身で怒りを露わにした。顔を真っ赤に上気させ、そうしていないと激しく震えてしまうのか、手を口に強く当て、呼吸を必死に整えながら、何度も何度もメール画面に視線を上下させていた。そしてパリから帰った当日だというのに、「ちょっとごめん」と、一人で夜の街へ出て行ってしまった。

「理世についててあげるべきだと思った。でも怒りが抑えられなくて、一緒にいると、それを理世にぶつけるような、おかしなことをしそうだった」と二時間ほどして帰って来てから、説明された。「逆恨みして、異動先から嫌がらせされたりしないかな？　俺、パリ赴任取りやめようか」とまで言い出した。「九州に行きたかったらしいし、チームメンバーもみんな助けてくれたし、大丈夫」と、説得するのが大変だった。

そして博喜は、秋にパリに旅立った。当初は理世もすぐに遊びに行こうと思っていたが、スウ・サ・フォンの準備が忙しく、未だ実行できていない。でも七時間の時差の壁を乗り越えて、三日に一度はテレビ電話などで連絡を取り合っている。出発前に博喜が、

「傷付いてる時に側にいてあげられないから、何もなくても頻繁に連絡は取り合おう。お

互いにサボらずに、何でも分け合おう」と提案してくれたのだ。おかげで現在は、快適な遠距離恋愛の真っ最中である。

事件が解決した際は、即刻、苑子にも報告をした。「よかった。本当によかった。これで終わりますように。これ以上何も起こりませんように」と、自身も「犯された」経験のある長年の親友は、電話の向こうで涙を流して喜んでくれた。

大事な人たちが願ってくれたおかげだろう。「事件」は、これで終わった、と思う。あれ以来、菅井主任からは何の接触もない。彼の近況も耳に入って来ない。同僚たちが気遣ってくれているのだと思う。本当に自分は人に恵まれていると感謝している。

ノックの音がして、警備員が顔を出した。

「もう閉めますけど、出られますか？」

「あっ今日、全体清掃でしたっけ？　すみません、出ます！」

時計を見て慌てて立ち上がる。

「コトリさん、ごめんなさい。今日はもう引き上げなきゃいけないんです」

「わかりました。片付けましょう」

この一年での最も大きな出来事は、あの事件だったけれど、最も重要な出来事なら、今目の前にいる美名との仲が深まったことだろう。仕事で毎日のように接するので、自然と距離が縮まった。「お礼はもう言わなくていい」と言われたので、あれから口には出していないが、地獄に落ちたような気持ちでいたところを掬い上げてくれたという、生涯忘れられない恩もあるので、理世が密かに美名に抱く想いは、とてつもなく大きい。

仕事のメールの末尾にプライベートな内容を書き合っているうちに、携帯で他愛もないメールを送り合うようになった。ニュースに美名の憧れだという海外のデザイナーが出ていたので、「コトリさん！　すぐテレビ点けて！」と初めて電話をして以来、何かあると気軽に電話で話すようになった。東海地方の美術館で、美名の好きな画家の展示があり、「佐和さん、よかったら一緒に行きませんか？　デザインの参考にもなると思うし」と誘われたことを会社で話すと、経費が出て、日帰り旅行がてら二人で連れ立って出かけたのをきっかけに、大型美術館から下町の画廊まで、美名の参考になりそうな展示やイベントがあれば、共に足繁く出かけるようになった。今では月曜に出勤すればチームメンバーたちに、「今週はコトリさんと出かける予定あるんだっけ？」と、テレビ電話を繋げば博喜に、「今日もコトリさんと一緒だったんだっけ？」と聞かれるのが定番である。

「バタバタさせちゃって、すみません。コトリさん、この後予定はありますか？　夕食でも食べに行きませんか？」

会社を出たところで、誘ってみた。

「いいですねえ。でも、いつもビータイドさんにご馳走になってて、申し訳ないなあ」

「そんなことはいいですけど。でも、じゃあ私の家に来ませんか？　まだ時間も早いし、家からならすぐに帰れますよね」

　理世と美名の自宅は、会社を挟むと地下鉄の線が違い、遠いのだが、自宅同士だと私鉄で一本なのだ。そのことに気が付いてから、いつかお互いの家を行き来したりできればいいのにと思っていた。

「え？　いいんですか？」

「どうぞどうぞ。駅前に輸入食品スーパーがあるんです。そこでデリでも買って夕食にしましょうよ。ワインの種類も多いですよ」

「わあ、楽しそう。じゃあお邪魔します」

　ワインが効いたのだろうか。理世はほくそ笑む。

　この一年で、理世は美名について沢山のことを知った。かわいらしい外見からは意外だが、お酒がとても好きで、強い。特にワインがお好みのようだ。大食漢ではないが、食べることも好きで、こだわりが強い。おいしい物を食べた後は、機嫌が良くなる。逆に口に合わない物を食べた時は、しょんぼりとしている。

　しっとりとした声に、おっとりとした口調だが、決して無口ではない。むしろ口数は多い方かもしれない。美術、お酒、食べ物、お気に入りのカフェなど、好きなことに関しては、かなり饒舌(じょうぜつ)になる。何よりも話し出すと止まらなくなるのは、やはりファッションについてだ。スウ・サ・フォンのミーティングで、何かの拍子で始まったアール・デコの話題で、録音しておけばよかったと思うぐらい、熱弁を奮(ふる)ったこともある。

基本的には人を気遣う性格だが、自分の意見はしっかりと持っていて、譲らない。妥協せず、はっきりと主張もする。こういう性質は、幼い頃の海外暮らしで培(つちか)われたのかもしれない。小松さんが提出したバッグのデザイン画について、「一見斬新(ざんしん)にも思えるんですけど、どこかで見たようなデザインだと思うんですよね。かと言って王道でもないし、スウ・サ・フォンにはふさわしくないと思います」と、本人を前に言い切ったこともあった。

スウ・サ・フォンでのデザイナー名についても、自分の意志を通した。小松さんはRIE、田代さんはJUNNと、こちらから提案した、本名の下の名前から付けたデザイナー名に決まった。しかし美名は、同じ法則性のMINAに、「かわいらし過ぎませんか？　私にはそぐわないと思います」と難色を示した。

「そんなことないですよ！」とチームメンバー全員で説得しても、「でも下の名前で呼ばれ慣れてないので、しっくり来ないんです。これまで通りkotoriではいけませんか？」と譲らなかった。これまでの活動との区別は付けてほしいので、そのままは却下したが、結果的に片仮名表記の「コトリ」で落ち着いた。本人が嫌がるのを無理強いはできないし、小松さんや田代さんと表記が揃わないが、美名がメインデザイナーなのだから区別してもいいだろうという結論に至った。

一人だけプロ経験がなかったが、誰よりもプロ意識が高い。小松さんと田代さんはすっかり親しくなり、会う度に私的な話で盛り上がっているが、美名はその輪にあまり入ろうとしない。たまに二人やチームメンバーに私生活について訊ねられても、上手くはぐらかす。一度チーム全体の飲み会の時に、美名が終始聞き役に回って、ほとんど喋らなかったので、帰り道で二人になった時に、「体調でも悪かったんですか？」と、理世は気遣ったことがある。

美名の返事は、こうだった。

「いえ。ごめんなさい、楽しくなかったわけじゃないんです。でも私、仕事とプライベートはきっちり分けたいんですよね。仕事で知り合った方たちなので、必要以上に仲良くならない方がいいと思うんです。ジャルダンに集まってくる、クリエイター仲間とは違うので」

「なるほど。でも私とはプライベートでも仲良くしてくれますよね」

そう言うと、美名は少女のようにほんのり頬を赤らめて微笑んだ。

「佐和さんは特別です。公私混同をしない人だってわかってますし、初めて会った時から友達だって思ってました」

決して悪い気はしなかった。

美名の選んだワインと、多めに買ったデリの袋を分けて提げ、理世のマンションに到着した。

「どうぞ。散らかってますけど」

「お邪魔します。全然そんなことないですよ」

「適当にくつろいでくださいね」

食器の準備をする。

「佐和さん、よく友達を家に呼ぶんですか？」

「ううん、全然ですよ。地元の友達が東京に遊びに来た時に泊めたことはあるけど、こっちの友達とは外で遊ぶのが多いですね」

「北海道に、長年の親友さんがいるんでしたよね。その人ですか？」

「そう。でも最近はちょっと疎遠なんです。彼女に彼氏ができたので」

今年の春頃、苑子に念願の新しい彼氏ができた。同僚に紹介された、同い年の公務員だという。話を聞く限り、真面目で優しそうな人で安心している。

美名は室内をしげしげと見回している。

「アパレル社員なのに、地味な部屋ですよね。もっとインテリアとか凝りたいんですけど」

「そんなことないですよ。佐和さんらしいセンスのいい雑貨がいっぱい。ほら、これなんてかわいい」

テレビ脇の羊の形をしたリモコン入れを、美名は指でちょんと撫でる。

「ありがとうございます。コトリさんのお家は素敵なんだろうなあ。壁紙を変えたり、好きな絵を飾ったりしてそうですよね」

「そうでもないです。デザインには沢山の色を使いたいんですけど、目が疲れて落ちつかないので、部屋はわざとシンプルにしてるんです」

「そうなんですね。ああ、それにお友達の部屋だから、あまり好き勝手はできないのか」

「え？　なんですか？」

背中合わせで喋っていたからか、訊き返された。美名は壁際に立っている。

「ああ、それ」

視線の先には、あの紺地に黄色の花模様の、布バッグがかかっている。kotori時代の美名の作品だ。

「大事にしてくれてるんですね」

「コトリさんと出会えたきっかけですから。それがなかったら、来月スウ・サ・フォンはオープンできません」

「嬉しい。ありがとうございます」

理世も隣に立って、しばらく並んでバッグを眺めた。優しい時間が流れる。

食卓を整え、ワインで乾杯をした。「何に乾杯します？」と訊かれたので、「ここはやっぱり、スウ・サ・フォンの成功を祈ってでしょう」と言ったら、美名は楽しそうに付き合ってくれた。

「このワイン、おいしい。どの料理にも合いますね」

「そう。赤なんだけど、この銘柄のはどんな料理にも合いやすくて、気に入ってるんです」

「ワイン詳しいですよね。コトリさんもソムリエ資格を取っちゃえばいいのに。最近もイズミさんと、試飲会に行ったりしてるんですか？」

さりげなくイズミ君の話題を出してみた。菅井主任の事件で間接的にお世話になったので、「最近の晩酌（ばんしゃく）は、イズミ君にもらった白ワインなんです」とか、「イズミ君に教えてもらった、家で手軽に作れるおつまみがおいしいんですよね」などと、美名の話に彼が出る度に、感謝の気持ちを感じていた。いつか、親しくない人にでも、事件について冷静に話せる時が来たら、直接お礼を言いたいと思っているが、まだ実現できていない。美名が彼と付き合っているのかどうかも気になっているが、こちらも訊ねる機会を逃している。

「いえ。イズミ君とは、最近は会ってないですね」

そう言われれば、最近あまり話題に出ない。ジャルダンを辞めて、ソムリエとして別の飲食店で働き出したと聞いたが、忙しいのだろうか。

「というか、彼とはもう会わないことにしたんです」

「えっ。どうしてですか？」

美名は苦笑しながら、ワイングラスを揺らす。

「私はずっと友達として、彼と仲良くさせてもらってたんですけど……。自分で言うのもなんですけど、彼の方は私と付き合いたいと思っていたみたいで」

「そうなんですね。私、実は、二人は付き合ってるのかと思ってました」

「ううん、違うんです。でも、そうやって意思表示をされた以上、気持ちには応えられないけど、今後も友達でいてほしいっていうのは、図々しいと思ったので」

なるほど。それで会わないことに決めたらしい。イズミ君は穏やかそうな人に見えたが、solaの元パートナーとの件があるから、美名がそう決断した気持ちはわかる。理世は彼に直接お礼を言うことができなくなってしまったが、仕方がない。

気まずい空気が流れたので、話題を変えた。

「来週の火曜は、メンバーとオープニング会場を見に行くんです。いいパーティーにできるように、頑張りますね」

スウ・サ・フォンのオープンの前日は、ファッション、美容、マスコミ業界の面々を招待して、それなりの規模のパーティーを開く。

「ああ、オープニングパーティー」

「はい。コトリさん、もうスピーチは考えました？」

責任者の島津課長と、企画者の増本先輩、それから三人のデザイナーは、壇上でスピーチもする。

「まあ、なんとなくは。でもその場の気持ちも大事にしたいので、台本は書かないかもしれません」

「おっ、ぶっつけ本番ですか？　すごい！」

美名が曖昧な愛想笑いをし、さっと理世から目を逸らした。違和感を覚える。契約時の面接を思い出した。また緊張が始まったのだろうか。

「パーティーは、招待客しか来られないんですよね？」

美名が、目を合わせないまま訊ねてきた。

「え？　はい、基本的には」

「でも招待状を忘れてきたとか、招待された人に誘われてきたとか言えば、入れちゃうんじゃないですか？」

「そんなに厳密に規則は作ってないですけど……。どうしてですか？」

いえ、と呟き、美名は目を伏せた。直後、首を意味なく振ったりして、落ち着かない。やはり様子がおかしい。

やがて何か決心をしたように、顔を上げた。

「佐和さんだから、言います。私、パーティーに来てほしくない人がいるんです。その人には招待状を送ってないんですけど、でも何らかの方法を使って来てしまうんじゃないかと思って、怖いんです」

「えっ、誰ですか？　あ、solaの元パートナー？」

「違います。彼は今東北で、お米屋さんだったか、実家を継いでるそうなので、情報が入って来ないと思います。当時は付き合いがあったジャルダンの仲間も、みんな私のために縁を切ってくれたので」

「じゃあ、誰ですか?」

訊ねると、美名はしばし唇をきゅっと結んだ後、ゆっくりと口を開いた。

「母です」

「お母さん?　え、でもご両親はお忙しいからって……」

デザイナーたちの家族や友人、関係者にも、招待状は送った。しかし美名は、ジャルダンの友達は呼ぶけれど、家族は遠方だし、忙しくて来られないと思うから、いいですと断っていた。誰も特に疑問は抱かなかった。

「嘘を吐いてごめんなさい。お恥ずかしい話だから、言えなかったんです。両親に招待状を送らなかったのは、本当は来てほしくなかったからなんです。両親には、スウ・サ・フォンのことは話してません。フリーでデザイナーをしてたことも知らないんです。でも母のことだから、どこかで情報を摑んでパーティーに来てしまうかもって、最近怖くて」

深刻そうな低い声で、美名は語る。「あの」と、理世は話を遮った。

「ごめんなさい、状況が読めなくて……。詳しく伺ってもいいですか?」

「そうですよね、すみません、突然」

美名はワイングラスを置いて、背筋を伸ばした。理世もつられる。

「佐和さんになら私、話せそうな気がします。聞いてもらえますか？」

真っ直ぐに理世の顔を見据えた美名と、目が合った。どきりとする。

「はい」と返事する声が、少し掠れてしまった。

見慣れた美名の顔のはずなのに、これまでに見たことのない、暗い影が落ちているような気がする。

蔦が絡まったデザインの鉄製の取っ手を引くと、そこには大理石に囲まれた、想像以上に大きな空間が広がっていた。

「おー、広いね！　イメージもスウ・サ・フォンに合ってる！　いいじゃない！」

増本先輩がはしゃぎ声を上げる。

「いいでしょう。ここを見つけた時は、思わず、よしっ！　って声が出ましたよ」

会場を探し出してきた野村君は、得意気だ。

「その辺りに、どん！　とコトリさんのワンピースですね。飲食スペースはそっちかな」

「そうだな。目玉のワンピースはどこからも見えなくちゃな。舞台との距離感もいいし、その辺りか」

川口さんと島津課長は、早くもレイアウトについて相談を始めた。

盛り上がるメンバーたちからこっそり離れて、理世は会場の隅に佇んだ。ぐるっと全体を見回し、目を閉じてみる。

約一ヵ月後には、皆で一年間、丹精を込めて作り上げた洋服たちが、ここに華々しく飾られる。沢山の招待客たちは、談笑をしながら、うっとりとそれらを眺めるだろう。

会場の真ん中に飾るのは、スカイドロップワンピースと名付けた、美名作のオープン時の目玉服だ。美名が一番最初に理世に提出してくれたデザインの中にあった、雨粒模様のワンピースで、商品化が実現した。

当日は会場にいる美名にも、スカイドロップワンピースを着てもらう。デザイナー本人がマネキンになり、宣伝するのだ。初めて会った時に美名が着ていた、あの布バッグと同じ柄のワンピースと同様に、美名の体型によく似合うラインなので、「本人をマネキンに」というのは、理世が提案した。

スピーチのトリを務めるのも、美名である。舞台の上から、美名はどんな景色を見るだろう。理世は美名に、どんな景色を見てもらいたいだろう。自身が創り出した煌びやかな世界と、それを祝福する人たちの溢れる笑顔。そんな、これ以上ないぐらいに美しい景色を、存分に味わってもらいたい。

でもそこに、美名が怖がっている人の姿があったら——。もしくは、あの人が来ているんじゃないかと怖がって、美名が景色を堪能できなかったら——。

「ダメだ」と呟き、理世は目を開いた。「あの」と、メンバーたちの背中に話しかける。

「どうした？　佐和ちゃん」

「社に戻ったら、お話があるんです。いいですか？」

メンバーたちが、顔を見合わせる。


理世の部屋で、美名がワインを飲みながら語った話は、こうだった。

「私、母ともう十年以上も絶縁してるんです。でも母は私への執着が凄くて、いろんな手を使って捜し出そうとするんです」

美名の父親は、大きな貿易会社に勤める、いわゆるインテリのエリートだった。対して父親より一回り若い母親は、学がなく、十代の頃から料亭で下働きをしていたという。

しかし母親は自他共に認めるほど容姿端麗で、商談によく料亭を利用していた父親に見初められ、二十歳で結婚した。専業主婦になり、海外赴任も多い父親について回る生活になったが、自身と父親との世界の違いに劣等感を抱いて、あまり幸せな結婚生活ではなかったそうだ。だから一人娘の美名が生まれると、母親の世界のすべては美名になった。

「お父さんはエリートだけど、お母さんは違うから」と言われないように、母親は美名を完璧な女性に育て上げようとした。そのため美名は、幼い頃から異常に厳しい躾を受けた。美名の生まれて最初の記憶は、二歳半の時に食事を食べこぼした自分を、鬼の形相で叱責する母親の姿だったという。

幼児言葉も、神戸出身だが方言を遣うことも許されず、故に美名は、やたらと礼儀正しい、子供らしくない子供に育った。近所の子供たちと仲良くなりかけても、「あの子は言葉遣いが汚いから」とか、「あの子の家は貧乏だから」と、母親に付き合うことを禁止されてしまう。友達ができず、美名は人見知りになっていった。

絵画、書道、英語にバレエと、幼い頃から沢山の習い事をさせられた。小学校に上がると学習塾も加わり、自由な時間を持てなかった。友達も相変わらずできなかった。

美名が三年生になってから、一家は父親の仕事の都合で、ヨーロッパを転々とし出す。環境が変われば、良い方向に状況も変わるかもしれないと、幼心に美名は期待したが、残念ながら叶わなかった。

むしろ状況は悪化した。慣れない海外生活で、母親の精神状態が、より不安定になったのだ。

「世界一かわいい子。美名はお母さんのすべてなのよ。ずっと側にいて離れないでね」

と、一晩中美名を抱きしめて眠る日もあれば、翌日には、「どうして美名は私に似て美人にならなかったの。痩せぎすで鶏ガラみたいだし、その白すぎる肌も気持ち悪い。寄らないで」と、しっしっと手で振り払ったりした。父親は穏やかな性格で、美名は好きだったが、とにかく仕事が忙しく、ほとんど家にいなかった。だからどんどんヒステリックになる母親を宥めることも、母親に支配される美名を解放することもできなかった。

　母親は美名の生活を分刻みで管理しようとし、帰宅が言われた時間から一分でも遅れると、「どうしてお母さんの言うことを聞かないの！　あなたはお母さんを愛してないのね！」と、泣き喚いた。この頃の美名の唯一の心の安らぎは、時間に遅れまいと通学路を走りながら、美しい街並みと道行く人の華やかなファッションを、束の間眺めることだったという。

　美名が中学二年になる時に、一家は神戸に戻った。母親は美名に、県で一番偏差値の高い高校に進学するように命じた。母親の機嫌を損なわないように、美名は毎日勉強に明け暮れた。見事志望校に合格すると、今度は母親は、東京の一流大学を目指せと命じた。ひたすら勉強だけをする日々が、また三年間繰り返された。

　中高時代の美名の癒しは、寝る前に母親の目を盗んで、ベッドでファッション誌を読むことだった。母親は美醜や身だしなみには、強い執着やこだわりがあったものの、ファッションは低俗、おしゃれに興じるのは不純と見なしていて、だから美名はファッションに興味があることを、絶対に悟られてはいけなかった。毎晩読み耽っているのに、ファッション誌を参考に、美名がおしゃれを実践したことはない。

大学にも合格し、上京準備を始めると、自分で命令したにも拘わらず、母親は「東京に行くなんて、美名はお母さんを捨てるの？」と責め立てた。さすがに呆れたし困惑もしたが、これも母親の命令で、一校しか受けていなかったので、上京は強行した。

一人暮らしを始めた美名に、母親は毎日電話をかけてきて、「美名と一緒に暮らせないなんて、お母さん、淋しくて死にそうよ」と泣きついたり、「あなたみたいなダメ人間に一人暮らしなんてできるわけないのよ。今に泣きながら帰ってくるに決まってるんだから」と罵ったりした。

しかし初めて母親と物理的な距離を取ったことで、美名は新しい世界を知った。母親には内緒で、大学でファッション研究会なるサークルに恐る恐る入ってみたら、生まれて初めて趣味や嗜好の合う友達ができた。アルバイトも始めた。服に関わりたかったので、最初はアパレルショップの店員を考えたが、人見知りの自分に接客は無理だと思い、衣料品倉庫の在庫管理のバイトに就いた。仕事は地味だったが、頑張ったら頑張っただけ、雇い主が真っ直ぐに褒めてくれる。働いた分だけ、相応の対価がもらえる。そんな矛盾や歪みがない環境に初めて身を置き、その快適さを知った。

サークルやバイトの友達と、飲みに行ったり、休日に遊びに出かけたりするようになった。母親からの電話は、数回に一回しか取らなくなった。そんなある日、飲み会から帰ってくると、マンションの玄関の前で、母親がうずくまって泣いていた。

「どうして電話に出てくれないの！　美名はお母さんを嫌いになったの？」

「こんな遅くに帰ってくるなんて！　あんなに一生懸命育てたのに、どうしてあなたは悪い子なの！」

近所の住人が何事かと様子を見に来るぐらいの大声で、叫び喚かれた。必死に宥め、その日は部屋に泊めて、翌朝の新幹線で帰ってもらった。見送ったホームで、新幹線が見えなくなった時、美名は母親と絶縁することを決めた。

その足で父親に電話をかけ、「ごめんなさい。私はもうお母さんとは縁を切ります」と告げた。父親は美名の決心を全面的に受け入れて、引っ越しをして携帯番号も変えるけれど、新住所も新番号も教えないことを了承してくれた。引っ越し費用と家賃は出すと言われたが、母に見つけられることを怖れて断った。バイト代の前借りをしたり、実家住まいの友達に借金をして、引っ越しを遂行した。

数ヵ月に一度、美名から非通知で電話をかけるという方法で、父親とは密かに連絡を取り合った。けれど父親の方からはかけられないので、父方の祖父や、子供の頃にかわいがってくれた父親の親友の死を、半年も経ってから知るというような事態が相次いだ。そういうことから、どこかで「親と縁を切った」ことに、大きな罪悪感があったのだろう。就職先も両親には知らせなかったのだが、気が付けば美名は、母親が喜びそうな老舗の商社に入社していた。

しかし仕事にやりがいは見出せず、ある日職場に母親が乗り込んできたことから、美名は退職を決意した。母親は卒業した大学の学生課に電話をかけ、「父親が交通事故に遭ったのだが、娘の携帯がつながらない。会社にいる時間なので連絡をしたいが、動転していて娘の就職した会社の名前が思い出せない」と言い、美名の居場所を突き止めたようだ。

今度こそ全力で、母親と縁を切る。母親に媚びるような行動は、金輪際取らない。これからは自分の好きなことをして生きるのだと、美名は固く誓った。

退職しフリーになってからは今日まで、一度も母親に見つかっていない。だからもう大丈夫だと思っていたが、オープンするブランドのメインデザイナーになるという派手な行動を今からするので、また見つけられてしまうのではないか。実はもう見つかっていて、パーティーに乗り込んでくるのではないか。最近になって、そう不安になってきたのだという。

「あの。聞いてもいいですか?」

長い長い話を聞き終えた後、理世は重い口を開いた。どうぞ、と美名が目で返事をする。

「週刊誌の取材を断ったのは、お母さんに見つからないためでもあったんですか?」

美名は首を傾げた。

「ファッションに関すること以外の取材は受けたくないというのも本当ですけど、母対策って気持ちもあったのかなあ。母本人は、雑誌全般を低俗だって嫌っているので読まないと思うけど、知り合いに読まれたら、そこからバレるかも、って思いはあったかもしれません」

「デザイナー名のMINAを断ったのも、もしかして?」

今度は美名は、こくんと頷いた。

「本名だと見つかりやすいと思いました。でもMINAをお断りしたのは、それだけじゃないんです」

「なんですか?」

「私に美名って名付けたのは、母なんです。私の妊娠がわかった時、両親はドイツにいたそうです。ドイツ語で、minaは『愛』って意味なんですって」

乾いた声で言い、美名はワイングラスを取った。

「だから私、下の名前で呼ばれるのが苦手なんです。母の愛で支配されていたことを思い出すので。これまで付き合っていた男性にも、コトリか苗字で呼んでもらっていました」

どう反応していいかわからなくて、理世は黙っていた。

「暗い話をしてすみませんでした。不安がったって仕方ないですよね。もうスウ・サ・フォンはオープンするんだし、気にせず前に進みます。私もいいパーティーになるように頑張りますね」

「ありがとうございます」

「でも、ごめんなさい。今の話、誰にも言わないでもらえますか。身内の恥ずかしい話なので。自分から話したのに何ですが」

「もちろん言いません。大丈夫ですよ」

「すみません」

美名は唇を嚙み、目を伏せた。

「このこと、人に話したのは初めてです。今まで誰にも言えなかったんです」

「そうなんですか」

「はい。でも佐和さんになら話せると思いました。ううん、佐和さんには聞いてほしいって思いました」

胸がぎゅうっと締め付けられた。

程よくカールした睫毛が、美名の白い頰に影を落としていた。

「パーティーの受付で、来場者の招待状の有無と、身元確認を徹底したいんです」

急きょ開いたミーティングで、チームメイトたちに提案する。

「どうしたの、急に」

増本先輩が腕組みをした。

「実は、コトリさんが不安がってるんです。面接の時にしてた、インディーズブランドの元パートナーとトラブルになった話、覚えてますか？　あの人が最近、コトリさんの行きつけのカフェに来て、現在の住所とか、今何してるか聞こうとしたらしくて。店員さんが追い払ったので大丈夫だとは思うんですけど、どこかで情報を摑んで、パーティーに押しかけたらって、怖がってるんです」

チームメイトたちがざわつく。

「もう大丈夫だって言ってたのにね。気持ちが再燃したのかしら。何なの、その男！」

「それは心配だよね。佐和さんはああいうこともあったし、尚更でしょう」

「そういうことなら、みんなでコトリさんを守りましょうよ。これからスウ・サ・フォンの看板になってもらうんだし」

「そうだな。受付は総務がしてくれるんだったか？　確認の徹底を頼もう」

皆、信じて賛同してくれた。嘘を吐いた罪悪感はあるが、ホッとした。solaの元パートナーにも悪いが、かつて美名を苦しめたのは本当だし、悪役になってもらう。

「総務には私が頼みに行きます。当日までのコトリさんのケアも、責任を持ってしますﾞ」

この後すぐに総務に行き、うるさがられるぐらい、しつこくお願いをしよう。美名の気分を上げるために、来週辺り何かイベントに連れ出すのもいいかもしれない。近くで何かやっていないか調べよう。おいしい物を贈るのも良い。

ただでさえオープン前で多忙なのに、更にやることが増えた。でも、すべて美名のため、スウ・サ・フォンの成功のためだ。

いつもより早く入浴を済ませ、スキンケアをしていたら、パソコンからテレビ電話の着信音が響いてきた。テレビ電話は博喜としかしないが、今日は約束をしていないし、パリはまだ昼間のはずである。

しかし画面を見に行くと、やはり着信は博喜からだった。

「もしもし？　どうしたの、こんな時間に」

「もしもし。今日は仕事が楽だったから、半休を取った。明日、スウ・サ・フォンのオープニングパーティーだったよね。緊張してるんじゃないかと思って」

「えー、激励のために休んでくれたの？　ありがとう」

　顔がにやける。座って体を落ち着けた。

「どう？　準備は完璧？」

「うん。イメージ通りの会場になったよ。明日いっぱい写真を撮って、送るね。でもコトリさんが緊張してるみたいで、ちょっと心配。スピーチもあるんだけど、大丈夫かなあ」

「まあ緊張はするでしょう、そりゃ」

「当たり前の緊張ならいいんだけど、お母さんの件での不安と、板挟みになってる気がして」

　招待状のない人は入れないように手配したと話したし、好きそうな衣装が出てくるかと思って、六〇年代のイギリスが舞台の映画にも連れて行った。理世の家の近くにできた、おいしいと評判のパン屋さんのキッシュも贈った。でも美名は、「ありがとうございます」と表面上は笑うものの、この一ヵ月、どことなくいつも、顔も体も強張（こわば）っているように見える。

「ああ、お母さんの件ねえ。どうにもドラマチック過ぎるっていうか、俺にはあんまりピンと来ないんだけどね。そんな乗り込んで来るなんてこと、あるかなあ」

「実際にあるかないかじゃなくて、コトリさんが不安がってることが心配なの。それに、ドラマチックなんて言い方しないでよ」

悪気はないことは理解しつつも、やんわりと博喜をたしなめた。

「ああ、ごめん」

美名と母親との確執の話は、もちろんメンバーにはしていない。でも博喜にはこっそり、話してしまった。あまりにも重苦しい話だったので、とても理世一人では抱え切れなかったのだ。

「えー、そんなことが本当にあるんだ。そんな信じられない母親が、現実にいるんだね。なんか上手く捉えられないなあ」

博喜の反応はどこか他人事というか、理世が期待したものと違っていた。博喜は美名に会ったことがないし、実際に他人なのだから仕方ないかもしれないが、菅井主任のことには怒りで震えてくれたように、もっと彼女の痛みや傷に寄り添ってくれるかと思ったのに。

怒りを覚えることと、傷や痛みを肌感覚で理解できることには、大きな隔たりがあるのかもしれない。理世は話を聞いた日の夜、美名の苦しみを思うと、胸がぎりぎりとして眠れなかった。菅井主任の事件に対する自分の痛みや傷が疼いたのだ。

一方で、なるほどと合点がいったことも沢山あった。美名の丁寧な口調、優雅な身のこなしは、幼い頃から母親に厳しく躾けられたからだったのだ。この一年、とても仲良くしていたが、思えばイズミ君やジャルダンの仲間の話はよくしても、家族の話は一切しなかった。菅井主任のメールの、文中の矛盾に気が付いたのは美名だけだった。彼は理世のことが好きで、かつ自分の方が立場が上だと思っていて、拒否されたことを受け入れられず、訳のわからない状態になっていると、的確かつ冷静な見解も示した。あれは、自分も同じような人から、同じような苦しみを受けていたからだったのだ。

翌日の夜は夢を見た。黒い大きな塊が、唸り声を上げながら蠢いている。やがて女性が、すっぽりと取り込まれた。女性が美名だったのか、理世だったのかはよくわからない。苑子だったかもしれない。

目が覚めて、この夢は前にも見たことがあると気が付いた。菅井主任の事件の直後だ。あの時取り込まれたのは、理世だった。

黒い塊の正体は、悪意。そして、愛憎だ。愛情だったはずなのに、感情の持ち主の身勝手な都合で、いつしか憎しみに変わってしまった。そして確かな悪意となって、傷付け、お前を飲み込んでやる、と、対象の人物に襲い掛かる。 飲み込まれた人は、暗闇の中でただただ戸惑う。

　理世も苑子も、すぐに助け出されたし、塊の持ち主と縁が切りやすい関係性だったから、幸いだった。しかし美名は違う。飲み込まれた後も長い間暗闇の中で、じっと塊の持ち主の機嫌を窺いながら、耐え続けていたのだ。恨むことも憎むことも許されない。だって相手は、自分をこの世に生み落とした母親なのだ。縁を切りたいという当たり前の感情を持つことさえ、自分自身になかなか許されなかった。

「まあ、あの広告課のヤツの件の時に助けてくれたのはコトリさんだったし、今度は理世が助けたいっていう気持ちはわかるよ」

　博喜がフォローを入れてきた。

「うん。私、立場的にもそうしなきゃいけないしね」

「大丈夫だよ。総務にちゃんと頼んだんだよね。何も起こらずに、無事にオープンするよ」

「ありがとう」

　そうなることを、そして明日は舞台の上から、美名が美しい景色を堪能することを、理世は心から祈っている。

「そうだ。最近うちの職場でさ、理世がリーゼってあだ名で呼ばれてるんだ」

突然、博喜が話題を変えた。

「リーゼ？　どうして？」

「日本マニアのフランス人同僚の話はしたよね？　アニメや漫画が好きなんだって。そいつが今、漢字の勉強と日本の女の子の名前に凝ってて、博喜の彼女の名前は何て言うの？　って聞かれたから、漢字で書いて、リヨだよって教えたんだ。そうしたら、『世』はセじゃないのか、リセじゃないのかって言うんだけど、発音がリゼ、リーゼになっちゃうんだよね。それで他の同僚も、リーゼって呼び出したの」

「そうなんだ。なんか第二の名前みたいで、いいな」

かわいい響きだし、悪くない。博喜がパリの同僚と仲が良さそうなのも、理世の話を職場で気軽にしているのも嬉しかった。

「そうしたらドイツ人の同僚が、リーゼって女の子が出て来る童謡があるぞって教えてくれたんだ。この曲が、理世とリンクしてるみたいで、ちょっと面白いんだよ。英語版もあって、動画サイトで見られると思うから、今度検索してみてよ。英語版だとリーゼじゃなくてライザになるんだけど」

「童謡？」

「うん。日本だと、さっちゃんはね、みたいな感じじゃないかな。英語版のタイトルは、『There's a hole in the bucket』」

何だかよくわからないが、メモを取った。オープンが終わって落ち着いたら、調べてみよう。

「理世の友達の名前って、何がある？　そいつが沢山教えてくれって、うるさくて」

「苑子でしょ、コトリさんは美名だよ。増本先輩は悦子で、小松さんは理恵。あとは祐実、弥生、亜希子、まどか……」

前の会社の同僚や、大学の友人の名前を口にする。

「弥生やまどかは、日本っぽくて喜ぶかもなあ。苑子ちゃんと、コトリさんの美名はもう教えた。minaは、欧米圏にもある名前だって」

「ああ、そうなんだ」

どきりとする。美名の名前の由来と母親との因縁については、博喜にも話していない。

「フィンランド語では、『私』って意味なんだって」

「え？　何て？　どういうこと？」

「向かいの席の同僚が、フィンランド人なんだよ」

「そうじゃなくて、フィンランド語でminaは、何だって言った？」

「え？　『私』。『私は』とも言ってたかな」

美名の言葉がこだまする。

「私に美名って名付けたのは、母なんです」

「母の愛で、支配されていたことを思い出すので」

mina、ミナ、美名。

私、私は、という意味もある――。

入口の近くに立ち、できるだけ広角度で会場内を見回した。ほうっと息が漏れる。シャンデリアの光の下、かわいい我が子、洋服たちが、誇らしげに佇んでいる。

「あれ、何だこれ。佐和さん、いいですか？」

左側の壁の方から、野村君に手招きされた。「どうしたの？」と駆け寄り、指差すところを見ると、グレーの壁紙の一部が剝がれて、建材が剝き出しになっていた。

「やだ、何これ。業者が台車でも引っかけたかな。昨日は気付かなかったよね」

「修復しなきゃ。でも、もう業者は間に合いませんよね」

パーティーの開始は、二時間後に迫っている。

「だよね。似た色のガムテープか布テープを買ってきて貼ろうか。下の方だし、気付かれないよ」

「僕が行けたらいいんですけど、今から何件か電話をかけなきゃいけないんです」

野村君はもう一つブランドを掛け持ちしている。

「じゃあ私が行く。でもデザイナーさんたちの入り時間までに、戻れるかなあ」

あと三十分後にはやって来て、控室でメイクが始まる。

「間に合わなかったら、僕がコトリさんを案内しますよ」

「うん、お願い。できるだけ早く帰って来るけど」

会場を飛び出した。最近の美名の様子を思うと、できれば自分でアテンドしたい。

まず駅前のデパートの文房具売り場を見たが、いい色が見つからなかった。タクシーに飛び乗り、運転手が言うホームセンターに連れて行ってもらう。

何とか使えそうな物を購入し、再びタクシーに乗った。しかし会場に戻った時には、もうデザイナーの入り時間をだいぶ過ぎていた。

「コトリさん、控室でメイクに入ってます！」

「ありがとう。後はお願いできる？」

修復は野村君に任せて、女性デザイナーの控室に急ぐ。途中で田代さんの控室の前を通ったら、中から子供の声が聞こえてきた。不思議に思って、「失礼します」と覗(のぞ)かせてもらった。小松さんがいて、二人の子供が田代さんと戯れていた。

「佐和さん、お疲れさまです。私はもうメイク終わったので、こちらに移動させてもらったんです。子供たちもいるし、コトリさんに迷惑かと思って」

「コトリさん、ちょっと緊張してるらしいですよ」

二人が顔を見合わせ、頷き合った。丁重にお礼を言い、再び女性控室に急ぐ。

「佐和です。遅くなりました」

ノックして声をかけると、中から「はーい」とメイクの女性の返事が返ってきた。

「どうぞ。ちょうど今、終わるところです」

リコリスの時代から、広告などで何度もお世話になっている、顔見知りのメイクさんだ。

「失礼します。お疲れさまです」

「お疲れさまです。今日はおめでとうございます。後はパウダーの仕上げだけです。……よしっ、完成。いい感じ！　コトリさん、立って佐和さんに見せてあげて」

メイクさんが美名の肩を、ぽんと叩く。おずおずと美名が立ち上がった。体をこちらに向ける。

「いいですね！　素敵！」

心からの声が出た。髪をハーフアップにして、下ろしているところは、いつもよりウェーブを強調させている。普段の美名はナチュラルメイクだが、今日はかなりしっかり目に施(ほどこ)されている。

　けれど、いつもの美名のイメージからかけ離れているわけでは、決してない。彼女の顔の良い特徴である、小さく形のいい目、鼻、口をくっきりと見せている。目尻で撥(は)ねさせたアイライン、くるんと上に巻き上がった睫毛。白い頰にほんのりと載せたピンクのチーク、唇をぷっくりと見せている、同じくピンクの口紅。どれも美名に、よく似合っている。スカイドロップワンピースとの色の相性もいい。そして、想像した通りワンピースは、美名の小さくて華奢(きゃしゃ)な体を、存分に魅力的に見せていた。きっと美名は、マネキンの務めを十分に果たしてくれる。

「すごくいいです！　さすがプロですねえ」

「あら、ありがとう。じゃあ私はこれで」

　メイクさんが控室を出て行く。扉前ですれ違う時に、「コトリさん、緊張してるからほぐしてあげて」と耳打ちされた。深めの会釈(えしゃく)をして、見送る。

　こっそり、よし、と気合を入れてから、美名を振り返った。

「これで準備はばっちりですね。スピーチは大丈夫ですか？　あ、ぶっつけ本番で行くんでしたっけ」

「いえ。やっぱりそれは無理があると思って、原稿を書いてきました」

「そうですか。よかったら、読ませてもらえますか？」

鏡の前に置いてあった紙を、「はい」と渡された。「失礼します」と開く。

「うん。いいと思いますよ」

子供の頃からファッションが好きで、フリーで細々と活動していたが、ビータイドと出会って、今日この日を迎えられた。未だ信じられないが、感謝している。精一杯頑張りたい、というような内容だった。無難ではあるが、悪くはない。

「でも、まだ暗記ができていないんです。紙を見ながら喋ってもいいですか？　あ、でもこのワンピース、ポケットがない。どうしよう」

鏡の前の椅子に腰を下ろし、美名は顔を覆（おお）った。皆が言う通り、緊張しているようだ。

「じゃあ私が持っています。コトリさんのスピーチの番になったら、渡しますよ」

「でも会場内ではぐれちゃったら……」

「私は基本的に、ずっとコトリさんの側にいるつもりです。大丈夫ですよ」

努めて明るい声で、理世は話した。

ふうっと息を吐いて、美名が鏡の中の自分を見つめた。

「佐和さん、髪やメイク、本当にこれでいいですか？　私にはこんなかわいい感じ、ふさわしくないんじゃないですか？」

「何言ってるんですか。すごく素敵ですよ」

「でも、こんなに派手にしたら、はしたないって叱られます」

誰に、と聞きかけて、口を閉じた。だいぶ混乱しているようだ。どうしようか。

「あの人、来てないですか、大丈夫ですか」

「大丈夫です、来てません。招待状を持ってない人が来たら、すぐに私に電話するよう、受付に言ってありますから」

ほら、着信なんてないでしょう、という意味で、携帯を取り出し掲げて見せた。直後、着信音が鳴った。美名が肩をびくっとさせる。

「違います、増本です。大丈夫です。ちょっと失礼しますね。もしもし？」

「佐和ちゃん、コトリさんの準備はどう？　もう少ししたらお客さんを会場に入れたいけど、もうこっちに来られる？」

「はい。もう行きます」

「了解。有名な人、沢山来てるよ！」

先輩は興奮気味に、カリスマモデル、ファッション評論家、美容ライター、有名ファッション誌の編集長らの名前を口にした。

「ちょっと、コトリさん！　何してるんですか？」

　電話を切って美名に向き直ったところで、叫んだ。ティッシュを摑んで、美名が口紅を拭き取ろうとしている。駆け寄って、すんでのところでティッシュを奪い取り、止めた。

「だって、こんなかわいいキューピッドピンクなんて。私が付けちゃいけないんです」

「何言ってるんですか、似合ってますよ！」

　想定外の混乱ぶりに、理世は手に汗を握った。

「子供の頃、学校のクリスマス会のプレゼント交換で、この色の靴下をもらったんです。靴下ぐらい許されるかと思って履いてみたら、母に言われました。何してるの、これはかわいい子しか身に着けちゃいけない色よ。あなたには似合わないわよ、って」

「美名さん！」

　大きな声が出た。鏡を見ていた美名が、こちらに勢いよく顔を向ける。

「私たちが求めているのは、今の美名さんです！　スウ・サ・フォンのメインデザイナーの美名さん。素敵なデザインをどんどん生み出して、ファッションの話になると、夢中になるかわいい美名さんです！　お母さんに支配されてた時の美名さんじゃない！　お母さんは、ここには来ていません。今の美名さんは、お母さんとは無関係でしょう。自信を持って、今の美名さんのそのままの姿で、パーティーに出てください！」

美名の腕を取って、至近距離で目を見つめた。初めは抵抗していた彼女の体から、するすると力が抜けていくのがわかる。

「今、美名、って」

力の抜けたような声で、呟かれた。

「あ、ごめんなさい。つい」

出会ってすぐの頃から、うちでのデザイナー名はMINAにしたいと考えていたので、理世は心の中で、彼女をいつも「美名」と呼んでいる。まだMINAを却下される前は、会社内でも時々、「MINAデザインのこれは」などと口にもしていた。こちらも混乱してしまって、つい呼んでしまったようだ。

「ごめんなさい。嫌いな名前で呼んでしまって。でも、minaには、私っていう意味もあるんですよ」

「……え？」

美名が理世を見つめ返す。

「フィンランド語では、minaは『私』や、『私は』という意味だそうです。お母さんに支配なんてされてませんよ。美名さんの人生は、美名さんのものです。当たり前じゃないですか」

美名は無言で、まじまじと理世を見つめ続けている。

ノックの音がした。

「佐和ちゃん、コトリさん」

増本先輩の遠慮がちな声がする。

「ねえ、出られる？　そろそろ……」

「すみません、あと少し」

「大丈夫です。行きます」

理世と美名の声が重なった。美名が理世の手からそっと離れ、姿勢を正した。

「行けます。行きましょう、佐和さん」

いつもの、しっとりとした声で言う。

溢(あふ)れかえる人波の中を、美名と連れ立って歩いた。

「あれ、あの子のワンピース」

「あの人がデザイナーなのよ、きっと」

大勢の人が、美名に注目しているのがわかる。

「佐和さん、おめでとうございます。いずれうちでも取り上げさせてもらいますね」

「おめでとう、大盛況ね！　いいなあ、新ブランドの立ち上げ。私も体験したい！」

時々顔見知りのファッション誌の編集者や、ライバル社のＭＤに話しかけられた。

「この方がコトリさんですよね？　スウ・サ・フォンのイメージにぴったりですね！」

「ご自身でデザインされただけあって、そのワンピース、よくお似合いですね！　私も買っちゃおうかなあ」

誰もが美名に興味津々（しんしん）で、好意的だ。

「ありがとうございます。コトリです。よろしくお願いします」

「きっとお似合いになりますよ。ぜひ買ってください！」

美名は最初の方こそ対応を理世に任せていたが、場の空気に馴染（なじ）んできたのか、だんだん会話に参加してくれるようになった。笑顔も惜しみなく振りまいてくれる。

「佐和さーん！」

聞き覚えのある声に名前を呼ばれた。飲食ブースから、光井被服の社長夫妻が手を振っている。

「来て下さったんですね！　ありがとうございます」

美名を促（うなが）し、近付いた。

「佐和さん、おめでとうございます。賑やかなパーティーね。私たち、こんな華やかな場所は初めてでよ。緊張しちゃう」

「本当に。佐和さんのおかげで、冥土の土産にゴージャスな思いをさせてもらえたよ」

「もう何言ってるんですか社長、冥土の土産なんて。長生きしてもらわなきゃ困ります。スウ・サ・フォンはこれからなんですから」

社長は紺のスーツ、奥さんはグレーのツーピースという出で立ちだった。他の招待客と違って、着慣れていない感じが微笑ましい。

「紹介させてください。コトリさん、こちらメイン製造先の、光井被服の社長ご夫妻です。こちらは……」

「コトリさんよね。はじめまして。ワンピース、とてもお似合いですね。さっきからずっと見とれていたの。一生懸命作った甲斐があったわ」

「かわいらしいお嬢さんで。私共はデザイナーさんに会うことも、自分たちの作った服が着られているのを見る機会もないからねえ。今日は一気に叶って嬉しいですよ」

「光井被服さんなんですね！　初めまして！」

美名がこれまでに聞いたことのない、甲高い声を出した。

「コトリです。今日はこちらこそ、お会いできて光栄です。この度は私の拙いデザインに、命を吹き込んで、こんな素敵な服にしてくださってありがとうございました！　このワンピース、私もすごく気に入っています。いつか光井さんにお会いできたら、お礼が言いたいと思っていました。一着目のサンプルを頂いた時、あたたかみややさしさが、肌を通してしみじみ伝わってきて感動したんです。心から服を愛して、長らく手仕事で真摯に作ってらっしゃった方の物は、やっぱり違うんだなあって思いました」

「や、やだ。そんなに褒めてもらえるなんて。どうしよう、お父さん。私、泣きそう」

「バカ、俺までつられるだろう。いやあ、プロのデザイナーさんにそんな風に言ってもらえるなんて、こちらこそ感動ですよ。今日は来てよかったなあ」

　二人は惚けたような表情で、美名を見つめている。

「とんでもないです。私はスウ・サ・フォンでプロデビューなので、まだ素人同然です。お二人こそプロですよ。これから沢山、学ばせてください。精進しますので、今後ともよろしくお願いします」

「まあ、若いのにしっかりしていらっしゃるのね」

「こちらこそ。今後、コトリさんのデザイン画が届くのを楽しみに生きますよ。長生きできそうだ」

　盛り上がる三人から少し距離を取り、目を細めて理世はその光景を見守った。

これこそ理世が美名に見てもらいたかった、理想の美しい景色である。デザイナー、職人、そしてＭＤも。一着の服を作るのに、それぞれがそれぞれの力を出し合った。そして完成した服を見て、皆で笑顔を交わし合う。

「えー、お集まりの皆様。今日はお忙しい中、足をお運びいただき、まことにありがとうございます」

マイクを通した野村君の声が聞こえてきた。

「すみません、また後で」

セレモニーが始まるのだ。社長夫妻に挨拶をして、美名を連れて舞台の方へ移動する。

まず島津課長が責任者として、短く威厳のある挨拶をした。続いては企画者の増本先輩。社内でも「飲み会の女王」と言われているだけのことはある。笑いをふんだんに交えたスピーチで、会場を沸かせた。

続いて小松さん、田代さん。これまでのキャリアを含めた自己紹介と、スウ・サ・フォンでの抱負を語った、同じ構成のスピーチだった。無難とも言えるが、そつなくしっかりまとめてくれた。

田代さんが階段を下りてくる。次はいよいよ美名の番だ。

「緊張しなくていいですからね。いつものコトリさんで」

耳打ちしながら、ハンドバッグに忍ばせていた、さっき預かったスピーチ原稿を取り出す。

「いえ、いいです」

差し出すと、美名がそっと突き返してきた。

「え？　覚えたんですか？」

「いえ。今の気持ちを大事にします」

小声で言って、美名はすっと理世から離れた。田代さんが階段を下りきったのを確認してから、優雅に華奢な手足を動かして、舞台に上がる。

ワンピースの裾(すそ)をふわりと揺らし、美名は舞台の真ん中に向かった。マイクの前に立ち、一礼する。会場から拍手が上がった。

理世の胸が、ドキドキと忙(せわ)しなく高鳴っている。舞台上の美名はいつもより更に小さく見えた。触ったら折れてしまいそうな人形のようである。

顔を上げた美名は、上体を微(かす)かに反(そ)らせて息を吸い、マイクに右手を添えた状態で、しばらく宙を見つめてみせた。

沈黙が流れ、会場の空気が強張ってきた。

「ちょっと、大丈夫？　何で話さないの？」

増本先輩が寄ってきて、理世の腕を揺らす。理世は返事ができず、祈るような気持ちで、舞台上の小さな美名を、ただただ見つめた。

「初めまして。スウ・サ・フォンのメインデザイナーを務めます、コトリです」

ようやく第一声が放たれた。周囲の人々が安堵したのが空気でわかる。声が掠れても裏返ってもおらず、理世も心の底からホッとした。

「私は子供の頃、ヨーロッパの様々な都市に住んでいました。パリ、ミラノ、ウィーン、コペンハーゲン」

「へえ」「そうなんだ」と、会場のあちらこちらから、声が漏れる。

「今、この会場にある自分がデザインした服を眺めると、その頃に見ていた、綺麗で憧れていたものが織り込まれているなあと、しみじみ感じます。でも当時の私は、すぐそこにあったのに、それに触れることを許されなかった。ううん、憧れることさえ、許されていませんでした」

理世の背後で、「どういうこと?」「さあ?」という会話がなされた。美名は一体、何を言い出すのだろう。

「思いだけがあって、でもそれを出すことは許されなかったから、形のない、ふわっとした感覚の状態のまま、『それ』は、ずっと『ここ』に残っていたんだと思います」

ここ、というところで美名は、自分の左胸に手を当てた。

「スウ・サ・フォンに出会わなかったら、『それ』は、『ここ』にずっと留まったままで、いつか消えてしまっていたでしょう。『それ』を形にする機会を与えてくださって、ビータイドさんには感謝しています。特に、私を見出してくれた、MDの佐和理世さんには」

周囲の視線が、理世に注がれた。頬が熱を帯びる。

「スウ・サ・フォンの服が、沢山の人に届くことを願います。かつての私のように、憧れるだけで、触れられないなんてことがないように。沢山の人がスウ・サ・フォンの服に出会えて、触れて、身に着けることができますように。そうしたら私のかつての思いも、救われます。どうぞ皆さん、よろしくお願いします」

またしばらく宙を見つめた後、理世は腰を折って礼をした。折れそうに細い四肢を動かし、姿勢を変える。階段に向かった。

会場から、ぽつぽつと拍手が鳴り出した。やがて音が連なって、大音量になる。

「どういうこと？　今の。許されなかったって」

「わからない。でも何か、いいスピーチだったよね。じんと来た」

いろんな話し声が聞こえる。

「コトリさん！」

階段の下まで、理世は美名を迎えに行った。

「佐和さん、一度控室に引っ込んでもいいですか？　緊張して少し疲れました」

「わかりました。行きましょう」

美名の体に手を添え、誘導する。

「コトリさん、うちで取材をさせてもらえませんか？　佐和さんを通せばいいですか？」

「佐和さん、スウ・サ・フォンの服、うちでもよかったら取り扱わせてください」

脇からあれこれ声をかけられたが、「すみません。すぐに戻ります。後でゆっくり」と、通り過ぎた。

「ねえ、今のデザイナーさんが着てたワンピース、私欲しい。すぐ手配して！」

途中で一際目立つ、若い女性の声を聞いた。さっき増本先輩がはしゃいでいた、二十代三十代の女性に人気の、カリスマモデルだ。

控室の鏡の前の椅子に、美名を座らせる。

「びっくりしましたよ」

理世は深く息を吐く。

「コトリさん、原稿と全然違うスピーチをするんだもん。あんなこと話しちゃって、大丈夫ですか？　皆は意味がわからないとは思いますが……」

「いいんです。今の正直な気持ちを話したかったから」

美名も頬を上気させている。

「それならよかったです。いいスピーチでしたよ。会場の人も皆、そう思ったんじゃないかな。意味はわからなくても、コトリさんの思いは伝わっていた気がします」

「美名でいいです」

鏡越しに理世を見て、美名が言った。

「え？」

「私の名前は美名です。佐和さんは、私のこと、美名って呼んでください」

振り返って、今度はじかに見つめられた。

「私、美名って名前がずっと嫌いでした。母に支配されていたことを思い出すから。でも佐和さんが、初めて私の名前を肯定してくれました。また佐和さんは、私を救ってくれましたね。私、佐和さんだけには、美名って呼ばれたいです」

「えっと。あの……」

ノックの音がした。

「佐和ちゃん、コトリさん、いい？」

増本先輩の声がする。

「出られる？　コトリさんと話したいって人がいっぱい集まってるの。すごいことになってるよ！　スカイドロップワンピースの注文も殺到してる！」

「行きます」

美名が声をかけ、立ち上がった。

「行きましょう、佐和さん」

ワンピースの裾をふわりとさせて、しっとりとした声、落ち着いた口調で、理世に微笑みかける。

第四章　ねえ、リーゼ

There's a hole in the bucket, dear Liese, dear Liese.
鼻歌を歌いながら、髪を梳かして化粧を施す。
There's a hole in the bucket, dear Liese, there's a hole.

クローゼットを開けて、今日着る服を取り出した。現在発売中の、スウ・サ・フォンの第二期の秋冬物で、ダークブラウン地の、薄手ニットのチュニックだ。十月も下旬に入り、数日前から天気予報で、今日からぐっと気温が下がると言っていたので、じゃあその日に下ろそうと楽しみにしていた。

葉っぱを模したギザギザのカッティングのポケットがついていて、中からリスの尻尾がちらりと覗いているデザインだ。リスといっても、タッチが鋭利なので子供っぽくはなく、今年三十歳になった理世にも自然に着こなせる。葉隠れ子リスチュニックと名付けた。ネイビー地とオリーブ地もあり、三色展開している。デザインしたのは、スウ・サ・フォンのメインデザイナー、コトリこと小鳥遊美名だ。

中に着たブラウスは白地で、両襟元にスパンコールでドングリが象られている。こちらはJUNNこと、田代さんのデザイン。地の色はもう一色ライトグレーがあり、それぞれにドングリの部分がキノコのバージョンも存在する。合わせると四パターンの展開だ。

夜は更に冷え込むらしいので、RIEこと小松さんデザインのブーツも下ろしてしまおう。ずぼっとした長靴シルエットにベルトが付いているというシンプルなデザインだが、熟れた林檎色と名付けた深い赤が特徴的だ。

エレベーターで下り、マンションのエントランスに着いてもまだ、理世は鼻歌を歌っていたらしい。出くわした住人の男性に挨拶をしたら、「おはようございます」と返された後、くすくす笑われた。でも楽しそうにしてくれたから良い。

今年の初夏にオープンしたスウ・サ・フォンが、たった数ヵ月で驚くほどの急成長を遂げている。オープンから一ヵ月後に出した売上成績は、チームが目標に掲げていた額の、実に三倍以上だった。特にオープニングパーティーで美名が着た、目玉商品のスカイドロップワンピースが売れに売れた。パーティーに来ていたカリスマモデルがその場で購入し、その日のうちにブログにアップしたことから人気に火が点いた。オープンから一週間で作っていた在庫は売り切れになり、光井被服が嬉しい悲鳴を上げながら、従業員総出で追加生産に精を出す事態になった。

「うちに広告を入れませんか」「うちの記事で商品を取り上げさせてください」という、ファッション誌や美容誌からのオファーが相次いだ。「うちでも商品を取り扱わせてください」という、セレクトショップからの営業も沢山来た。おかげで関東圏の取り扱い店舗はもうすぐ二桁に上るし、年明けには都心にもう一軒直営店もオープンする。来年の春夏頃までに、名古屋や大阪、福岡など地方都市にも店舗を作るという計画も、現在社内で進めている。

スウ・サ・フォンチームは、会社の全体朝礼で表彰された。最近は廊下を歩いていると、「佐和さん、スウ・サ・フォンの躍進、すごいですね」とか、「僕も頑張ろうって気持ちにさせられました」などと、知らない社員から声をかけてもらえたりする。おかげで、こちらもまたやる気にさせられる。

予想外に忙しくはなったが、文句なしに充実した毎日だと言える。気が付けば鼻歌を歌ってしまっているのも、無理はないのだ。

There's a hole in the bucket, dear Liese, dear Liese.

理世が最近よく歌っているこの曲のタイトルは、『There's a hole in the bucket』という。博喜が教えてくれた、リーゼ（Liese）という女の子が登場する、欧米の童謡だ。理世が歌う英語版では、女の子の名前はライザ（Liza）だが、博喜のパリの職場での理世のあだ名がリーゼだというエピソードが気に入ったので、名前のところだけリーゼに変えて歌っている。

タイトルを直訳すると、『バケツに穴が空いている』だろうか。リーゼという女の子が、ヘンリーという男性と掛け合いをする、こんな内容だ。

「ねえ、リーゼ。バケツに穴が空いているんだよ」

「じゃあ、穴を塞げばいいじゃない？」

「どうやって？」

「藁で塞げばいいじゃない」

「でも藁が長過ぎるんだよ」

「じゃあ斧で藁を切ればいいじゃない」

「でも斧が切れないんだよ」

「じゃあ石で斧を研げばいいじゃない」

「でも石が乾いているんだよ」

「じゃあバケツで水をくんで、石を濡らせばいいじゃない」

「でもバケツには穴が空いているんだよ」

バケツの穴を塞ぐために、ああしたら、こうしたらとしていたら、またバケツに穴が空いている、と最初の地点に戻ってしまう。堂々めぐりのコミカルな遊び歌だ。具体的に作品名を知っているわけではないが、こういった趣向のものは、日本の童謡や民話、落語などにもありそうな気がする。

博喜がこの曲を、「理世とリンクしているみたいで、ちょっと面白い」と言った意味は、すぐにわかった。スウ・サ・フォンはフランス語で、「穴の空いたバケツ」というような意味なのだ。名付けたのは理世だ。リーゼ（理世）に、穴空きバケツで、確かにリンクしている。軽快なメロディで気分も上がるし、すっかり理世も気に入ってしまった。

会社最寄りの地下鉄駅からホームに出たところで、増本先輩と鉢合わせした。

「おはようございます。お、佐和ちゃんも今日はスウ・サ・フォンだね」

先輩は美名デザインの、第二期の目玉商品、イントゥ・ザ・ウッズワンピースを着ていた。袖口と裾に、枝分かれした木々の端々まで繊細に、森が描かれている。美名の線画のようなタッチを、光井被服が赤、銀、金の糸で、精巧に織り込んで再現してくれた。先輩は地が黒バージョンを着ているが、理世もネイビーバージョンを購入した。来週辺りに下ろそうと思っている。

「自分のブランドの服を着ると、朝から気分いいよねえ。今日は寒いけど天気もいいし。ああ、でも明日からはしばらく雨だって」

「雨なんですね。じゃあ久々に気に入ってる傘を使おうかな」

「あの、夜空に星と月が出てる絵の？　あれ、かわいいよね」

「ありがとうございます。今年、同じ柄の長靴も買ったんですよ」

「へえ。お揃いなら尚更かわいいね」

　理世は、以前は雨が大嫌いだった。でも去年の梅雨時期に美名と出会い、五感がいつもより敏感になるし、この雨が止んだら何か新しいことが始まるのかもしれないと思えて、雨が好き、と語った、美名の感性に魅せられた。以来、狭い価値観に自分を押しこめるのは止めよう、広い視野を持ってみようと、自分に課している。結果、雨については、まだ「好き」とまでは言えないが、雨なら雨を楽しもう、と思える程度にはなっている。

「おはようございます」

　先輩と連れ立ってオフィスに入ると、「お、今日は二人ともスウ・サ・フォンですね」と、早速野村君が声をかけてきた。

「いいなあ。僕、小さいから女性ものでもシャツは着れたりするんですけど、スウ・サ・

フォンは小さめ、華奢めが多いから、さすがに無理なんですよね」

野村君の言葉に、背後でコピーを取っていた川口さんが、意味ありげな顔で振り返った。自分のジャケットの襟元を指差し、にっと笑う。

「こういう風に楽しめばいいのに」

そこにはスウ・サ・フォンの商品の、葉っぱ型の銀色のブローチが付けられていた。

「そうか、ブローチならいけますね！　早速買おうっと。僕はキノコ型にしようかな」

「あはは、そうね。川口さんは葉っぱ、野村君はキノコって感じするわ」

「野村君、ドングリもあるよ。そっちも似合いそう」

皆で盛り上がる。

「おお、どうした。朝から賑やかだな」

島津課長が出勤してきた。

「おはようございます」

「おお、俺の話も聞いてくれよ。今、満員電車で近くに立った女子大生二人組がさ、週末に服を買いに行こう、スウ・サ・フォンの新作が欲しい、って話してたんだよ！」

「え！　すごい！」

「だろ？　興奮しちゃって。よっぽど、私が責任者です、って名乗ろうかと思ったよ」

「名乗らなかったんですか？」

「危ないおっさんだと思われるかと思って、止めた。でも、ニヤニヤしちゃったなあ」

「余計に危ないおっさんじゃないですか、それ」

スウ・サ・フォンメンバー以外からも笑い声が上がった。今日も充実した一日になりそうだ。

タクシーに乗り込み、運転手に行先を告げる。

「今日の展示は、得るものがなかったですね」

シートに体を沈めると、隣の美名が呟（つぶや）いた。

「まあ、まだ学生さんですしね」

「学生だからこそ、自由な発想と、基本を守った服作りの融合を期待したんだけどなあ」

「うーん、確かに今日はちょっと不発でしたね」

今日は二人で、とある服飾学校の制作展示を見に行っていた。中世ヨーロッパの貴族服を現代風にアレンジするというテーマだったので、参考になるかと思ったが、確かに理世も満足はできなかった。奇をてらい過ぎているものが多かったし、縫製（ほうせい）や素材選びも手が抜かれている気がした。しかし美名は、さすがファッションのことになると、学生相手でも評価の手は抜かない。

「今から行くお店は、きっと良いですよ。蔵を改装したカフェなんですって。中に陶器の工房もあって、そこで作った食器でお茶を出してくれるそうですよ」

「へえ。面白そうですね」

「でしょう。美名さんが好きそうだと思ったの」

佐和さんは、私のこと、美名って呼んでください。私、佐和さんだけには、美名って呼ばれたいです。

そう言われてから、約四ヵ月。多少気恥ずかしさはあるが、二人の時には、理世は「美名さん」と呼ぶことを実行している。パーティーの控室で見た、美名の混乱ぶりには驚かされたが、博喜の言った通り、母親が乗り込んでくるなんて事態にはならなかったし、あれ以来美名も落ち着いている。スウ・サ・フォンはどんどん成長しているが、母親が美名を見つけ出した気配もない。「見つかっても、また全力で逃げるだけなので大丈夫です」と、美名はオファーがどんどん増えている、ファッション誌の取材も受けてくれる。

今日もこの後、カフェにて取材を受ける。女性向けのライフスタイル誌の、「働く女性の恋愛白書」という特集だ。美名以外には、イラストレーター、美容部員、翻訳家、フォトグラファーなどが取り上げられるそうだ。早い段階から、ファッションとブランドに関する取材以外は受けたくないと言われていたので、これまではそこに当たらないオファーは、宣伝課の人が持ってきても、美名に打診することなく、理世がすべて断っていた。でも今回は特別だった。長らく出版不況が続く中、部数をまったく落とさない人気誌なので、スウ・サ・フォンのいい宣伝になると思い、ダメ元で美名に掛け合ってみた。

「この雑誌、すごく有名ですよね。私、ファッション誌以外には詳しくないんですけど、これは知ってます。受けたら、スウ・サ・フォンの宣伝に貢献できますか？」

「できます！　ぜひ受けてほしいんです。もちろん、無理強いはしませんが」

「じゃあ、やってみます。内容も浮ついたものではないですし、今回だけ」

「ありがとうございます！　記事の中で、上手にスウ・サ・フォンの名前を出してもらえるように頼みますね。商品のカット写真も入れてほしいな。万が一これでお母さんに見つかっても、私が全力で守りますから！」

　思いがけず良い返事がもらえて、舞い上がった。受けてくれることも嬉しいが、美名が宣伝効果を気にかけたことも嬉しかった。売れっ子デザイナーの自覚が出てきているのだ。そして密かに、美名の恋愛観が聞けるのも楽しみだ。

「わあ、本当に蔵だ。改装はしてるんでしょうけど、古さを残したままなのがいいですね」

店内に入るなり、美名が歓声を上げた。

「これが、ここで作ってる食器かな。和洋折衷（わようせっちゅう）の柄が多くて素敵。あ、佐和さん見て。和菓子もありますよ。これも作ってるのかな」

陳列棚の前で、美名は目をキラキラさせる。一つ目のイベントが空振りだったので、ホッとした。

「ほんとだ。この、おはじきみたいな飴（あめ）、かわいいですね。オフィスにお土産（みやげ）で買っていこうかな」

「いらっしゃいませ。二名様ですか？」

藍染（あいぞ）めのエプロンをした、人の好さそうな初老の女性店員が出てきた。

「十六時から取材で予約した者です。すみません、二人だけ早く着いちゃって」

「ああ、取材の方。お待ちしておりました。こちらにどうぞ」

窓際の一番広い席に案内された。もう少しして西日が差し込めば、いい写真が撮れそうだ。

「美名さん。お茶を飲みながら待ちましょう」

風変わりな趣向が人気なのだろうか。平日の昼間だが、八割方の席が埋まっている。

二人ともホットの紅茶を頼んだ。

「これは毬柄かな？　品のいい色遣いでいいですね。佐和さんのは風車？　あちらの工房で作ってるんですか？」

運ばれてきた紅茶のカップを愛でるように触りながら、美名が初老の店員に訊ねた。店の隅の奥まったスペースに顔を向ける。工房があり、扉が閉まっているが、窓からろくろらしき物も見える。

「はい。今は職人が出かけてますが、いる時には見学もできますよ」

「職人さんって、もしかしてご主人ですか？」

今度は理世が訊ねた。店員たちとの接し方から、この初老の女性が店主なんだろうと思っていた。

「昔は主人がやってたんですけどね。もう年で手先が弱っているので、今は若い弟子に譲っています。お嬢さんたちと同じぐらいの歳の男の子ですよ」

「へえ、若い職人さんなんですね」

しばし二人でのんびりと紅茶を啜ってから、理世は「美名さん、あの」と話しかけた。

「まだ取材まで時間があるので、お話がしたいんですけど、いいですか？　仕事の話です」

実は早く着いたのはわざとだった。腰を据えて二人で話す機会が欲しかったのだ。

「なんでしょう？」

美名が姿勢を正す。

「先日提出してもらった、四期のデザイン第一案についてです」

オープンが初夏だったので、一期だけ発売時期がずれたが、スウ・サ・フォンでは冬の終わりに春夏物、夏の終わりに秋冬物と、年に二回コレクションを発売する形式を取っている。現在は二期の秋冬物が発売中で、来年の春先から発売が始まる三期の春夏物が、製造に入ったところである。そして四期、来年の夏の終わりに発売開始の秋冬物についても、早くも先日デザイナーたちに、第一案を出してもらった。

一期ごとにテーマを設けていて、第一期は「空」だった。美名のスカイドロップワンピースを目玉にしたかったので、この時だけはテーマを後付けし、田代さんと小松さんには合わせて描いてもらった。第二期からは先にテーマを決めている。二期は「森」、三期は「花」。そして四期は「鳥」を予定している。コトリこと、美名と無関係ではない。オープンからヒットを飛ばしたスウ・サ・フォンだが、一年が経過する来年の夏の終わり頃が、その先も人気ブランドでいられるかどうかの、真価が問われる時期になると思う。故(ゆえ)にそのタイミングで、デザイナー名を含め、改めて存在感をアピールしたいという狙いがある。

「先日のデザイン案、どれも良かったと思います。例えば真ん中にリアルな鳥の絵を、どん！　と描いたトップス。王道だし、テーマに忠実でいいですよね。細かい羽根柄のワンピースも良かったです。あれ、一瞬羽根だってわからなくて、何だろう？　って見させるところが面白いです。西洋風の空っぽの鳥籠の横に、音符が描かれてるニットも面白いです。鳥はいないのに、想像で鳥が見える感じ」

「ありがとうございます」

美名が満足そうに微笑む。後ろめたい思いが胸をよぎったが、理世は間髪を容れずに先を続けた。

「ですが、もう一度練り直してほしいんです」

美名が真顔になった。

「もう一度、ですか？」

「はい。具体的に言うと、もっとインパクトのあるデザインが欲しいんです。奇をてらってほしいという意味ではありません。テーマに対して普遍性のあるものと、美名さんの個性と自由な発想が融合して、もっと人目を引く物になるのが理想だと、先日のチームミーティングで、チームの総意としてまとまりました。スカイドロップワンピースは、滴模様は普遍だけど、滴の中にまた模様という個性が、上手く融合していました。イントゥ・

ザ・ウッズは直球ですが、美名さんの独特のタッチと色の配置などで、唯一無二のデザインに仕上がりました。三期だと、目玉にする予定のバラの花柄のワンピースが、それに当たります。バラは普遍ですが、ウエストのくびれの部分に一番大きくあしらうことで、全部が見えていないという個性が出ましたよね」

　理世の話すことに、美名は真剣に耳を傾けている。

「ですが、四期のこの間の案の中には、それに当たるものが無かったです。ですから、まだ時間もありますし、もう一度考えて再提出をしてほしいんです」

　言うべきことを全て言い切った理世の心の裡は、激しく緊張していた。でも平静を装って、ゆっくり美名の反応を待つ。

「わかりました」

　やがて美名が、頷きながら呟いた。

「わかりやすい説明をありがとうございました。スウ・サ・フォンが無事にオープンして、ありがたいことにヒットもして、プロのデザイナーとしての生活に、慣れてきたところでした。その分、守りに入り過ぎていたのかもしれません」

「コトリさんは本当にプロ意識が高くて、スタッフ皆、尊敬しています。ですが、そうですね。守りに偏り過ぎず、攻め、自由な発想も、ずっと持ち続けてほしいんです。両立はとても難しいことだとは思いますが、よろしくお願いします」

こちらが伝えたかったニュアンスが、そのままの形で届いているようで、心の底から安堵する。

「今コトリさんは、プロのデザイナーとしてやっていくなら、必ずぶつかる壁の前にいるってことだな」

再提出をお願いすることが決まった先日のミーティングで、島津課長は言った。美名には一つ一つ壁を越えて、一流のデザイナーになってほしい。

「再提出の期限は、いつになりますか？」

「まだまだ時間はたっぷりあるので、期限は設けない方法でやってみませんか？　いい物ができた時に、その都度見せてもらうというのはどうでしょう？　もちろん、何か思うところがありましたら、私がいつでも相談に乗ります」

美名はしっかりしているので、それで間に合わなくなるということもないだろうというのも、チームの総意だった。

「わかりました。よろしくお願いします」

「ありがとうございます。お願いします」

空気が悪くならなかったことにも、とても安心した。美名に限ってそんなことにはならないと信じていたが、リコリスにいた頃は、理世の担当ではないが、MDがデザイナーに描き直しを頼んだら、以来デザイナーがそのMDにキツく当たるようになったという事案も見た。

一つ一つ壁を越えていくのは、理世もまた同じなのだ。親友と呼べるほど仲良くなったデザイナーが相手であっても、時にはこうやって言うべきことを言う。そうやって怯(ひる)まず壁を越えていくことで、理世もまた、一流のMDになっていきたい。

時間になり、雑誌の取材陣がやってきた。

「お待たせしました。今日はよろしくお願いします」

「きゃあ、コトリさん、想像通りの素敵な方！」

「いいお店、いい席ですね。撮り甲斐(がい)があるなあ」

全員と名刺交換をする。三十歳前後らしき女性ライターと、三十代後半と思われる女性編集者、カーリーヘアにメガネで年齢不詳の男性カメラマンという面々の三人だ。

「コトリさん、さすがスウ・サ・フォンの服がお似合いですね」

女性編集者が言う。美名は微笑んだ。今日の美名にはイントゥ・ザ・ウッズワンピースの、ネイビーを着てもらっている。宣伝のためで、これも今回だけ特別だ。kotori時代は、よく自分の作った服を着ていたが、スウ・サ・フォンのデザイナーになってからは、美名は自分作の服は、こちらが頼んだ時しか身に着けない。客観性を持って見るために、自作の服とは距離を置きたいのだそうだ。この意識の在り方にも、チームメンバーは皆、敬意を払っている。

　早速、取材が始まった。

「最近は仕事を大事にする女性が多いので、障害にならないように、恋愛や結婚まで気が回らないという人もいますよね。その辺りについて、コトリさんはどう思われますか？」

「とてももったいないなあと思います。仕事と恋愛って、よくどちらかを選ばなければいけないような言われ方をしますが、実はまったく別のものだと思うんですよ。それぞれの成就のさせ方を、しっかり見据えた上で実行すれば、自ずと両立できるはずだと思います」

「なるほど。ではコトリさんにとって、理想の恋愛の形は、どんなものですか？」

「お互いを尊敬し合えるのが理想ですかね。それこそお互いの仕事もだし、価値観とか、性格とか。どちらかに合わせなきゃいけないものじゃないと思います。違うからといって別れてしまったり、どちらかが譲るのはおかしいですよね。違っていい、違った二人が、隣り合わせで立って、一緒に歩んでいくのが理想ですね」

「なるほど、なるほど。では、それを実現するには、どうしたらいいと思いますか？」

「そうですね。まず自分自身に自信を持つことでしょうか。自分というものがしっかりあれば、人って他人のことも敬意を持って認められると思うんです。恋愛をしても、その人と出会うまでの自分を捨てたり、見失ったりせずに、お互いに自分らしく向き合っていれば、自然と実現するんじゃないでしょうか」

ライターが繰り出す一つ一つの質問に、美名がいつものおっとりした口調で、しかし淀みなく答えていく。彼女は本当に成長した。スウ・サ・フォンの面接時に、島津課長と対峙するのにも、緊張で顔を強張らせていたのが嘘みたいだ。

取材陣三人は、美名の受け答えに、いちいち真剣に頷いている。本心から同意しているようだ。理世も同じ心境だった。現在、美名には恋人はいないはずだが、彼女の語る恋愛観は、確かに理世も理想だと思う。

「いやもう、本当にその通りだと思います。でも、それを実際にするのが、とっても難しいんですよねえ」

編集者が、途中で唸った。

「わかります。わかってはいても、なかなか実現ができないんですよね。現代の女性って、皆いっぱいいっぱいだから」

ライターも苦笑いして、同意した。

理世も適当に、愛想笑いを浮かべかけた。

「できている女性もいますよ。佐和さんが、そうです」

と、美名が突然、椅子を退いて少し離れたところから見ていた理世に、顔を向けた。

「えっ。あ、あの」

「話しちゃっていいですよね？　佐和さんは、全然違う業種の人と、長く付き合っているんです。更に今は遠距離なのに、お互いの仕事や生活を尊重し合って、良いお付き合いをされてるんですよ」

「えー、佐和さん、そうなんですか？　彼氏さんは何のお仕事を？」

「え？　あ、自動車メーカーに勤めてます」

「へえ。確かに全然別業種ですね。遠距離って、どこですか？」

「ええと、パリです」

「パリ！　それは遠いなんてもんじゃないですね！　でも上手くいってるなんて、すごい！」

裏方に徹して、後ろからこっそり聞いていたのに、いきなり表に引っ張り出されて動揺した。

「佐和さん！　よかったら記事の中で、コトリさんの理想の恋愛は、すぐ近くにいるマネージャー的な存在のMDさんが実践している、って書いてもいいですか？　名前は出しませんので。私、美容ライターもしていて、スウ・サ・フォンのオープニングパーティーにお邪魔してたんです。あの時のスピーチでも、コトリさんは佐和さんのことを話されてましたよね。お二人、本当にいいパートナーなんだなあ」

「いえ、私は裏方ですので、それはちょっと……」

慌てて首を振る。しかし、記事に書かれるのはともかく、理想だと思って聞いていたら、まさか美名が理世を思い浮かべてくれていたとは、悪い気はしなかった。どころか、かなり嬉しい。嬉しくないわけがない。パーティーのスピーチで名前を出された時も、恥ずかしかった半面、目頭を熱くもしていた。

背後でガタッと音がして、何か気配を感じた。驚いて「わっ」と声を上げてしまう。

「こら、そっちから入らないようにって言ってるでしょう。お客さんがびっくりしてるじゃないの」

隣のテーブルを片付けていた、初老の女性店主の言葉と目線で、理世の後ろに勝手口があり、そこから人が入ってきたのだと理解した。理世の脇を、背の高い男性がすっと通り抜ける。

「ごめんなさいね。うちの職人です」

店主に目で促(うなが)され、男性がこちらを振り返り、軽く頭を下げた。顔を向けたのは一瞬だったが、端整な目鼻立ちをしているのが見て取れた。

「職人さん？　その工房の？　このカップを作ってる人ですか？」

「ええ、そうですよ」

編集者が急に立ち上がった。

店主の返事も聞かないうちに、名刺を摑(つか)んで、「ちょっとごめんなさい」と席から離れる。

「あの、いいですか？」

工房に向かう職人の男性に声をかけた。

「は？」と、男性が煩(わずら)わしそうに振り返る。

「私、こういう者です。今度うちの雑誌で、『職人男子』という特集をやるんですけど、取材させてもらえませんか？」

「取材？　いえ、そういうのはいいです」

「ちゃんとした企画書をお送りします！　都会の女性って、溢(あふ)れかえる物の中で暮らしていますが、それを作った人のことは知りませんよね。作られる過程や職人の思いを知って、物を愛(め)でようという企画です！」

「いいです、ってば」

男性が言い捨てた。

「俺が興味を持ってほしいのは、できあがった作品だけです。作ってる人間のことなんて、どうだっていいでしょう。真の芸術って、そういうことじゃないですか？」

低い声で語り、男性はスタスタと工房に入って行った。

「ごめんなさい。愛想のない子で」

店主が頭を下げる。呆然(ぼうぜん)としていた編集者が、「ああ、いえ」とスイッチを切り替えたのか、笑顔を作った。

「ごめんなさい、皆さん。中座(ちゅうざ)しちゃって」

張り付いた笑顔のまま、席に戻ってくる。

「さすが、編集者魂でしたね」

「断られちゃったけどね。しかも、あんなにきっぱり」

「いかにも武骨(ぶこつ)な職人って感じでしたね。でも見た目もいいし、取材したい気持ちはわかります」

カメラマンとライターがフォローを入れる。理世も今度こそ愛想笑いをした。

「ごめんなさい。続けましょう」

「はい。えーと、どこまで聞いてましたっけ。そうそう、じゃあ次に、コトリさんの理想の仕事の仕方について、教えてもらえますか？」

記事で理世に触れるという件は忘れられたようで、ホッとする。

「そうですねえ……」

美名が考える素振りをしながら、毬柄のカップを大事そうに持ち上げる。中断している間も、美名だけは一人変わらず落ち着いた様子で、優雅に紅茶を啜っていた。

乗り換えの駅まで美名を送って、理世は自宅ではなく、会社に戻った。もう夕食を食べたい時間だが、今日のうちに片付けたい仕事が残っている。

もう誰もいないかと思ったが、企画・生産課のオフィスには、電気が点いていた。よく知っている二つの声が、中から聞こえる。

「お疲れさまです」

「佐和ちゃん、お疲れ！　取材ご苦労さま」

「おお、佐和。待ちくたびれたぞ」

増本先輩と島津課長だ。

「私待ちですか？　何でしょう？　何かしました？」

二人は今日の夕方、全体会議に出ていたはずである。

「違う違う、怖がらないで。むしろ朗報よ」

「佐和、お前パスポートの期限は大丈夫か？　コトリさんも」

「パスポート？　ええ！　まさか！」

胸が激しく騒ぐ。

「パリ行きの許可が出たぞ。コトリさんと二人で行って来い。コトリさんはヒットの立役者で、佐和はマネージャーみたいなものだから、他のメンバーも文句ないだろう」

「研修旅行の名目だけど、旅程は佐和ちゃんに任せるって。堂々と彼氏と会ってきていいよ。あ、でも後でちゃんとレポートは提出してね」

「本当ですか！　本当に？」

『こんなにヒットしたんだから、ヨーロッパに研修旅行ぐらい行かせてもらってもいいよなあ。例えばパリとか』

『ですよねえ。全員は無理でも一人、二人ぐらい。それぐらいは利益出しましたよねえ。上に掛け合ってみましょうか』

二人は最近、事あるごとに、理世の前でそんな会話を繰り広げていた。理世のパリ行きを想定してくれているのは明白だったので、少なからず理世も期待をしていたが、でもこんなに早く叶うとは、思っていなかった。しかも美名と一緒に、旅程もこちらの自由だなんて。

「すごい！　コトリさんに報告します！　あ、でもさっき別れたばっかり。まだ電車かな。じゃあ彼に！　あ、でもパリはまだ昼間」

興奮し過ぎて、取り出した携帯を手の中で躍らせた。

「おい、ちょっと落ち着け」

「ほんとほんと」

二人に愉快そうに笑われた。

おへその下がくすぐったくて、ああ飛行機が飛び立ったんだと実感する。北海道の実家に帰る時には使うものの、海外に行くために乗るのは久しぶりだ。二年前に、博喜と旅行でニューヨークに行って以来だろうか。いや、ニューヨークは三年前だったかもしれない。二年前は台湾だ。ヨーロッパは、友達と行った大学の卒業旅行のイタリア以来である。ヨーロッパ風を謳（うた）ったブランドを作っておきながら、実は一ヵ国にしか足を踏み入れたことはない。

「あちらの気候はどうでしょうね。日本で見られる天気予報では、気温は東京と変わらないって出てたんですけど、なんとなくあっちの方が寒いイメージがないですか？」

隣席から窓の外を眺めている美名に話しかける。

「ああ、確かにありますね」

「私、念のため上着や防寒具を多めに持ってきたので、美名さんも寒かったら使ってくださいね」

「ありがとうございます。何から何までお世話になりっ放しでごめんなさい」

「ううん。こっちこそ、バタバタの出発にしてしまって、すみません」

パリ行きが決まってから出発の今日まで、十日間しかなかった。足かけ四泊六日の行程なのだが、仕事に支障が出ず、航空券も取れる日程が、今日からを逃すと春先まで無さそうだったのだ。

「え？　パリに行くんですか？　私と佐和さんで？　本当に？」

「はい。それで日程なんですけど……」

そのため美名には、まだ事態がきちんと呑み込めてないうちから、こちらでどんどん話を進めさせてもらった。細かい旅程についての相談も、ジャルダンで一度、一時間ほど話しただけだ。

「行きたいところとか、やりたいこととか、あったら遠慮なく言ってください」

「基本的に全部、佐和さんにお任せしますよ」

「でも昔住んでた辺りとか、思い出の場所とかあるんじゃないですか？」

「いえ、あまり。母が一番不安定だった頃なので、パリではほとんど家と学校の往復だけの生活だったんです」

美名がそう言うので、ホテル選びも現地でのスケジュールも、すべて理世が一人で決めた。理世が「よかったら」と渡しておいた観光ガイド本を、美名は今座席のポケットに入れているが、あまり読み込まれた風も、今から読もうという気配もない。

今さらになって理世は心配になっている。一人で舞い上がってしまったが、美名はパリ行きに乗り気ではないのではないか。母親との辛い思い出がある土地に無理矢理連れ出してしまったのではないか。

「映画を観るとか、寝るとか、好きにしてくれていいですからね。私もそうします」

機内食を食べ終えた後、美名に告げた。直後、理世は激しく咳き込んだ。食べ物が喉に引っ掛かっているようだ。

「大丈夫？　飴あるけど舐めますか？」

「ください」

美名が差し出してくれた飴を、口に放り込む。

「治ったかな。ありがとうございます。あれ、今の飴、見たことある。あ、この間取材を受けたカフェのですか？　美名さん買ってましたっけ」

理世がメンバーに買って行こうと思いながら結局忘れてしまった、おはじきを模した飴だ。しかし美名も買っていた覚えがない。

「次の日にもう一回行ったので、その時買ったんです」

「もう一回行った？　あのカフェに？」

「はい。工房の見学がしたくて」

「さすが興味があることには行動的ですね。工房見学って、あの怖い職人さんのですよね」

「怖い？　ああ、編集者さんをきっぱり断ってたからですか？　でもあれは、編集者さんがいきなりで失礼でしたよね。私が見学した時は、説明もわかりやすかったし、仕事熱心で感心しましたよ。感じの悪い人じゃないです」

感じるものがあって、美名の横顔をじっと見てしまう。

「そうだ。彼がフランスの陶器に興味があるって言ってたんです。どこかで買えるかなあ。三日目に蚤(のみ)の市(いち)に行くんでしたっけ」

　ポケットの観光ガイド本に、美名は手を伸ばした。

「美名さん、もしかして、あの職人さんと付き合い出したんですか？」

「え？　はい、まあ。子供じゃないので、今日から付き合いましょうって言い合ったわけじゃないですけど、まあそういうことになるのかな」

「そうなんですか！　わー、びっくり！　そうなんですね！」

　謎が解(と)けてすっきりした。無理にパリに付き合わせたかと思う半面、自分の気持ちは妥協しない美名が、本当は嫌なのに海外に付き合うのもおかしいと思っていた。パリ行きが決まった頃から、二人の関係が始まっていたのなら、パリでの細かいスケジュールよりも、恋の方へ気が行っていたというわけか。

「そうだったんですね！　さっきは怖いなんて言っちゃって、すみません。ストイックそうな人だったし、カッコよかったですよね。美名さんとお似合いだと思います。嬉しいな」

「なんで？　どうして佐和さんがそんなに喜ぶの？」

「喜びますよ、そりゃ」

　失礼だから口には出せないが、これまでの美名との付き合いで、この人はこんなに魅力的なのに、どうして人間関係に恵まれないのだろうと、密かに思っていた。母親との関係はともかく、solaの元パートナーに、いい友達だったイズミ君とのすれ違いなど、男性関係でもいい思いをしていない。

でも、そんな美名にも、新しい恋が始まったのだ。しかも自分が彼氏に会いに行く道すがらで、その報告を聞くなんて。こんなに嬉しいことはない。

「陶器、買いましょう。蚤の市にあるかなあ。もっとちゃんとしたお店に行ってもいいですよ。調べましょうか」

理世も高揚した気持ちで、自分の観光ガイド本に手を伸ばす。

飛行機代を抑えるため乗り継ぎ便にしたので、イスタンブールを経由した後、ようやくパリのシャルルドゴール空港に到着した。現地の陽は、もうとっぷりと暮れていた。

「もう遅いので、ホテルまではタクシーで行きましょう。タクシーカウンターは……、あ、あれかな」

夜の到着になると伝えたら、最初は博喜が迎えに来てくれると言っていたのだが、仕事が入ってダメになってしまった。三日目の夕食から合流し、四日目は三人で観光をする予定だ。

「私の英語、通じるかな。ダメだったら、美名さんフォローしてね」

「佐和さん、ごめんなさい。私、お腹が痛い。トイレに行ってきます」

「え、大丈夫？　一緒に行きましょうか？　あ、でもカウンター閉まりそう」

「大丈夫です。そっちはお願いしていいですか？」

トランクを引き、それぞれの方向に小走りした。

拙(つたな)い英語は何とか通じ、無事にタクシーを手配できた。観光ガイド本に書いてあったように、ボラれないように事前にホテルの地図を見せて、値段の交渉もした。

運転手が迎えにきた時、ちょうど美名が戻って来た。

「すみませんでした。もう大丈夫です」

「よかった。ちょうどタクシー来ました。行きましょう」

夜のパリの街を、タクシーが疾走(しっそう)する。日本のように煌々(こうこう)としていない、橙(だいだい)色の暖かみのある街灯の光。それに照らされた街路樹の枝に、風に舞う落ち葉。厳(おごそ)かな造りの建物。脇をすり抜ける自転車の人の、発色のいい上質そうなコート。埃(ほこり)っぽい窓ガラス越しからでも、ああ美しい国へ来たんだなあと実感できる。

「美名さんは、オペラ座の辺りに住んでたんでしたっけ？　ホテルはカルチェ・ラタンの辺りですけど、近い？」

「もう地図が頭に入ってないけど、近くはないんじゃないかなあ」

到着したホテルは、古い雑居ビルのような佇まいだった。フロントは申し訳程度のカウンターだし、エレベーターは軽いはずの日本人女性が二人乗っただけで、ぎしぎしいう。

「急な出発だったから、こんなところしか取れなくてすみません。これでも日本なら高級ホテルに泊まれるぐらいの値段なんですよ！」

「まあ仕方ないですよ」

「パリの宿泊代は世界トップクラスって、本当なんですねえ」

しかしあてがわれた部屋は意外とまともで、安心した。ベッドが二つに、何とかトランクが広げられるスペースだけと狭いが、ベッドは頑丈そうだし、水回りも清潔である。猫の額ほどだがテラスもあった。

「美名さん、テラス！　いい景色！」

ベッド脇にトランクを置いて、理世は早速外に出てみた。

向かいの建物から、子供の頃に読んだ絵本に出てきたような、おもちゃみたいな形の煙突が、ぴょこんぴょこんと生えている。三階の部屋では、パーティーでもしているのか、橙色の光の中、若者たちが笑顔で歩き回っている。一階はカフェバーのようだ。コートがないと震えるぐらい寒いのに、ランタンを置いたアウトサイドのテーブルで、楽しそうにお酒を飲んでいる人が沢山いる。中では生演奏をしているようだ。あまり上手とは言えない、弦楽器の音色が聞こえてくる。

ぐっと込み上げるものがあって、声が漏(も)れそうになった。きゅっと口を結ぶ。理世は、博喜の住むパリにやってきたのだ。自分の力で。

自分がコンセプトを考えて、自分が見つけたデザイナーをメインに据えたブランドが、成功した。そのご褒美(ほうび)で連れてきてもらったのだ。堂々と、自分の力だと誇(ほこ)っていい。

「佐和さん、寒いよ。明日早いし、もう寝ませんか」

美名に声をかけられるまで、理世は橙色の暖かい光と、調子っぱずれの弦(げん)の音に酔いしれていた。

翌日は早朝にホテルを出て、バスとメトロを乗り継いで、郊外で行われている衣料品の見本市に行った。コンサート会場のような大きなホールに、布地に糸に肌着、アクセサリーにキッチン雑貨、インテリアまでが、所狭(ところせま)しと並べられている。

「佐和さん、見て！　この糸、すごく丈夫！」

「わあ、さすが本場のレースは繊細！」

美名は次々と商品を手に取っては、歓喜の声を上げる。

美名が興味を示した作品を、理世は片っ端から購入していった。スウ・サ・フォンの経費で出すが、値段はあってないようなもの、交渉次第でどんどん変わるし、レシートを出してくれないところも多いので、払った金額をいちいちメモに取るのが大変だった。

ほくほくと満足そうな美名と連れ立ち、昼にはパリに戻った。一度ホテルに荷物を置いて、向かいのカフェバーでランチを摂り、午後からは歩いてルーブル美術館に向かった。三十分ほどかかったが、かの有名なポンヌフを渡ったり、セーヌ川のほとりを歩き、遊覧船に手を振ったりと、ベタな観光ができたので、距離も寒さも苦にならなかった。

ルーブルは美名も初めてだという。日本と違って展示作品を撮影していいそうだ。美名は目をキラキラさせて、しきりに携帯のシャッターを押していた。理世は美名ほど美術に明るくないが、モナリザにナポレオンの戴冠式の絵、彫刻のニケなど、教科書に載っていた作品を直に目にした時には、それなりの感動を覚えた。

夕食はシテ島に移動して、ノートルダム大聖堂の近くのレストランで、ライトアップされた寺院を眺めながら、ゆっくりと摂った。

翌日はバスで、モンパルナスという場所に出かけた。ここで蚤の市をやっている。一見すると、ガラクタが地べたに乱雑に置かれているだけのようだが、中には値札の桁を何度も確認してしまうような、高級骨董品もあった。理世はここで、カラフルな小花柄の香水瓶を買った。

美名は長い間、いろんな品物を手に取っては戻して、と繰り返していたが、やがて鳥の形をした陶器の置き物を、買うことに決めたようだ。

「それ、彼氏さんへのお土産にするんですか？」

「まだわからないけど、気に入ったからとりあえず買っておこうと思って」

「それがいいですよ。鳥と陶器で、美名さんと彼みたいですよね」

「ああ……。でも、まだわかりません」

照れているようだ。絶対に自分もそう発想したと思うのに。

「彼氏さん、名前は何ていうんですか？　歳は？」

「親しいに太いに朗らかって書いて、親太朗君です。私の二つ下だから、佐和さんと同い年かな」

チラシにくるまれ、ビニール袋に放り込まれるという、簡易包装にもほどがある扱いを受けた鳥の陶器を、美名は細い両腕で包み込むように運ぶ。まったくかわいらしい。

中心部に戻って適当に入ったカフェでランチを摂り、本屋めぐりをしたり、ウィンドウショッピングをしたりしながら、夕方までのんびり過ごした。陽が暮れ始めた頃、メトロに乗り、シャンゼリゼ通りの博喜との待ち合わせ場所に向かう。

車内で、理世は無意識のうちに口数が少なくなっていたようだ。「佐和さん、緊張してる?」と美名に聞かれた。

「そんなことないですよ。お正月やゴールデンウィークには会ってるから、そんなに久々なわけじゃないし。いつもテレビ電話もしてるしね」

そうは言ってみたものの、一つ駅を過ぎる度に、自分の鼓動が速くなるのがわかる。

駅の階段を上り、地上に出た途端に、博喜の姿を見つけた時には、もうダメだった。目頭がすっかり熱くなっていた。

こちらに気が付いた博喜が、片手を上げる。日本で待ち合わせしていた頃と変わらないその仕種(しぐさ)に、涙が一筋こぼれた。

「無事に着けてよかった。コトリさんですね、初めまして。倉科(くらしな)博喜です。遠いところを、どうもありがとうございます。お会いできて嬉しいです。理世からいつも話は聞いています」

「初めまして、コトリこと、小鳥遊美名です。こちらこそ、今日はお忙しいところ、ありがとうございます。私もよくお話を伺(うかが)ってます」

「スウ・サ・フォンのヒット、おめでとうございます。おこがましいですが、僕からもお礼を言わせてください。ヒットさせてくださって、ありがとうございます。企画段階から理世が力を入れていたのを見てたので、自分のことのように嬉しいです」

「そんな。私が佐和さんたちに、ヒットさせてもらったんです。お礼を言うのはこちらです」

「僕は服には詳しくないんですけど、スウ・サ・フォンの服はいいなあと思います。上手く言えないですが、奥行きを感じるっていうか」

二人の会話に交ざりたいと思うのに、理世はまったく言葉が出て来ないでいる。

石畳の街路樹に、その脇を通り過ぎる赤い車。博喜の肩越しには、西日に照らされた凱旋門が、凜々しく佇んでいる。

この美しい風景の中に、理世は今、恋人と、唯一無二の大事な友人と共に立っている。

理世たちも、この風景の一部になっているはずだ。

その事実に言葉は奪われ、ただただ涙が止まらない。

夕食は、博喜のお気に入りだというレストランに入った。赴任してきたばかりの頃、同僚たちが歓迎会を開いてくれた店なのだという。

「コトリさんは、ワインがお好きなんですよね。どうぞ、好きなものを注文してください」

博喜が美名に、ワインリストを差し出す。

「いえいえ。ここは博喜さんのお勧めのを飲みたいです」

「そうですか？　じゃあ……」

食事も全て、博喜が注文してくれた。何を飲んでも食べても、おいしさに声が出る。

「パリはすごいね。飲み物も食べ物もおいしいし、きれいなものが街にいっぱいだし。ホテル代が高くても、仕方ないかなあ」

「家賃も高いよ。僕のアパートは、裏通りの陽もちゃんと当たらないようなところなんですけど、会社が負担してくれなかったら、家賃で破産するぐらいの金額なんですよ」

「そうなんですね」

自分がホスト役だと思っているからなのか、それとも自惚れかもしれないが、博喜も理世に会えて嬉しいのか。博喜は普段よりも、よく食べ、よく飲み、よく喋った。頬も心地よさそうに上気させている。

「コトリさんは、オペラ座の近くに住んでたんでしたっけ。いつぐらいですか？　日本人が多いエリアがあるって聞いたけど、その辺りかな？　日本の食材を沢山取り扱ってるスーパーがあるとか」

「小学校六年生の頃です。日本人、多かったかなあ。うちの近所にはそんなにいなかったと思うけど……。スーパーは、子供だったのでよく覚えてないです」

「二十年も経ってると、街も変わってるでしょうしね。明日は、行きたいところの希望はありますか？　サン・マルタン運河なんて、どうかと思ってるんですけど。川べりに緑が多い公園や、オシャレなカフェや雑貨屋があって、二人が好きそうな気がするんですよね。コトリさん、行ったことあります？」

「いえ、ないです」

「最近発展したエリアかな。じゃあ、そこに行きましょうよ。モンマルトルの丘は？」

「あー、行ったことないですね」

「お父さんは貿易会社にお勤めなんでしたっけ？　現地の人との付き合いも多かったんじゃないですか？　オペラは観に行きました？」

「行ってないですね。父は仕事が忙しくて、家族との時間がほとんどなくて……」

博喜の上機嫌に対して、美名の反応はいま一つ鈍い。理世はだんだん焦り始めた。

「私、トイレに行ってきます」

美名が立ち上がる。

「そっちです。わかりますか？」

博喜が理世の背後を目で指した。

「はい。さっき見かけたので」

背中から美名の気配を感じなくなったのを確かめてから、「ねえ、博喜」と理世は声を潜めて話しかけた。

「コトリさんに、パリにいた頃の話を、あまり訊かない方がいいかも」

「え、どうして？」

「例のお母さんの件が……。お母さんが一番不安定な頃だったって言ってたから。パリでは家と学校の往復で、ほとんど出かけてなかったんだって」

嫌な思い出が甦って、旅先でパーティーの控室でのように取り乱されたら、正直困る。

「ああ、そうか。でも服や美術の話は俺がわからないしなあ。どうしよう。あ、帰ってきた」

近付けていた顔を、お互いさりげなく離した。

「そうだ、コトリさん。理世に、この動画見せられたことありますか？」

博喜が携帯を取り出し、ネットに繋いだ。

「なんですか？」

理世も何だろうと覗き込む。

「ああ、これ」

「こっちの職場で、理世がリーゼってあだ名で呼ばれてるんですよ。そうしたらこの歌が、色々理世とリンクしててね」

『There's a hole in the bucket』だ。博喜が再生ボタンを押す。曲が始まると、美名は不思議そうな顔で見入っていた。

「ね。私とスウ・サ・フォンで、リンクしてるでしょう」

「だんだんヘンリーに苛々（いらいら）しちゃってるところも、理世っぽいよね」

「え？　そういう意味もあったの？」

美名はいつもの微笑を浮かべ、「かわいい曲ですね」と、しっとりと言った。

直後、ニットの腕をまくって、時計を見る。

「あ、そろそろ行きますか？　ホテルまでタクシーで送りますよ」

「そうだね。明日もあるし」

博喜と共に片付けにかかった。財布を出そうとする美名を、博喜が制止する。

「ここは僕が。はるばるパリまで来てもらったんですから」

「いいんですか？　では甘えちゃいます」

すっかり酔いがまわった体で、店を出た。

ホテルが見えてきて、「あのビル」と、後部座席から助手席の博喜に告げた。博喜が運転手に指差して、指示を出す。同時に財布を取り出した。タクシー代も払ってくれるつもりらしい。

「明日の朝は、何時に迎えにきましょうか？　朝ご飯の後がいいですよね」

「そうだね。何時にします？」

「明日のお迎えは、いりません」

タクシーが停まるのと同時に、美名がきっぱりした口調で、そんなことを言った。

「え？」と理世と博喜の声が被る。

「博喜さん、このままアパートに佐和さんを連れて帰って、明日も二人で観光してください。私はこの辺りを一人でのんびりします。佐和さん、帰ってくるのは明後日の朝でいいですよ」

「何言ってるんですか。一緒に観光しましょうよ」

「そうだよ。コトリさんを一人にしたら、私が会社から怒られちゃう」

「私が言わなければ、バレないでしょう。博喜さん、タクシー代もお世話になっていいですか。その代わり、佐和さんを連れて帰ってください。最初からそのつもりでした。久々のデートを邪魔するほど、私も気が利かないわけじゃありません」

運転手が苛立(いらだ)った様子で、博喜に何やら言った。なぜ降りないのかと思っているのだろう。

「じゃあ、お言葉に甘えていいんですか？」

博喜が困惑気味にいい、美名と理世の顔を見比べる。

「はい。では、おやすみなさい。ありがとうございました。佐和さん、楽しんできてね」

車道側のドアを開け、ひらりと美名は外に出た。手を振り、ドアをバタンと閉める。

「いいんだよね？」

博喜が言い、運転手に次の行先を告げた。タクシーが発進する。

歩道に移動した美名が、満面の笑みで見送っていた。理世はまだ戸惑(とまど)っていたが、嬉しくないわけではなかった。

There's a hole in the bucket, dear Liese, dear Liese.

リーゼの歌を口ずさみながら、ホテルの入口をくぐる。エレベーターは軽装の理世一人でもぎしぎしいうが、気にせず次のフレーズを歌う。

There's a hole in the bucket, dear Liese, there's a hole.

美名の好意に甘えて、テレビ電話の画面の背後にいつも見ていた、青いシーツの博喜のベッドで、二晩強く抱き合って眠った。

昨日は、まずサン・マルタン運河に連れて行ってもらった。木漏れ日を浴びながら公園を歩き、水門が開いて船が通るのを、橋の上から並んで眺めた。

午後からはモンマルトルの丘に行った。寒い中、ソフトクリームを食べながら坂道を上り、白くそびえ立つサクレ・クール寺院の芝生に座り、肩を寄せ合い、パリの街を見下ろした。

自分が映画や小説の主人公になった気分だった。数年前、東京のガード下のイタリアン居酒屋で初めて博喜と出会った時、数年後に二人でパリを歩く姿を、想像できただろうか。しかも旅行ではなく、それぞれ仕事で求められ、パリで居合わせるなどと、あの頃の自分たちは想像できたか。

部屋のドアに鍵を差し込む時に、歌を止めた。博喜の出勤時間に合わせて出てきたので、まだやっと朝の七時を回ったところだ。美名は眠っているだろう。

そっとドアを開け、しかし中を見て、すぐに「えっ」と声を上げた。美名のベッドが空っぽだ。シーツが無造作にめくれている。

洗面所とシャワー室に通じるドアの前で、耳を澄ませる。中にいる気配はない。早朝散歩にでも出かけたのか。そう考えた端から、ベッド脇に靴を見つけた。

テラスに通じる窓が、僅かに開いていた。近寄って外を覗く。今度は「わっ！」と大きな声が出た。

「びっくりした。どうしたの、美名さん」

狭いテラスの端の方で、美名がうずくまっていた。パジャマに裸足という格好だ。

「佐和さん。おかえりなさい」

「ただいま。寒くない？　朝の景色でも見てたの？」

訊ねながら、理世はもう不穏な空気を感じ取っていた。早朝とはいえ、美名の顔色が悪い。目の下にはくっきりクマが見て取れる。

「違う。寝られなかったの」

ぷるぷると美名は首を振った。怯えた小動物のようだ。

「どうしたの？　体調悪い？　昨日は何してたんですか？　どこか行きました？」

美名はまた首を振る。

「どこにも行ってない。ずっと部屋にいました」

「どうして？　どうしたんですか？」

虚ろな目で、美名は理世を見上げる。

「幸せ過ぎて、怖かったの」

震えた声で言う。

「ねえ、佐和さん」

呼びかけられたが、理世は返事ができなかった。

「佐和さんは、いつか私のことなんて捨てちゃうんでしょう？」

「……どういうことですか？」

やっとの思いで、声を絞り出す。

「だって私、佐和さんにいいって思ってもらえるデザインを、ずっと作り続けられるかわからない。スウ・サ・フォンだって、いつまで人気があるかわからないでしょう。そうしたら佐和さんは、他のブランドや他のデザイナーに夢中になって、今度はその人と仲良くなるかもしれない。それは仕方のないことだけど、でも」

美名は唇も震わせている。それを抑えるように指で撫(な)でた。

「でも私は、変わらないものが欲しいんです。なくなってしまう幸せは、怖い」

美名の震えを見ていたら、理世は自分も震えてきた気がした。

「私、今すごく幸せです。一昨日の晩、佐和さんを見送ってから、ここでしばらく一人で、幸せだなあって思いながら夜景を眺めてました。プロのデザイナーになれて、ブランドがヒットして、ご褒美(ほうび)に佐和さんとパリに連れてきてもらえて。佐和さんの大事な人も紹介してもらえたし、私にも恋人ができて、幸せですよね、本当に」

形の良い美名の目から、ぽろぽろと涙がこぼれ落ちた。いつか彼女が描いた滴のようだ。

「だから、怖いんです。幸せ過ぎて」

オモチャみたいな形の煙突が、朝焼けに照らされている。一階のカフェバーではウェイターが、椅子を並べて開店準備を始めた。パリの朝が始まるのだ。

そんな美しい風景の中、美名の啜り泣きの声が響いている。

第五章　There's a hole in the bucket

細長いグラスに入った赤いサングリアを一口飲んで、苑子がゆっくりと口を開いた。

「ごめん、はっきり言っていい？　それ、怖い。引くわ」

理世は肯定も否定もしたくなく、誤魔化すために自分もグラスを取った。こちらはミントの葉が浮かんだ、モヒートに似たお酒だ。

程よい酸味を舌と喉で感じながら、しかし理世は、少し自分がホッとしていることにも気が付いている。パリから帰って以来、自身の心の中にも確かに芽生えていて、でも決して誰にも話せなかった気持ちを、長年の親友が代弁してくれた。

金曜夜の東京のスペインバルで、苑子と飲んでいる。パリから帰った二日後、「来週の金曜、会社の研修で東京に行くんだけど会わない？」と連絡があり、二つ返事で承諾した。苑子に彼氏ができてからはしばらく疎遠だったが、そこは十五年もの仲である。駅で待ち合わせてから今までの二時間ほど、一切ストレスがない。寛いだ時を過ごせていると実感している。

苑子は新しい彼氏と、うまくいっているようだ。電話をしていた頃は前の彼氏と別れたばかりで、独り身を自嘲したり、同級生の結婚にあからさまに焦った様子を見せていた。でも今の彼とは結婚も考えているが、付き合い始めの熱い時期を過ぎて、今は落ち着いた関係が心地いいから急いではいないと、さっき淡々と語っていた。きっと相手がしっかりした男性で、苑子との相性もいいのだろう。心からよかったと思う。

それで安心して気が緩んだのだろうか。自分の話を終えた苑子が、「理世はどう？　スウ・サ・フォンのヒットは本当によかったね。でも博喜君とも離れてるし、一人で悩むようなこともあるんじゃないの？」などと言ってくれて、理世はまさしく今一人で抱えていたものが、溢れ出すのを止められなかった。

話をさせてもらった。最近、美名とパリに行ったこと。今後のスウ・サ・フォンの参考になるだろうものを沢山見聞きしたり、博喜にも会って充実していたこと。けれど、帰国の日の朝、美名がホテルのテラスで体を震わせて泣き、「幸せ過ぎて怖い」「佐和さんは、いつか私のことなんて、捨てちゃうんでしょう？」と言ったことを。

「『幸せ過ぎて怖い』なんて、映画の台詞みたいなこと言われたら、引くよね。理世がいつか自分を捨てるってのも、そりゃ会社員だから異動になる可能性はゼロじゃないだろうけど、それは捨てるのとは違うじゃない。それに、ブランドがヒットして、そのご褒美にパリに行けて、一番気分が盛り上がってるっていう時に、どうしてそんなこと言うかなあ」

だんだんと苑子の語気が強くなる。

「理世は博喜君と一緒に過ごして、幸せな時だったのに。しかも、自分がセッティングしたんでしょう？　自分だって、彼氏ができたばかりですごく楽しい時期だろうにね。わかんないわあ」

「そういう時だからこその、思いだったんじゃないかなあ。反動だよね、きっと」

「うーん。でも大人なんだから、空気を読んで、思っても言わないよね、普通。私たちより年上なんでしょう？」

「二つ上。でもコトリさんは、感受性が豊かで、すごく繊細な人だから」

足許が覚束(おぼつか)ないような、妙な感覚が理世の体にまとわりつく。苑子の口調ほど強いものではないものの、彼女が口にしてくれたような感情は、あの日からずっと、理世も密かに抱いていたと思う。パリでの満足感をそのままにしておきたくて、博喜には美名が泣いた一件は話していない。だから今、苑子が初めて自分の気持ちを掬(すく)いとってくれて、自身を戸惑(とまど)わせた美名への違和感を口にしてくれて、とてもありがたいと感じた。

でも一方で、理世には美名をかばいたいという気持ちも存在している。よく知らないままに美名のことを責めてほしくないと、強く思っている。

「コトリさんには、いろんな傷があるんだ。だから時々、不安定になっちゃうみたい」

美名とsolaの元パートナーとの間にあったこと、それから母親とのことも、苑子に話して聞かせた。オープニングパーティーの時に、美名が激しく取り乱したことについても語った。母親との確執については、博喜にも話してしまったので罪悪感はあったが、苑子に美名を、正しく理解してほしかった。

聞き終えた苑子は、「うーん」と眉間に皺を寄せた。

「男の人に一方的に好かれて怖い目に遭った経験は私もあるから、その傷については、よくわかるよ。理世もだよね」

強く頷く。

「自分もそういう目に遭ったことがあるからって、私を助けてくれたのがコトリさんだから」

「そうか、そうだったね。なるほど、だから感謝の気持ちが強いわけね」

もう一度、さっきよりも更に深く頷いた。

「お母さんとのことは……。私は未だ実家住まいなぐらいだから、親との関係は悪くないし、簡単にわかるなんて言えない。でも、好かれ過ぎて傷付けられるって意味では、私たちの経験と同じだよね。それが身内から、長い期間にわたってって、それは傷が深いだろうなあと思う。今は絶縁してても、完全には癒えてないよね。私もあの男はただのバイトの同僚だったけど、普段は平気にしてても、時々何かの拍子に思い出して怖くなったりするもん」

「わかる。私も」

理世も未だに時々、街中で菅井主任と似た背格好のサラリーマンを見かけて、身構えることがある。つい数日前は、会議後で疲れていたのだと思うが、デスクのパソコンで広告・宣伝課のスウ・サ・フォン担当者からのメールを受信して、また菅井主任からかと思って、変な声を出しそうになった。

「才能のあるデザイナーさんだから、人より繊細だろうしねえ」

苑子の語気からは、さっきまでの強さがすっかり抜けている。博喜に話した時とは反応も違うし、嬉しかった。やはり他者から酷く傷つけられたことがあるかどうかで、捉え方が変わってくるのだろう。

「そうなの。で、その才能に惚れ込んで、今の状況にまで引っ張ってきたのは私だから、支えたいんだ。というか、私は支えるべきだと思うんだよね」

「でも、具体的にどうやって？　パリで泣かれた時は、どうしたの？」

「その時は、私、けっこう動揺しちゃって、何もできなくて。でもそのうち、コトリさんが自分で立ち直った」

一体どれぐらいの時間、理世は美名の啜り泣きの声をBGMにしながら、パリの朝の風景を為す術なく眺めていたのだろう。やがて泣き声が止み、徐々にだが、二人の間に漂う空気から、緊張感が抜けていくのを感じた。

「ごめんなさい」

美名が言いながら、立ち上がった。

「取り乱しちゃって。佐和さん、本当にごめんなさい。もう大丈夫です」

いつものしっとりした声で言い、ふわりと理世の前を通って、テラスから室内に戻った。

「今日はもう帰国ですね。昼には空港に向かわなきゃいけないんですよね。準備しなきゃ。あ、佐和さん、朝ご飯は食べました？　私は荷造りしてるから、よかったらカフェにでも行ってきてください」

まだ動揺していた理世は、すぐに反応できなかった。でも、やがて「じゃあ」と呟き、一人で部屋を出た。さっきまで泣いていた美名を一人にして大丈夫かという不安もあったが、自分も落ち着きたかったし、わざわざ外出を勧めるのだから、美名も一人になりたいのだと判断した。

ホテルの向かいのカフェで軽い朝食を摂り、部屋に戻ると、美名はもう荷造りも身だしなみも整え終えていた。普段通りの彼女の姿と様子で、「佐和さん、お帰りなさい」と理世を迎えた。

理世も準備をして、フロントにタクシーを呼んでもらい、空港に向かった。飛行機では、すぐに美名が眠りにつき、そのうち理世も眠って、日本までほとんど会話はなかった。

「でも、帰国した日から、毎日メールしてるんだ。けっこう長くて、一日の報告みたいなの。ほら、こんな感じ」

携帯を取り出し、昨夜美名に送ったメール画面を、理世は苑子に見せた。

「わっ、何これ、すごい！　手紙みたい。私、こんなに長いメール、誰にも書いたことないよ」

苑子が声を上げる。

空港で別れる時、理世は美名に「無事に家に着いたら連絡をください」と告げた。すると、ちょうど理世も家に着く頃、『着きました。お世話になりました』とメールが入ってきた。そこには、『貴重な体験をさせてもらえて、本当に感謝しています』とか、『パリで感じたことを、責任を持ってスウ・サ・フォンに役立てていこうと思います』なども書かれており、理世も腰を据えて返信をすることにした。

『こちらこそ、ありがとうございました。今回の旅がスウ・サ・フォンにどう落とし込まれるか、とても楽しみにしています』

『一緒に沢山楽しいことができて、嬉しかったです。彼に会ってくれたことも、二人で過ごさせてくれたことも、本当にありがとう』

書き始めたら、止まらなくなった。ルーブル美術館で見た絵に対する美名の反応が、さすが表現者だと感心したとか、見本市で、目を輝かせてレースや布を買う美名の姿がかわいかったとか、三人で食事をした時、彼がいつもより上機嫌で、あれはきっと美名が魅力的だったからだと思うとか、そのとき心に浮かんだことを、思うがままに書き綴った。テラスの件には触れずにおいた。

長いメールになったがそのまま送ると、やがて美名から返信があった。『佐和さん、本当にありがとう。嬉しいです』から始まり、

『二人でセーヌ川のほとりを歩きながら見たエッフェル塔は、目映すぎて実は私は直視できなかったです』

『メトロの階段を上がって、恋人の姿を見つけた時の佐和さんの顔は、やさしさに溢れて

とてもきれいでした。美しい光景というのは、人の想いから生み出されるんだと知ることができてよかった』

『青空の下の蚤の市に楽しそうに集う人たちの姿は、まるで絵画のようでしたね。ルーブルには飾られないだろうけど、愛しい一枚でした』

などなど、流麗な言葉がそこには書き連ねられていた。理世が送ったメールよりも長文で、でも美名も、テラスの件には触れていなかった。

　自分からは絶対に出てこない文章に少し慄き、自分についてもその調子で描写されていることに気恥ずかしさも感じたが、でも理世は嬉しかった。自分が送ったメールに込めた想いが、美名に通じたようで。

　苑子の言う通り、理世は会社員なので、親友でありながら、マネージャーでもあるような今の関係を、ずっと続けられるという保証はできない。でも美名を「捨てる」とか、「いつかどうでもよくなる」なんてことは、絶対にない。美名を本当に大切に思っているし、常に気にかけてもいるし、共有すること総てを大事にしている。それを伝えたかった。

　その日から毎日、一日の終わりに美名に手紙のようなメールを送り続けている。今日はこんなことがあった、こんなことを思った、美名なら何を思うだろうかと考えた、と綴る。

他の大事な人、博喜や苑子に、こんな形の愛情表現はしない。これまで出会った他の人にも、したことはない。普段の何気ない付き合い方から、こちらの想いはきちんと伝わっていると思うからだ。

でも美名が、過去に受けた傷や、持って生まれた感受性や繊細さ故に、時にそれができなくなるというのなら、彼女にだけは、違うやり方で伝えればいい。簡単なことだ。言葉と行動を惜しみなく捧げて、伝わるまで伝えればいいのだ。そう思った。

氷が溶けてすっかり色が薄くなったサングリアのグラスを意味なく揺らしながら、苑子がまた口を開く。

「私は事務職だから経験がないし、これからもできないけど、仕事でゼロから一緒に何かを創ってヒットさせたパートナーは、お互いに唯一無二の存在なんだろうなあっていうのは、なんとなくわかるよ。だからコトリさんとの関係に、どうこう言うつもりはないよ。博喜君と離れてまで、理世がしたかった仕事だし、話を聞いて、コトリさんにも同情できるところがあったし」

「ありがとう」と呟いた。苑子は理世の顔をじっと見る。

「でも、私は理世の友達だから、コトリさんより、理世が心配。無理はし過ぎないでね。

だって、毎日そんな長い手紙みたいなメールを書いたり、あれこれ気にして世話してるなんて知ったら心配にもなるよ。理世って世話焼きタイプじゃないし、彼氏にも別にマメじゃないのに」

カラカラと笑う苑子に、もう一度心からの「ありがとう」を言った。強い信頼関係があり、奥に深みがあるからこそその表面上の軽さが、今の自分に心地よかった。

「でも大丈夫。人によって付き合い方が違うのは当たり前だし、マネジメントは仕事でもあるから。それに、確かに時々動揺しちゃうんだけど、今日話を聞いてもらってだいぶ楽になったよ。本当にありがとう」

「それならいいけど」

苑子の顔に安堵の色が浮かんだ。ウェイターが近付いてきて、飲み物のお代わりはいいかと訊ねる。

「もらおうかな。せっかく東京まで来たしね」

「うん。久々に会ったし、もう一杯飲もうよ」

二人してメニューを覗き込んだ。

前に東京に来た時には理世の部屋へ泊まったが、今日は会社で取ったホテルがあるという。苑子をホテルまで送ってから、理世は一人地下鉄に乗り込んだ。シートに座って携帯を出す。美名へのメール作成画面を起動させる。我ながら滑らかな指の動きだ。毎晩の手紙メールで、携帯を持つと、美名へのメールへ指が動く仕様になってしまった。昨日の昼は、取引先に電話をかけようと思ったのに、気付いたらメール作成画面になっていた。

『美名さん、お疲れさまです。週末の夜はいかがお過ごしですか？　彼氏さんとデートかな？

私は今日、北海道の親友が東京に来ていて、スペインバルで飲んできました。適当に入った店だったけど、料理もお酒もおいしくて、当たりでした。今度美名さんとも行きたいな。

友達はファッションにあまり興味がない子なんだけど、なんとスウ・サ・フォンのニットを着てくれていて、嬉しかったです。北海道にはまだ出店してないのにね、オンラインで買ってくれたみたい。でも田代さんのデザインのだったから、そこはコトリさんのでしょう！　って叱っておきました。あ、田代さんには内緒ね（笑）コトリさんのも見て、すごく素敵だったけど、オシャレ初心者だからハードルが高くて、なんて言ってたけど、目が大きくて細身の子だから、絶対似合うと思うんだ。今度、送りつけちゃおうかと思います。それか、早く北海道にも出店をさせるか！

昼間は光井被服に行ってました。社長夫妻と、美名さんの話で盛り上がったよ。あの二人は、近いうちにコトリファンクラブを立ち上げるんじゃないかと思うぐらい、すっかり美名さんの大ファンです。

最近、夜は冷え込むようになってきたから、体調を崩さないように過ごしてください。私はこの週末は特に予定がないから、家でのんびりしようかと思います』

ここまで一息も吐かず、一気に打ち込んだ。一日、様々なシチュエーションに身を置きながら、後でこれを美名へのメールに書こう、こんな感じの文章にしようと、考える癖も付いた。いざメールを打つ時には、下書きができあがっている状態だ。

最後の一文字の後で「改行」キーを押し、もう一文付け加えようか迷う。この一文については、もう一週間も前から完成させている。『第四期のデザインの進み具合は、どうですか？』という、シンプルなものだ。

パリに行く少し前に、美名に「鳥」がテーマの、スウ・サ・フォンの第四期、来年の秋冬ものの商品のデザインの描き直しをお願いした。それまでに出してもらっていたものも悪くなかったのだが、もっとインパクトのあるものを、と頼んだ。美名はいつも期限よりずっと早くデザインを出してくれる。というか、常に思い付いたら描いていて、随時見せてくれるというスタイルだ。だから四期に関してもまだ時間はあるのだが、依頼してから今日まで、毎日こんなに言葉を交わしているにもかかわらず、美名が一度たりとも四期デザインについて口にしないので、心配になっている。

さすがにそろそろ、進捗確認をした方がいい。昨日までは迷った末に止めていたが、今日こそは。だってこれは、自分の仕事である。

決心して一文を打ち込んだが、送信ボタンが押せない。パリのテラスで美名は、「佐和さんにいいって思ってもらえるデザインを、ずっと作り続けられるかわからない」とも口にした。描き直しをお願いしたのは初めてで、もしかしてそれも、あの日取り乱した原因の一つかもしれないと思う。デザインに取り組んでいないわけはないし、話題にしないのは、今は一人で闘いたいという意味ではないのか。タイミングを間違えて急かすと、悪い方に刺激してしまう可能性もある。

自宅の駅に着いてしまった。慌てて一文を削除して、送信ボタンを押す。正しいタイミングを見極めるのも、自分の仕事だ。心の中で唱えながら、電車を降りる。

ホームを歩いている時に、また妙な感覚に襲われた。何かを思ったり、決心した端から、それとは真逆の別の思いが生じ、結局はそちらに従う。最近、そういうことが多いように思う。そしてその現象はいつも――、美名がらみの時に起きる。

マンションのエントランスに差し掛かった時、携帯が震えた。美名からメールの返事だ。

『佐和さん、こんばんは、お疲れさまです。今日は親太朗君と一緒だけど、外でデートじゃなくて、私の家でご飯を作って、のんびり過ごしてました。調理中に、料理も物作りよね、って私が言ったら、そこからいつものごとくお互いの仕事、物作りについての話になり、気が付いたら三時間もその話題だったので、のんびりではないかもしれません（笑）でも充実してたよ。

佐和さんは親友さんと会ってたんですね。きっと素敵な人なんだろうなあ。スウ・サ・フォンの服を着てくれてたなんて、お礼をお伝えください。私のデザインのならそれは嬉しいけど、服とは自然な出会いが大切だと思っているので、どうか無理矢理引き合わせないで（笑）

光井被服のご夫妻が、私のファンでいてくれるなんて嬉しいです。オープニングパーティー以来お会いしてないけど、作ってもらった服からも、パーティーでのお二人の記憶からも、あたたかいものをいつも感じているので、またお会いできる機会があったら幸いです、と伝えてもらえますか？

私は週末は、親太朗君の友達の飴（あめ）職人さんに会います。親太朗君のお店に置いてあって、飛行機で佐和さんにあげた、おはじきみたいな飴、覚えてますか？　あの職人さんと親太朗君が仲良くしていて……』

エレベーターで三階に上がり部屋の扉を開けても、まだメールは読み終えられず、しばらく玄関に佇んでいた。やっと読了して、一息吐く。

駅からマンションまでは、徒歩五分。ホームを歩いた時間と、構内のコンビニで栄養ドリンクを買った時間を入れても、理世がメールを送ってから返信が来るまで、七分あったかどうかというところだ。それでこの長文、理世が書いたことを受けての感想を述べ、更に自分の話題も振るという、しっかりとした構成もできている。

もう一度、大きく息を吐いた。思いがけず、長い溜め息になった。体の奥から絞り出したような、妙な声も出てしまった。

理世が一日かけてすることを、美名は七分でやってのける。繊細で感受性が豊かなだけでなく、とても頭のいい人なのだ。

「無理はし過ぎないでね」

さっきの苑子の声が、急に脳裏に甦った。

隣の席の野村君と世間話をしながら業務メールを書いていたら、「お二人、ちょっといいかな?」と川口さんが近付いてきた。

「僕と小松さんの同級生が、古着屋をオープンさせたんだ。土曜日にお祝いがてら見学に行くんだけど、一緒にどう？　チームみんなで行けたらいいと思ってるんだけど」

　ＤＭハガキを見せてくれる。木目調の壁に、ダメージジーンズやミリタリージャケットなどが、所狭(ところせま)しと並べられている写真があった。

「アメリカンテイストが主流みたいだから、スウ・サ・フォンとは系統が違うんだけど、何でも勉強にはなるよね」

「面白そう。行きたいです」

「私も。コトリさんも、色々見て回るのが好きだから、興味持つと思います」

　野村君と一緒に頷いた。

「お店に行った後、皆で飲みに行きましょうよ。僕、お店探しますよ」

　野村君の提案に、美名は理世以外のメンバーとあまりプライベートで交流したがらないが大丈夫だろうかと、少し不安になった。でも仕事のうちと言えるし、拒否はしないだろう。野村君に「お願い」と頼む。

「あ、増本さん。ちょっといいですか？」

　カポカポとショートブーツの音を立てて、増本先輩がオフィスに入ってきた。川口さんが呼び止める。

「あら、みんな揃って。どうしたの？」

寄ってきた先輩に、川口さんが土曜日の説明をした。

「いいじゃない。でもごめん、私は土曜日、もう予定が入っちゃってるの。みんなで行ってきて。田代さんは誘ってあげてくれる？」

「わかりました」

美名には理世が、田代さんには川口さんが声をかけると話をまとめて、解散した。今日の夜のメールで誘おう。

業務メールに向き直った時、ふと土曜日に会えるのなら、それまで例の一文は送らなくてもいいのではと思い付いた。メンバーで集まるのならスウ・サ・フォンの話になることは必至だし、その時に自然に聞き出せそうだ。

キーボードを叩く指が、さっきより軽やかになった気がする。

しかしメールの返事で、土曜日については断られてしまった。『ごめんなさい、土曜日はまた、親太朗君と飴職人さんと会うんです』だそうだ。『先週、三人で物作りについての話がすごく盛り上がって、とても話し足りないから来週も会おうってことになり』という。そちらも勉強なのだろうから、無理強いはできない。

翌朝、野村君と川口さんに報告したら、「残念だけど仕方ないですね」「みんなの日程を合わせ直すのは難しいから、土曜日に行ける人だけで決行しよう」ということになった。田代さんは快諾したという。

土曜日、昼過ぎに待ち合わせの駅に着いた。改札の向こうに川口さんの姿を見つけて、「お疲れさまです」と、手を振りながら近付く。

「お疲れさま。休みの日にありがとうね」

川口さんは、リボンのかかった細長い紙袋を提（さ）げていた。きっと開店祝いのワインだろう。

「いえいえ。他の皆（みんな）はまだですか？」

「それが、今日は僕たちだけになっちゃったんだ」

「えっ、どうして？」

「小松さんは下の子が熱を出して、田代さんは、今晩、急に大型の予約が入ったんだって。二人とも、すごく恐縮してた」

小松さんの下の子はまだ三歳で、田代さんはパートナーと共に、カフェバーを経営している。

「それは仕方ないですね。でも野村君は？」

「それが、心配なんだけど、さっき電話があって、実家のお母さんが倒れたから、今から向かうって」

「えっ。倒れたって、病気ですか？」

「わからない。聞ける雰囲気じゃなかったから」

新卒入社で、まだ今年三年目の野村君のお母さんなら、今年還暦を迎える理世の母よりも、きっと若いだろう。

「それは心配ですね。大事ないといいけど……。実家って中国地方でしたっけ？　遠いですよね」

「広島か山口か、その辺りだったよね、確か」

仕方なく二人でお店に向かう。

「それ、開店祝いですよね。私も出しましょうか？」

「ありがとう。でも小松さんと二人で買ったから、気持ちだけで十分だよ。付き合ってくれるだけでありがたいから」

「そうですか？　じゃあ甘えさせてもらいます」

お店に到着すると、川口さんが中に向かって声をかけた。

「こんにちはー。ノリ、いる？　来たよー」

「ぐっちゃん？　待ってたわよ！　どうもありがとう！」

かわいらしい言葉遣いが、野太い声で聞こえてきて、理世はたじろいだ。

「開店おめでとう。これ、僕と小松さんから。小松さん、急に来られなくなっちゃったんだけど」

「うんうん、さっき電話もらった。もう、お祝いなんてよかったのに」

現れた声の主を見て、更にたじろぎ、思わず一歩後ずさった。縦にも横にも大きく、ごつい体つきの男の人が、栗色のショートボブに、タータンチェックのロングスカート、派手な化粧という、女性の出で立ちでいる。生まれ落ちた体は男性、心は女性の人だろうと、瞬時に悟った。

「やだ、私とシンゴの好きなお酒じゃない！　覚えててくれたの？　ありがとう」

「僕じゃなくてアツシが覚えてて、これにしろって」

「アツシ、やっぱりいい男ねえ」

川口さんと、ノリと呼ばれた強烈な外見の店主は、しばらく二人で盛り上がっていた。

やがてノリさんが、理世に顔を向ける。

「こんにちは！　今日は来てくださって、ありがとう。ねえ、この子がスウ・サ・フォンのデザイナーのコトリさん？　やっぱりかわいいわねえ」

「コトリさんは、今日は来られなかったんだ。こちらはスウ・サ・フォンのMDの佐和さん。佐和さん、こちら僕の同級生のノリ」

「あっ、佐和です。ノリさんですね、初めまして。開店、おめでとうございます！」

「ありがとう。MDさんだったのね、ごめんなさい。でも凄腕なのよねえ。だってスウ・サ・フォン、すごくヒットしてるじゃない。そちらこそ、おめでとう！」

「あ、ありがとうございます！」

勢いよく腰を折って、お辞儀をした。ノリさんのインパクトに圧倒されて、意味なく焦ってしまっている。

店内の商品をくまなく見て回り、他の客がいない時にはノリさんと話し込み、たっぷり二時間はお店で過ごしてから、川口さんと共に帰路に就いた。川口さんはスリムジーンズ、理世は鮮やかな赤いマフラーを購入した。

二人になったので野村君が予約してくれた飲み屋はキャンセルし、駅前のカフェに入る。共にホットコーヒーを注文した。

「今日は本当にありがとうね。商品まで買ってくれて」

「ちょうど、こういう綺麗な色のマフラーが欲しいと思ってたんです。こちらこそ、誘ってくれてありがとうございました。楽しかったです」

「それならよかった。でもノリのキャラに引いたんじゃない？　大丈夫？」

「実は、最初はちょっとびっくりしちゃいました。でも話が面白かったし、やさしい人で本当に楽しかったですよ。私のこと、かわいいとか凄腕なんて言ってくれて、嬉しかったです」

ノリさんは自身の店を持つのは初めてだが、これまでも長く古着屋で働いていたそうだ。商品の買い付けのコツや、お客の値下げ交渉の方法など、同じ服を扱う仕事でも、理世たちは知らないことを沢山話してくれて、興味深かった。

「服飾学校の同級生は、キャラが濃いヤツが多いんだよね。でも、みんな根は真面目だし、仕事熱心なんだ」

コーヒーが運ばれてきた。川口さんが早速カップを持って、一口啜る。

「僕の性的指向についても、どさくさに紛れてカミングアウトしちゃったね。でも自然に流してくれて、ありがとう」

直後、いつもと変わらない淡々とした口調で、突然そんなことを言われて、驚いた。危うく持ち上げたばかりのカップを、落とすところだった。

「ああ、ええと……。アツシさんって人と、一緒に住んでるんですか？」

ノリさんと川口さんの会話に、何度もシンゴとアッシという名前が登場していた。話しぶりから、シンゴはノリさんの、アッシは川口さんのパートナーだと思われた。そして川口さんとアッシさんは、同棲しているようだ。

「うん。もう長い付き合いなんだ。付き合って十年、一緒に住んで五年かな」

「本当に長いですね。やっぱり服飾関係の方ですか？」

「ううん、全然違う職種。というか、佐和さんの彼と一緒。多分、ライバルだよ」

「そうなんですか？」

聞けば、確かに博喜の社とライバルの、自動車メーカーの社員なのだという。

「えー、そうだったんですか。何だか親近感」

「僕は実は、密かにずっと感じてたよ、親近感。佐和さんの彼も、車の話をし出すと止まらなくなる？」

「なります、なります。アッシさんもですか？」

予想外の話題で盛り上がった。急なカミングアウトに多少驚きはしたが、予想は付いていたし、元より理世は同性愛に対して抵抗がないので、純粋にお互いの彼氏の話として、楽しんだ。川口さんとの距離が縮まったことも、喜ばしい。

「次はチーム皆で飲みたいね。今日はデザイナーさんが全員来られなかったのは、残念だったな。コトリさんの四期デザインの進み具合が気になってたから、会いたかったんだけど」

一頻り盛り上がった後、また冷静な口調で、理世が大きく反応せざるを得ないことを、川口さんは言う。

「すみません、心配をかけてますよね。私も今日コトリさんに会えたら、進捗状況を確認しようと思ってたんですけど」

「担当でもないのに、差し出がましくごめんね。でも描き直しをお願いしてから、佐和さん経由でずっと音沙汰がないから、気になってたんだよね」

「実は、毎日連絡は取ってるんですけど、コトリさん、私にも一切四期デザインについての話をしないんです。きっと今は、一人で闘いたいってことだと思って、私も確認するタイミングを見計らっていて……」

美名が今日来られないことは即日決定していたのに、理世は未だデザインの進捗状況を訊ねる一文を送れないでいる。故に言い訳がましくなった。

「そうだよね。きっと今、一生懸命取り組んでくれてるんだよね。描き直しをお願いしたのは初めてだし、新しいやり方をしてくれているのかな。信じて、待とうか。佐和さんとパリにも行ったし、きっと感性にいい影響があって、良いデザインを出してくれるよね」

川口さんが前向きなことを言ってくれて、理世も励まされた。

「そう思います。コトリさん、今日は飴職人さんと会ってるんですよ。いろんなことを日々吸収してくれてるので、楽しみです」

「へえ、飴職人さん？　それは面白そうだね。でもそんな人と、どうやって知り合ったの？」

「コトリさんの彼が、陶芸職人さんなんです。その関係みたいですよ」

「そうなんだ。コトリさん、彼氏がいるんだね。陶芸職人とデザイナーのカップルって、クリエイティブだなあ」

口に出してから、しまったと思う。連日メールで、親太朗君が、親太朗君に、と連呼されているので、あまりにも自然に話してしまった。

「ごめんなさい。付き合い始めたばかりで、最近よく話を聞いてたから、思わず喋っちゃったんですけど、この話、皆には内緒にしてください。コトリさん、プライベートの話はあまりしたくないみたいなので」

「わかった。大丈夫、言わないよ。でも、そうかあ。じゃあスウ・サ・フォンには、最近春が来た人が多いね」

「え？　コトリさん以外に誰か？」

島津課長と小松さんは既婚者だし、田代さんもパートナーがいる。理世は博喜ともう長いし、野村君も彼女は大学時代からの付き合いのはずだ。

「増本さん。気付いてなかった？　僕も本人から聞いたわけじゃないけど、あれは彼氏ができたでしょう。今日も予定があったし、最近よく定時で帰るよね。ファッションが急に変わったし」

「そういえば、この間もショートブーツを履いてましたね」

増本先輩と言えば、いつもコンサバ系のファッションで、ヒールをカツカツ鳴らして歩いているイメージだ。でも確かに最近は、切り返しの付いたスカートとか、丸襟のジャケットなど、若くカジュアルなファッションが多かったかもしれない。

「何事にも熱い人だから、夢中になると一気だよね。最近、仕事中に上の空のことも多いよ」

カップを持ち上げ、川口さんは微かに苦笑した。今日の件について話した時、理世も少し違和感を覚えたことを思い出す。「田代さんは誘ってあげて」と川口さんに頼んでいたのが、らしくなかった。普段の先輩なら、「私は行けないけど、田代さんには声かけておくわ」と言っただろう。

「先輩に彼氏がいるの、久しぶりですよね。私が本社に来た頃は、多分いたと思うんですけど」

「そうだったよね。あの頃はファッションが、ナチュラル系だったと思う」

「そうですよね。でも急にコンサバになって、その頃からよく、私を飲みに誘ってくれるようになったんです」

そして酔っ払うと、「佐和ちゃん。私はもう仕事に生きることにしたの！」と、くだを巻いていた。

「彼氏ごとにファッションが変わるのかな。今の彼は、若くてカジュアル系のファッションなのか」

「実際に若いのかもしれませんよ」

再び盛り上がり始めたところに、店員が水のお代わりを注ぎにきた。二人ともとうにコーヒーは飲み干していたので、積極的に注いでもらう。

いつもは帰り道でメールを書くが、今日は帰宅して、夕食を作って食べ、だらだらテレビを眺めながらも、まだ取りかかる気になれないでいる。川口さんと出かけて、ノリさんと喋って、いい意味で強い刺激を受け、疲れてしまった。

入浴を済ませ、髪を乾かす間にそろそろ、と思ったところで、ベッドの上の携帯が鳴り始めた。着信のようで、胸がざわつく。また美名が不安定になっていたりして――。

画面を見ると、まさしく美名からだ。「もしもし？」と、恐る恐る出る。

「佐和さん、こんばんは！　今日はいいお天気でしたね！　今いいですか？　あっ、今日はチームの皆さんとお出かけでしたっけ。まだ外ですか？」

明るい声が聞こえてきて、安心した。でもすぐに、その明るさと勢いのよさに怯（ひる）んだ。こんな状態の美名は初めてだ。

「もう家ですから大丈夫ですよ。何かありました？　美名さんこそ、彼氏さんたちとお出かけでしたよね」

「私ももう帰ってます。あの、長らくお待たせしてすみませんでした。第四期の新しいデザインが何点か、完成したんです！　色々迷ってたところがあったんですけど、今日親太朗君たちと話している時に、突然ストンとわかった気がして、帰ってきてすぐに完成させました！　佐和さんに早く報告したくて！」

「本当ですかっ？　嬉しい！　楽しみにしてました！」

自分でも驚くような大きな声が出た。さっきまでざわついていた胸が一転、高鳴り出す。

「ありがとうございます！　あの、すぐにでもお見せしたいんです。週明けにお会いできますか？」

「もちろんです！　月曜日、ジャルダンに行きましょうか？」

「そうですね……。いえ、私がビータイドにお邪魔してもいいですか？　だいぶお時間を頂いちゃったし、チームの皆さんにも一緒に見てもらいたいです」

わあ、と声が漏れた。自信があるのだ。一体、どんな素敵なデザインと出会えるのだろう。

「では、お待ちしてます。月曜日は島津が出張でいないんですが、いいですか？　急なので小松さんと田代さんも同席は難しいかもしれないけど、私たちスタッフは、もちろん会社にいますから」

よかった、と何度も心の中で唱える。本当に、信じて待ち続けてよかった。

時間を決めて、「では」と電話を切ろうとした。が、「あ、佐和さん」と引き留められた。

「もう一件いいですか？　仕事とは別なんですけど、再来週の金曜の夜ってお暇ですか？」

手帳をめくる。

「再来週ですか？　今のところ空いてますけど」

「お食事に行きません？　フレンチのお店なんですけど」

件の飴職人さんが、以前はフレンチのお店でパティシエをしていたのだと説明された。そのお店で新しくメニューにしたいコース料理を試食してくれる人を探していて、美名と彼氏に声がかかったのだという。

「四人枠なので、友達にも声をかけてほしいって頼まれたので、佐和さんが興味あったら、と思って。本来の半分の値段で食べられるんですって」

聞けば、パリ赴任になる前に、博喜と行ったお店だった。博喜が先輩から予約を譲ってもらい、その先輩の代わりにパリに行くことになりそうだと告白をされた、思い出深い場所だ。

「そのお店、好きなんですよ。行きたいです。半額で食べられるなんて！　でも、彼氏さんとご一緒していいのかな」

インタビュー時、無愛想に編集者を追い払っていた姿を思い出すと、少なからず緊張する。でもあの時とは状況が違うし、彼女の友達、仕事相手として、付き合ってもらえるのだろうか。

「もちろんですよ。佐和さんに親太朗君を紹介したいって、ずっと思ってたんです。でも、デザインを出してないうちは言い辛くて。じゃあ決まりですね。もう一人、どうしよう」

「あれ、飴の職人さんは来ないんですか」

「彼はもう行ったんですって。博喜さんが東京にいたらいいのに。この間話してた親友の方も、北海道だから無理ですよね」

「そうですね。あ！　川口さんはどうですか？」

「川口さん？」

今日は結局二人になって、でも川口さんと楽しく過ごしたのだと、話して聞かせた。

「そうだったんですね。じゃあ、声をかけてもらえますか？　親太朗君も、パタンナーさんと話せたら、喜ぶと思います」

「わかりました。ありがとうございます。じゃあ月曜日に」

電話を切った。まだ胸が高揚していて、部屋で一人で、わーっ！　と歓喜の声を上げてしまう。

だって、本当に本当に待ち望んでいたのだ。今日はなんていい日なんだろう。川口さんと親しくなれて、美名がデザインを完成させてくれてと、嬉しい出来事が、どんどん舞い降りてきてくれた。

美名と約束した十三時までには、まだ十分以上あるが、キープしておいた会議室には、早くも川口さんが入ってきた。

「お疲れさまです。早いですね」

「佐和さんこそ。いやあ、楽しみ過ぎて足が向かっちゃったよね」

にやりと笑い合う。

「本当に。私、昨日はあまり眠れませんでした」

大げさでなく、昨日は一日中、美名のデザインに想いを馳せていた。パリの風景と、帰国してからの彼女の言葉を頭に巡らせながら。夕焼けの中に佇むエッフェル塔が、日差しを反射するセーヌ川が、はたまたルーブル美術館の絵画や彫刻が、もしかして蚤の市で美名が買っていた鳥の置き物がモチーフとなった洋服が、来年の秋冬にスウ・サ・フォンの店頭に並ぶのだろうか。

「そうだ、川口さん。お話があったんです」

増本先輩が来る前にと、美名からのフレンチの誘いを伝える。野村君は実家に帰ったまま、今日も欠勤だ。お母さんは病気ではなく、階段から落ちて足を骨折したのだという。今日まで休ませてほしいと、今朝連絡があった。

「僕も一緒させてもらえるの？　嬉しいなあ。うん、ぜひ行きたい」

川口さんは、二つ返事で快諾した。実はまだ少し美名の彼氏に臆(おく)している理世は、安堵した。川口さんが一緒に来てくれるなら、心強い。

「お疲れさまー」

増本先輩が入ってきた。今日も、ジーンズにスウ・サ・フォンの葉隠(はがく)れ子リスチュニックのネイビー色を合わせて、靴はサボという、カジュアルなファッションだ。葉隠れチュニックを、いつの間に買っていたのだろう。

三人で会話を交わしているうちに時間になり、ノックの音がした。

「コトリです」

「お疲れさまです。お待ちしてました」

理世が扉を開ける。

入って来た美名の姿に、目を奪われた。理世だけじゃなく、増本先輩と川口さんも、「あら」「おお」と、目を見張っている。

美名の髪型が変わっていた。黒髪のショートボブになっている。さらさらストレートなので、おかっぱともいえる。この間までは肩までの長さで緩(ゆる)くウェーブがかかっており、色も茶色だったので、随分(ずいぶん)と印象が違う。

「髪、切ったんですね。イメージ変わりましたね！」

増本先輩が最初に話しかける。

「はい。ちょっと気分転換をしてみました。似合ってますか？」

「素敵ですよ。顔が小さいから、すごくお似合いです」

「本当に。化粧もいつもと少し違いますか？」

続いて理世と川口さんが、褒めた。

「はい。髪に合わせて少し変えました」

アイラインがいつもより濃く、シャープに引かれている。服も、美名らしいふわっとしたラインのワンピースだが、色がこれまでに着ているのを見たことがない、薄いグレーだった。どことなく日本風のレトロな雰囲気が漂っている。

「今日は急にお時間を取ってもらって、すみません」

「とんでもないです。皆、楽しみにしてました。すみません、野村が急な欠勤で、私たち三人だけなんですが」

理世が促し、皆で中央の机を囲んだ。「じゃあ、これ」と美名がスケッチブックを差し出す。頬が少し紅潮していた。

「ありがとうございます」

丁重に受け取り、机の上に置いた。増本先輩と川口さんの顔を順番に見てから、「では、失礼して」と表紙をめくる。

いきなり、極彩色が視界に飛び込んできた。金、赤、緑、橙――。

最初のページをじっと眺めていたら、「いい？」と耳許で声がして、川口さんがページをめくった。しばらく次のデザインを眺めては、ページをめくる、を繰り返す。

デザインは四点あった。一点目はピーコート。ボディは濃紺一色で、襟と、折り返した袖口に柄がある。金地に、蔓。蔓の合間を飛び交う、色とりどりで長い尾を持つ鳥。

二点目は膝丈スカートだった。全面に、一点目の極彩色とは対照的な、水彩絵の具のような淡い色合いの、黄、赤、水色の不規則なストライプが。その上にハラハラと舞い散るように、白い羽根が数本、描かれている。

三点目はトップス。白地の真ん中に堂々と、鶯色の小鳥の全姿が描かれている。ぎょろりとした目に、尖ったくちばし。リアルなタッチだ。

四点目はワンピース。薄い茶色地に焦げ茶色で、鱗のような模様がびっしり。しかし目を凝らすと、それは羽根が重なり合っているのだとわかる。

三人で長い間、ページをめくったり、また戻したりしながら、無言でデザインを見つめていた。

「あの、解説してもいいですか」

美名のしっとりした声に、ハッとする。

「一点目のコートは、シンプルさと派手さを融合したつもりです。襟と袖口の模様は、できれば高級な糸で、刺繡にしたいと思っています。難しい作業だと思いますが、光井被服さんの腕があればいいものになります」

うん、と増本先輩が小さく声を発した。先を促したようだ。

「二点目は涼しげな色合いですが、秋冬は濃い色というセオリーをあえて破ってます。ファッションは従来の発想を砕かないと、発展しないと思うので。でも重ねる羽根は毛を一つ一つしっかり描きます。これで、秋冬らしさも押さえられます」

ふん、と今度は川口さんが音を発した。

「三点目は、テーマの鳥をストレートに。四点目は遊び心、だまし絵の発想です」

語り終えた美名が、理世たちの方を見た、気がした。理世はまだ、デザイン画たちに視線をとらわれて、顔を上げられないでいる。しかし、気配でそう感じた。

「すごいですね。感心しました」

川口さんの声がした。どきりとする。心臓が瞬く間に早く打ち始める。

「本当ですか？　ありがとうございます！」

今度は美名の声だ。反射的に理世は顔を上げた。ほころんだ美名の顔が目に入った。

「クオリティに感服しました。コトリさん、本当にいろんな才能があるんだなあって」

淡々と川口さんが言う。理世の心臓の忙しなさは治まらない。川口さんは、この四点のデザインに肯定的なのだろうか。

「でも」と、川口さんが突然、声のトーンを落とした。

「デザインとしては、四点ともとても優れていると思います。だけど、聞かせてください。これ、全部和柄、和テイストといえますよね？　それは、どうしてですか」

ふうっと大きく息を吐きそうになった。理世と同じ疑問を、ちゃんと川口さんは持ってくれていた。

まったく同じ疑問が、理世の頭の中でも渦巻いている。一点目を見た瞬間に固まってしまった。確かに、デザインとしては優れていると思う。柄の絵のクオリティにも驚いた。美名は一体、どれだけの才能を持ち合わせているのかとも思わされた。

でも——。どうして和、なのか。

「新しいことを、しようと思いました」

美名が口を開いた。

「前のデザインを出した後に、佐和さんに、もっとインパクトが欲しいと言われました。だから、四期のテーマの『鳥』で、これまでにやっていないことを、と」

　美名の口調は淀(よど)みない。

「なるほど。確かにインパクトは欲しています。これまでにしていないことをするのもいいと思います。でもスウ・サ・フォンのテーマは、ヨーロッパ風のレトロガーリーですよね。これは違うと思います。四期の『鳥』は満たしていても、ブランドのテーマを満たしていないです」

　川口さんも、淀みなく返す。ヨーロッパ、と言う時、少し力が籠(こ)もっていた。

　しばし、美名は黙った。が、またゆっくりと口を開いた。

「ヨーロッパ風に、和を入れちゃいけないというのは、固定観念に縛られていませんか？」

「おかしいかなあ、これ。私はいいと思うけど」

　突然増本先輩が、のんびりとした口調で参戦してきた。

「フォルムまで和なわけじゃないし、融合は面白いんじゃない？　飽きられないために、新しいことはやっていかなきゃいけないと思うよ」

「それは、そう思います。そういう時はいつか来ます。でも、今じゃないでしょう。だって、まだ四期なんですよ。ヒットはしたけど、スウ・サ・フォンはまだ市場で定番ブランドにはなっていません。新しいことは、もっと世間に浸透してから、ワードローブの定番に入れてもらえるようになってからじゃないと」

「うーん、ダメかなあ。ねえ、佐和ちゃんはどう思う?」

不意に名前を呼ばれ、へっ? と変な声を出してしまった。三人のやり取りを聞いていなかったわけじゃない。でも理世は、デザインのインパクト、理世が期待したものとは違った形のインパクトに混乱して、まだ頭が整理できないでいた。

三人の視線が、理世一人に注がれている。美名と目が合った。美名は誰よりも真っ直ぐに、じっと理世を見据えていた。

胸がちくりと痛む。美名とはここまで、二人三脚で歩んできた。描き直しを頼んでから今日まで、彼女が長い時間苦悩して、孤独な闘いをしていたことを知っている。やっと完成させた時は、これまでに聞いたことのない明るい声で、嬉しそうに理世に報告をしてきた。どれほどの解放感と自信に包まれていたかも知っている。

このデザインを、肯定してあげたい。手放しで褒めちぎってあげられたら、お互いにとって、どんなに幸せだろう。

けれど理世も、誇(ほこ)りを持ってMDの仕事をしている。情に流されてはいけない。描き直しを頼んだ時、一つずつ壁を越えながら、一流のMDになるのだと誓った。かつて美名も理世に、一デザイナーと担当MDとしての、正しい付き合い方をしてほしいと望んだ。

すうっと息を吸う。

「私も、これは違うと思います」

思いを一気に吐き出した。

「四点とも、とても優れた、素晴らしいデザインだと思います。でもスウ・サ・フォンのテーマからは外れています。ヨーロッパ風のブランドを作ろうと言ってスウ・サ・フォンは誕生したので、そこは守るべきです。新しいことをするのも、今ではないと思います」

言い切ったら、体から力が抜けた。

再び美名と目が合った。背中がひやっとする。さっきまでと同じ姿勢、同じ構図のままで、美名は理世を見つめている。でも明らかな違いが、そこにはあった。

スケッチブックを手渡す時には紅潮していた頰が、今は真っ白で陶器のようだ。眼差しも鋭利で、温度が感じられない。体温のない人形のような姿で、美名は理世をじっと見据えている。

彼女の冷たさが、感染したのだろうか。自分の体からどんどん体温が奪われていくのを、理世は感じた。

◇

There's a hole in the bucket, dear Liese, dear Liese.
There's a hole in the bucket, dear Liese, there's a hole.

頭の中で突如、音楽が鳴り出した。あの曲だ。リーゼの、バケツに穴が空いているから、水がくめない歌。最近よく口ずさんでいるから、常に頭のどこかに、メロディが存在していたのだろう。

でも、どうしてこんな時に。美名が、長い時間をかけて新しいデザイン案を出してきた。しかし和風の柄ばかりで、理世は意を決して「これは違うと思う」と言った。そうしたら鋭い眼差しで、美名に見つめられている。そんな今、なぜ。

「そっかあ、意見分かれちゃったか」

増本先輩の声がして、美名の視線が理世から外れた。音楽が鳴り止む。

「じゃあチームミーティングを開こうか。今日は野村君と課長がいないしね。コトリさん、デザインの返事は、一旦保留にさせてもらっていいですか？」

「もちろんです」

返事をする美名の声は落ち着いていた。

「今までも、即お返事をもらっていたわけじゃないですし。今日は、私がたまたま直接お持ちしただけですから」

穏やかな微笑に、しっとりした声。いつも通りの美名だった。

「それもそうですね。じゃあ、お願いします。結果の返事は、いつも通り佐和ちゃんからしてもらうのでいいかしら」

美名が頷く。理世は「はいっ」と勢いよく返事をした。

「じゃあ、デザイン、お預かりしますね」

スケッチブックを持ち上げる。

「すみません。僕、一件電話をかけなきゃいけなくて。お先に失礼していいですか」

帰り支度を始めた美名に会釈をし、川口さんがそそくさと会議室から出て行った。美名が準備を終えるのを待って、理世は増本先輩と美名と三人で外に出た。

「コトリさん、今日はこの後、ジャルダンに行くんですか?」

後ろ手に扉を閉めながら、話しかける。「ジャルダンって?」と、増本先輩が訊いた。

「コトリさんがよく仕事をされてるカフェです。フランス風で、かわいいお店なんですよ」

「ああ、佐和ちゃんもすっかり常連になったってお店ね。いいなあ、私も行ってみたいな」

「是非(ぜひ)いらっしゃってください。店長も喜びます」

美名がにっこりと微笑んだ。その笑顔を見てホッとする。風貌(ふうぼう)の変化にはまだ慣れていないが、理世がよく知っている、美名の笑顔そのものだ。

「でも今日はジャルダンには行きません。このあと彼氏と映画を観て、そのあとは食事に行くんです」

「あら、いいですね。コトリさん、彼氏がいらっしゃるのね」

「はい。親太朗君っていって、陶芸職人をしてます。私より二歳下なんですけど、すごくしっかりしていて、いい刺激をもらってます」

めずらしい。美名が理世以外のメンバーに、自らプライベートの話をしている。

「そうなのね。陶芸職人さんなんて、素敵！　実は私も最近彼氏ができたのよ。私の彼も年下でね、ウェブデザイナーなの」

「ウェブデザイナーさんですか。興味深いですね」

「実はそうなんだ、佐和ちゃん。言ってなかったけど」

はしゃぐ先輩に、笑っておく。

「気付いてましたよ、私も川口さんも。先輩、最近定時で帰ることが多いし、……なんか楽しそうでしたし」

　定時で帰る、の後は、本当は「ファッションが急に変わったし」と言いたかったのだが、寸前で止めた。なんとなく、美名の前で言うのは躊躇(ためら)われた。

「嫌だ、気付かれてたの？　恥ずかしいな」

　嫌だと言いながら、先輩は嬉しそうだ。

　先輩とはエレベーターホールで別れた。理世が一人で美名をビルの入口まで送る。二人きりのエレベーターの中で、「映画は何を観るんですか？」と話しかけてみようかと思ったが、これも躊躇(ちゅうちょ)した。いかにも場を取り繕(つくろ)う会話になりそうだった。

「今日は本当に、出向いてくださってありがとうございました。長らくデザインと闘ってくださったことにも、感謝しています」

　ビルのエントランスで、腰を折ってお礼を言った。

「こちらこそ。お忙しい中、皆さんお時間を割いてくださって」

「あの……。デザイン、とても感激しました。斬新(ざんしん)さにも、クオリティの高さにも。違うと言ってしまいましたが、あくまでスウ・サ・フォンの四期の商品としては、という意味です。このデザインが見られたことは、すごく嬉しかったです」

脇に抱えたスケッチブックに目をやりながら、言葉を紡ぐ。嘘は一切ない。本心だ。

「ありがとうございます。大丈夫ですよ」

美名が頭を下げ、しっかりとした口調で言った。

「私だけのスウ・サ・フォンじゃありませんから。チームの皆さんが、スウ・サ・フォンにとって最良の結論を出されるのをお待ちして、それに従います」

「ありがとうございます。追って連絡します」

「はい。よろしくお願いします」

何度もお辞儀をして、美名の小さな背中が見えなくなるまで、見送った。最後に体を起こし、ふうっと大きく息を吐く。

まだまだ一流には程遠いと、自分を笑う。予想外のデザインを提出されて大いに混乱し、自分の意見を述べるのに、相当の勇気を振り絞った。そして正直な思いを伝えたら、デザイナーに冷たい態度を取られたのではと、戸惑った。

でも、考え過ぎだったようだ。美名はいつも通り落ち着いていた。彼女の肌が陶器のように白いのは元々だし、おそらく照明の加減か何かで、尚更そう見えただけだろう。視線が鋭く思えたのも、きっとアイラインの引き方が、いつもと違ったからだ。

共にまだ成長過程ではあるが、美名はプロのデザイナー、理世もプロのＭＤである。デザインについて見解が分かれるなんて当たり前のことで、すれ違いが起きるわけがない。

その日の晩、理世はいつも通り美名に、日課である長文メールを送るべきかどうか悩んだ。

普段はその日あった出来事と、そこで思ったことなどをつらつらと書いているが、今日の理世の出来事といえば、美名のデザインの件以外にない。伝えるべきことはもう伝えたし、メールにも書くのはくどいように思う。しかし、他のネタも思い浮かばない。無理やり話題を探して格好を付けるのも、白々しい。

夕食を食べ、入浴を済ませ、髪を乾かしてスキンケアをし、普段はしない明日の服の準備までした。もう眠る以外にすることがないところまで自分を追い込んだが、メールにするほどのネタは思い浮かばない。仕方なく携帯を摑む。

『美名さん、お疲れさまです。今日は本当にどうもありがとうございました。映画と食事は楽しかったですか？　デザインを完成させてお疲れだと思うので、今晩はゆっくり眠ってくださいね。ミーティングの結果が出次第、すぐに連絡します。おやすみなさい』

いつもの四分の一にも満たない文章を打ち込み、送信ボタンを押す。今日会ったばかりだし、彼氏と一緒だろうし、これで十分だろう。

「送信しました」という文字を確認してから、携帯を枕元に置き、ベッドに潜（もぐ）った。けれど一分もしないうちに、振動音がした。美名から返信だ。

『佐和さん、お疲れさまです。今日はこちらこそありがとうございました。映画を観た後、バーを二軒もはしごしちゃって、今帰って来たところです。かなり飲んじゃったし、今日はもう寝ます。ミーティングの結果、お待ちしていますね。おやすみなさい』

理世が送ったのと、ほぼ同じぐらいの分量の返信で、ホッとした。美名の方がいつも通り、観た映画の詳（くわ）しい内容や感想や、バーでの様子などを長文で書き連ねてきたら、こちらもやはり長文で、返信の返信を書かなければいけないと身構えていた。

布団をかぶり、目を閉じた。今後、直接会った日は、これぐらいのメールでいいようだ。そう考えたら体が軽くなり、すっと眠りに就（つ）くことができた。

翌朝、携帯を見ると、博喜からメールが入っていた。こちらの深夜二時ぐらいに受信している。

『どうした？　テレビ電話、ずっと鳴らしてるけど』

文面を見てハッとする。昨夜は博喜とテレビ電話をする約束があったのに、けろっと忘れていた。

『ごめん！　昨日、疲れて寝落ちしちゃった！　本当にごめん！』

慌ててメールを送る。今は向こうが深夜なので、もう眠っているかと思ったが、すぐに返信が来た。

『なんだ。何かあったかと思ったけど、よかった』

怒ってはいないようで安心したが、罪悪感が募る。帰宅してからも美名のデザインの件と、長文メールを送るかどうかに、さぞかし気を取られていたのだろう。そして自覚している以上に疲れていて、パソコンは付けっぱなしだったのに、テレビ電話の着信音にも気付かず、眠りこけていたのだ。

朝食を食べながらメールを続け、次にテレビ電話ができる日をすり合わせたが、なかなか都合が合わなかった。博喜はパリの同僚たちととても仲良くしていて、土日も飲み会や誰かの家での食事会、パリ郊外へのプチ旅行の予定があり、しばらく空いている日がないようだ。唯一「来週の金曜なら」と言われたが、その日は理世が美名カップルと川口さんとフレンチに行く日で、ダメだった。気持ちは離れていないつもりだが、最初の頃は三日に一度だったテレビ電話は、最近は一週間に一度、十日に一度と、どんどん間隔が空いている。

結局、次の約束は決まらないままに、出勤のためにメールを終えた。しかし、自分が忘れておいて何だけれど、昨夜に限っては、博喜と話せなかったことは、よかったかもしれない。もし電話をしていたら、理世は絶対に美名のデザインの件について、打ち明けたくなっていただろう。でも幾ら信頼関係があっても、社外の人に話していい内容ではない。

オフィスに行く前に休憩室に寄ったら、先客がいた。川口さんだ。お茶の入ったコップを持って、ぼんやりとしている。

「おはようございます」

「ああ、佐和さん。おはよう。昨日は変なタイミングで抜けちゃって、ごめんね。コトリさん、あの後はどんな様子だった？」

ミーティング後は理世が外回りに出たので、退勤まで川口さんとは会わずじまいだった。

「いつも通りでしたよ。ミーティングの結果を待ちます、って言ってました」

「そっか。いやあ、でも、びっくりしたよねえ。凄いデザインだったけど、全部和柄なんだもん」

川口さんが堂々と苦笑いをする。つられそうになって、理世はお茶を汲んだ。背中を向けることで誤魔化す。

「和柄、でしたねえ」

「彼氏、陶芸職人なんだよね？　和柄の作品を作ってるの？」

返答に詰まる。

「私が見たものは、和洋折衷（わようせっちゅう）でしたけど……」

「そうなんだ。でも髪型も化粧も、変わってたよね」

川口さんの言いたいことは、よくわかる。美名が彼氏に影響されて、和柄のデザインを出してきたのでは、と思っているのだろう。彼氏ができて増本先輩のファッションが変わったと二人で話したばかりなので、そう考えるのも無理はない。理世だって、実は心の奥底では、昨日からずっと同じことを考えている。

自分と一緒に見たパリの風景が、新しいデザインに落とし込まれることを期待していたので、そうではなかったことには正直、とてもがっかりしている。でも、それは仕方がない。いつかまた、理世が美名の才能を刺激し、新しい道を開く手伝いができる機会は訪れるだろう。その時を待つ。

彼氏ができて、髪型や化粧を変えることも、一向に構わない。美名に恋が訪れたこと、生活が潤（うるお）うことは、友人としても、マネージャー的な立場としても、本当に心から喜ばしいと思っている。

しかし、「和」に携（たずさ）わる彼氏ができて、デザインにまで「和」を持ち込まれるのは、困るのだ。だってスウ・サ・フォンは、ヨーロッパ風をコンセプトとしたブランドなのだから。この事態は今回だけでなく、スウ・サ・フォンの今後にも係わる、深刻なものだと本心では考えている。でも、だからこそ、理世はこの事態に気付かなかったふりをしたい。今回だけの美名の気の迷いで、今後は静かに収束すると思いたいのだ。

「コトリさん、私だけのスウ・サ・フォンじゃないから、私たちの出す結論に従う、って仰ってました」

彼氏からの影響の話を続けたくなく、わざと繋がっていない返答をした。

「そうか。それはよかった。でも佐和さん、大丈夫だった？」

「何がですか？」

「佐和さんも、けっこう強めにデザインの否定をしてたから。コトリさんとはプライベートでも仲良しなのに、大丈夫かなって」

「大丈夫ですよ。だって、仕事ですから」

川口さんの語尾に被せて、勢いよく言った。

「そうだよね。ごめん」

謝られて、申し訳ない気持ちになる。川口さんをたしなめたかったのではなく、今のは自分に言い聞かせたかったのだ。

いつも通りの美名を見て、鋭い目線を向けられた気がしたのは、勘違いだった、お互いプロなのだから、大丈夫でないわけがないと、安心したつもりだった。でも理世はどうやら、まだどこかで少し不安にも思っているようだ。

「私だけのスウ・サ・フォンじゃない、ってのは、僕らにも当てはまるね。僕も昨日は、熱くなって自分の考えを強めに主張しちゃったから、反省してる。ミーティングはもっと冷静に臨(のぞ)むよ。それで、皆で出す結論に従う」

「そうですね。私も、そうします」

頷いて、川口さんが立ち上がった。空になった紙コップを、ゴミ箱に捨てる。

「そうだ。増本先輩、やっぱり彼氏ができたそうですよ。年下のウェブデザイナーさんですって」

「ああ、やっぱり？　年下なのも当たったね」

二人で笑い合う。「じゃあ、お先に」と、川口さんは微笑みながら、出て行った。

「はい。また後で」

見送って、椅子に一人で腰を下ろす。ふうっと息を吐き、ゆっくりとお茶を啜った。

野村君が今日も欠勤で、課長も忙しそうだったので、ミーティングは見送りになった。

野村君は東京には帰っているのだが、お母さんの看病疲れが出たのか風邪を引いたので、もう一日休ませてほしいと電話があったそうだ。

自ずと今日の美名へのメール内容は、ミーティングがまだできていない旨の報告と、お詫びが主流になった。その他には、会社の裏通りにできた新しいカフェで、ランチを食べてみた話を書いた。チーズハンバーグランチの写真も添えた。

『おいしそうな写真をありがとうございます。こちらもお返しに』

美名からの返信には、グラタンの写真が添付されていた。

『ジャルダンの新メニューです。早速食べてみたけど、焦げ具合が絶妙でおいしかったですよ。佐和さんにも食べてほしいって、ハルミさんが言ってました。よかったら増本さんにも教えてあげてください』

上機嫌そうである。

『ミーティングの件は、わかりました。野村さん、大変そうですね。お母さんもご本人も、早く良くなりますように』

野村君へのお見舞いの言葉も添えてくれていた。

デザインを否定したことについて、本当に大丈夫だっただろうか、などと少しでも不安に思うのは、もう止めよう。美名にも失礼である。これは、本当に「大丈夫」だ。

翌朝、久しぶりに野村君が出勤した。

「お母さん、大変だったね。早く治るといいけど。野村君も疲れたでしょう」

「ありがとうございます。階段から落ちたぐらいで大騒ぎして、皆さんにもご心配とご迷惑をかけちゃってすみません。うちの母親、昔からそそっかしくて大げさなんですよ」

理世のお見舞いの言葉に、野村君は彼らしく笑ってみせたが、その笑顔はどことなくやつれていて、顔色もあまり良くないように思えた。お母さんは左足と右手の指を二本骨折して、しばらく入院するという。

久々だと思ったが、よく考えたら野村君が欠勤したのは、たった二日だ。お母さんが倒れた日、理世が川口さんと二人でノリさんの店に行った日も、まだ四日前である。あれから随分長い時間が流れたような気がしている。気分が上がったり下がったり、悩んだり決心したりと、刺激が多い数日間だったからだろうか。以前に健康番組か何かで、頭と精神を忙しく使っていると、時間の流れが速く感じると言っていたが、本当のようだ。

「おはよう」と、増本先輩が出勤してきた。

「おはようございます。先輩、これ。コトリさんが、先輩にも教えてあげてって」

説明を加えながら、昨夜のジャルダンのグラタン画像を見せてあげた。

「あら、おいしそう！　いいね、いつか絶対に行くわ、そのお店！」

朝からテンション高く、先輩は声を張り上げる。

午前中は島津課長が会議だったので、午後一からミーティングを始めた。前もって事情を説明して、「これが、そのデザインです」と、理世がスケッチブックを捲る。

一枚目のピーコートから、二人が目を見張ったのがわかった。二枚目、三枚目と捲っていくが、集中して釘付けになっている。しかし四枚全部を見終えると、二人はやがて、眉間に皺を寄せたり、宙を見つめたりし始めた。

最初は単純にデザインに見惚れ、でもだんだんと、これはスウ・サ・フォンにふさわしいのかと、困惑し出したのだろう。きっと最初に見た時は理世たちも、同じ流れを辿った反応をしたに違いない。

「これは……、なかなかに斬新で、いいデザインが来たなあ」

「ほんと、いいですね。特にこの刺繍のピーコート。僕、これが商品になったら欲しいです。女物でも、無理やり着たい」

二人はまず感嘆の声を上げた。

「でも、確かに全部、和柄だな」

「ですよねえ。スウ・サ・フォンでこれ、ありですかね」

続いて、戸惑いの声だ。

「コトリさんは、新しいことがしたいって仰ってます。私は賛成。だってこんなに素敵なデザインなのに、捨てるのはもったいないですよ。でも川口さんと佐和ちゃんは、今はこれをやるべき時じゃないって」

「補足すると、いつか新しいことをする時が来ても、和柄でやるのは違う、というのが僕の意見です。スウ・サ・フォンはヨーロッパ風のレトロガーリーがコンセプトなので、そこは貫くべきだと思います」

増本先輩と川口さんが、順番に意見を述べた。

「そうだなあ。和柄をいつかやるかどうかは、ちょっと置いとくとして……。でも今じゃないというのは、その通りだな。新しいことをするには、まだ早いだろう」

腕組みをしながら、課長が言う。理世と川口さんは、こっそり視線を合わせて、頷き合った。

「でも、このデザインが服になるのを、見てみたいって気持ちはあるな。アパレルに従事する人間としては。特に野村の言う通り、このピーコート。これは実現させたいよなあ」

「そうですよ！　光井被服さんの繊細な技術で作ってもらったら、これ、すごくいいものになりますよ！」

先輩が熱くなる。再び、川口さんと目が合った。今度はお互いに、困惑の表情を浮かべる。この素晴らしいデザインを、服として作り上げたいという気持ちは、確かに理世の中にも存在している。アパレルに勤めていて、優れたデザインの服に夢を抱かない者などいない。

「こういうのはどうだ？　今回は見送るけど、このデザインは預からせてもらって、他のテーマに絡められそうな時に、一点ずつ出すってのは？　四点一気に出したら、さすがに和テイストになるからコンセプトからぶれるけど、小出しなら、一点アクセントのあるものが入ってるという程度で、ブランドイメージは守れるんじゃないか？」

課長の提案に、「絡められそうな他のテーマって、例えばどんなものですか？」と、川口さんが質問する。

「そうだな、ピーコートなら、蔓とか極彩色とかか？　こっちのスカートなら、水彩とか」

「蔓を一期のテーマにって、幾ら何でも地味じゃないですか？　極彩色や水彩も、これまでが空、森、花、鳥ってことを考えると、流れからずれますよね」

「僕もそう思います」

川口さんと理世は、自然な流れで結託した。

「それに、今はいいデザインと思えるけど、時間が経てば古くなる可能性だってあります。いつか使うかもと言って預かって、使わなかったらコトリさんに却って失礼じゃないですか？　それなら、今はっきり断る方が誠実だと思います」

「うーん、そうかもしれないけど。でも、じゃあ川口さんと佐和ちゃんは、このコートが出来上がるのを、見たいとは思わないの？」

増本先輩が口を尖らせる。

「見たいですよ、それは」

「私も。でも……」

「佐和さん」

しばらく黙っていた野村君が、急に理世の顔を見た。

「え？　何？」

「あの、このデザインを作ってもらうとなると、例えばこのピーコートだったら、光井被服のどなたが担当することになりますか？」

野村君は、ピーコートの刺繡部分をじっと眺める。

「奥さんかな。奥さんが一番、細かい作業が上手だから」

何だ？　という顔で、全員が野村君に注目した。

「奥さんって、今お幾つですか？　失礼ですけど、光井被服さんって平均年齢、高いですよね」

「そうだね。奥さんは六十八か、六十九歳だと思うけど」

理世の新人時代、初めて仕事の契約を結んだ時、確か六十三歳か六十四歳だと言っていた。会社員ならもうすぐ定年の歳なのに、集中力や時間を多く要する仕事を、これからも続けていこうとしているんだ。尊い労働力を提供してもらうのだから、こちらも誠心誠意、仕事をさせてもらおうと、強く思ったことをよく覚えている。

「六十九歳か。こんな言い方は何ですけど、いつ引退してもおかしくないご年齢ですよね。今日できてることが、明日できなくなる可能性もある」

「まあ、それはそうだね」

「僕の母親は五十五歳で美容師なんですけど、今回右手の指を骨折したから、もう鋏が持てなくなるんじゃないか、まだまだ仕事するつもりだったのにって、落ち込んじゃってるんです。僕も、怪我そのものよりも、母親が落ち込んでることに落ち込んだというか」

しん、とした空気が、会議室内に立ち込めた。

「光井被服さんも、この服を作ってみたいと思うんじゃないかな。十分に、自分の仕事ができるうちに」

コートのデザイン画に落としていた視線を、理世はゆっくりと上げてみた。会議室を見回す。チームメンバー全員と、順番にゆっくりと視線がぶつかった。

会議室を出ると、即座に美名に電話をかけた。ジャルダンにいるという。行っていいか訊ねたら、快諾をくれた。すぐに会社を出る。

赤い扉を開けると、新しいアルバイトだろうか。初めて見る若いウェイトレスが、「いらっしゃいませ」と迎えてくれた。「待ち合わせです」と、いつもの奥の席にいる美名を目で指し、向かう。

「美名さん、お疲れさまです」

「ああ、佐和さん。どうも」

座ったまま、美名は理世を見上げる。

「すみません。急にお時間を作ってもらって」

「構いませんよ。あの、注文したらいかがですか?」

メニューをずいっと、押し出された。

「ありがとうございます。失礼します」

座ってメニューを開く。グラタンが載っているページで手を止めた。

「これですね、グラタン。ほんと、おいしそう。食べたかったけど、今日はもうお昼を食べちゃったんですよね」

「でしょうね。この時間ですし」

「美名さんは、昨日食べたんですよね。おいしかったですか？」

「はい、おいしかったです。メールにも書きましたけど」

通りかかった、さっきの新人ウェイトレスを呼び止め、紅茶を注文した。

「美名さんも、もう一杯いかがですか？」

カプチーノを飲んでいたのだろうか。テーブルに置かれたカップは空だが、縁に泡が付いている。

「いいえ、いいです。カフェインの摂り過ぎは体によくないですから」

「じゃあ、紅茶を一杯だけ」

ウェイトレスに告げる。彼女が去って行くと、理世の心臓が忙しなく動き出した。ジャルダンに入ってからの、美名の対応がいちいち全ておかしい。いつもと違う。

普段は理世が現れると、必ず一度席を立って迎えてくれるのに、今日は座ったままだった。早く注文しろと言わんばかりに、刺(とげ)のある口調で、メニューを押し出してきた。理世の言葉に対しての返事が、全て攻撃的だし、ひねくれている。まだ一度も笑顔を見せず、真顔である。

一体どうしたというのだろう。さっき電話で話した時は、声も口調も対応も、いつもと何ら変わりはなかった。理世が到着するまでの三十分間で、何かあったのだろうか。聞いてみようか――。

「それで、ミーティング結果はどうなりましたか？　結果、出たんですよね」

口を開きかけたところで、美名に先を越され、話しかけられた。

「あっ、はい。報告します」

姿勢を正す。

「先日預からせてもらったデザインからは、刺繍のピーコートを採用。他は、前に出して頂いてたデザインから、大きな小鳥の絵のトップスと、羽根をちりばめた柄のワンピース、鳥籠（とりかご）と音符の絵のニットを採用して、合計四点を、スウ・サ・フォン四期の、コトリさんデザインのラインナップにすると決まりました」

「そうですか。わかりました」

「こちらから描き直しをお願いしたのに、新デザインからは一点のみの採用になってしまい、申し訳ないです。でも新デザインは、どれも和テイストだったので、連（つら）ねるとスウ・サ・フォンのコンセプトが揺らいでしまう、という観点から出した結論です」

ピーコートのみを採用し、他はもう一度デザインを描いてもらっては、という案も出た。でももうあまり時間がないし、三度目のデザインでも「これは」と思うものがなかったら、手詰まりになる。それよりは、決して悪かったわけではないので、先に出してもらっていたデザインと混ぜては、という案が票を得た。

そのリスク回避の案は、理世が出した。再度描き直してもらっては、と言ったのは、川口さんだ。初めて二人の意見が分かれた。でも川口さんも最終的には、「これ以上、混乱するのはよくないですよね」「確かに、リスク回避が賢明なんだろうと思います」などと言い、納得してくれた。

「そうですか。わかりました」

「忙（せわ）しなくてすみませんが、早速、デザインの清書に取りかかってもらえますか？」

「はい。もちろん、しますよ。今までも最終結論が出たら、すぐに取りかかっていましたよね」

「はい。そうですよね、すみません。私はあの、明日にでもデザインの下書きを持って、光井被服さんに報告に行ってきます。社長夫妻、きっとあのコートを見たら、すごく感激しますよ。メンバーたちも、完成するのが楽しみだって、皆ではしゃいでます」

「そうですか。ありがとうございます」

紅茶が運ばれて来た。助かったと思ったが、当たり前だが、ウェイトレスはすぐにまた去って行く。

「失礼します」と、カップを持ち上げた。手が少し震えてしまっている。変わらず美名の態度は刺々しい。何故だろう。一体、何があったというのだ。

この間は四点全てに難色を示したのに、一点だけとはいえ、新デザインからも採用になったから、さぞかし喜んでくれると思ったのに。このデザインが服になったところを見たいと思ったのは本当だから、理世にとっても最終的に一番いい結論になったのではないかと考えていた。だから、美名と喜びを共有しようと、当然一緒に喜べるものだと思って、ここにやって来たのに。

「そうだ、佐和さん。私の方からも話があったんです」

「何ですか？」

恐る恐る顔を上げる。しかし美名の声や口調、醸し出す空気が、さっきまでと違って、柔らかくなっている気がした。

「この間お誘いした、フレンチなんですけど」

「来週の金曜のですね。川口さんを誘いましたよ。ぜひ行きたいって言ってました」

「ああ、そうなんですか。もう誘ってくれちゃったんですね」

「すみません。今回は別の方たちと行こうかと思いまして」

「そうなんですね。彼氏さんと共通のお友達と行けることになったとか？　そういう事情なら、私たちは遠慮しますよ。気にしないでください」

「こちらから誘ったのに、すみませんでした。佐和さんが同僚の男性を誘うらしいって言ったら、親太朗君が、あり得ない、そんなメンバーなら行きたくないって言うものだから」

えっ、と気の抜けたような声が出た。

「え、あの。どういうことですか？」

「彼はすごく真っ直ぐで、筋が通ってる人なんです。佐和さんはパリに恋人がいるんだよね？　それなのに男性と二人で来るのはおかしい、こちらはカップルなのに、人格や品性を疑う、って」

「えっと、ちょっと、あの……」

「私、好きな人とは何でも共有したいと思うので、佐和さんとのこれまでのことについても、何でも親太朗君に話してるんです。だから広告課の人との事件についても知ってて、一度そういうことがあったのに、佐和さんは警戒心が足りないんじゃないか、その同僚男性が佐和さんに何か期待したらどうするんだ、って彼が」

「待ってください。あり得ないです、そんなことは」

「私はお二人が一緒にいるところもよく見てるので、ただの同僚だって知ってます。でも確かにそういう考え方はあると思って」

「いえ、あの、美名さん、待って。川口さんにも、長く付き合ってる人がいるんです」

「そうなんですか？　でも、あの広告課の人も妻子持ちでしたよね。でも佐和さんを好きになったから、川口さんだってもしかして」

「あり得ません！　待ってください！　だって川口さんの恋人は、男性なんです！」

えっ？　と美名が目を丸くした。これまで息をするように止めどなく言葉を紡ぎ出していたが、初めて口を閉じた。

理世の息は切れていた。しまった、と思ったがもう遅い。他人の性的指向を勝手にばらすなんて、とんでもないことをしてしまった。

でも美名が、あまりにも予想外のことを言い連ねるので、酷く混乱していた。美名は何て言ったのだろう。あり得ない。人格や品性を疑う。警戒心が足りない――。

「つまり、そういうことです。川口さんは、女性とは恋愛をしない人なんです。でも、あの。この話、誰にも言わないでください。うちの会社の人たちも、何となくは気付いていても、皆口に出したりはしないので。直接本人から聞いたのは私だけだと思うので、どうかお願いします」

気にかかることは多々あったが、とりあえず自分の犯したミスの収拾に努めることにした。頭を深く下げる。

「あ、はい。わかりました」

めずらしく、美名の口調がたどたどしい。

「そう、だったんですね。じゃあ、すみません。私たち勝手に変な気遣いをしてしまったみたいで。でも親太朗君はそんなこと知らないし、彼は彼の信条で拒否しただけで、悪気はないんです。ああ、でもどうしよう。もう他の方に声をかけてしまってるんですよね」

「フレンチの件は、いいです。私たちはこのままキャンセルで。その代わり川口さんの話は、本当に誰にも、彼氏さんにも言わないでもらえますか」

「わかりました」

美名が小刻(こきざ)みに頷く。

「じゃあ」と伝票を取って、理世は立ち上がった。

「今日は帰ります。失礼します」

会釈をし、懸命に足を動かして、レジに向かう。

外に出た途端、叫び出したい衝動に駆られた。でも我慢して、早足で通りを抜ける。三つほど角を過ぎ、ジャルダンがすっかり見えなくなったことを確認してから、「何？」と叫んだ。

一体、何が起こったのか。行き慣れた店で、親しい人との間に、今、一体何が起こったというのだ——。

ジャルダンの最寄り駅から会社に電話をかけて、今日は直帰にしてもらった。

自宅マンションの扉を開け、狭い室内をずかずかと歩き、ベッドにわざと派手に倒れ込む。

「何？」

「何なの？」

天井に向かって、何度も叫ぶ。

電話で行くと告げた時は普通だったのに、会ったら刺々しい態度を取られたことも、意味がわからなかった。やっぱりデザインを否定したことで、気分を害していたのでは。今頃になって怒りを露わにされたのでは、などと考えた。でも後からの出来事が強烈で、そんなことは吹き飛んでしまった。

フレンチを別の人と行くことにしたのは、いい。謝ってもらえたし、大したことではない。でも、理由がおかしいだろう。

　理世も博喜も束縛が強くはないので、度が過ぎなければ、お互いに別の異性との交遊があってもいいと思っている。しかし人によっては、パートナーがいるのにそんなことはしない、してほしくない、という考え方もあるだろう。価値観の違いは、いかなる人との間にも生じる。美名の彼と理世とでは、きっとそこの価値観が違ったのだ。

　でも、だからといって、「あり得ない」とか「人格や品性を疑う」とまで、言われなければいけないことだろうか。今回の件で理世が取った言動が、そこまで非難されるほど、酷いものだとは思えない。美名もどうして同意するのか。自分の友達にそんなことは言わないでほしいと、彼を咎めてくれてもいいぐらいではないか。菅井主任に、不遜だとか無礼だとか、普段からの態度に問題があった、などと言われたことを思い出して、傷付いた。

　菅井主任の件も彼に話しているというのも、どうかと思う。理世の大きな傷なのに。いや、理世も博喜や苑子に、美名のsolaの元パートナーの件や母親との確執について話してしまっているので、彼に話したということ自体は、良くはないが、まあいい。言わないでね、と言い合ったって、親しい人には、つい話してしまうのが人間だろう。

でも話したことを、堂々と本人に公表するのはどうだろう。ましてや相手の反応についてて、伝えなくてもいいのではないか。「警戒心が足りない」だなんて、なぜ理世のことをよく知りもしない美名の彼に、言われなければいけないのか。博喜は美名と母親との話について、「ドラマチック過ぎて、ピンと来ない」と言ったが、私の彼はそんな風に言っていた、なんて理世が美名に伝えるわけがない。どころか、そんな言い方は止めてくれと、本人がいない場所でも理世は博喜をたしなめた。

どうやら、今日の件で理世が一番こだわっているのは、そこらしい。美名はどうして理世をかばってくれないのか。そして彼の言葉や反応について、どうして理世に伝えるのか。取材の打診をした編集者を冷たくあしらった態度から考えても、美名の彼は、彼女の友達で仕事相手である人に対してでも、きついことを言ったり、自身の価値観で非難したりする人なのだろう。理世はそういう人は好きではないが、直接的に関わらなければ害はないので、それも別にいい。でも間に入っている美名が伝えてしまったら、「害」が生じるではないか。なぜ美名は、そこを計らってくれないのか――。

携帯が鳴った。美名からかと思って、勢いよく摑む。後から悪かったと思って、謝りの電話をかけてきたのかと期待した。

しかし着信は、苑子からだった。でも彼女のことも、理世は今、とても求めていたように思う。「もしもし？」と勢いよく出た。

「もしもし？　急にごめんね。え、でも何？　勢いよくてびっくりした。どうしたの？」

「ごめん。ちょうど今、苑子と話したい気分だったから」

「そうなの？　何かあった？」

「うん。でもそっちからかけてきたんだから、先にこっちが聞くよ。どうしたの？」

「いいの？　あのね。あー、改めて話すとなると、なんか恥ずかしいな。ええとね、私、結婚することになったんだ」

「そうなの？　おめでとう！」

「ありがとう」

元より興奮状態だったが、違う興奮にすり替わった。

「先週末、初めてお互いの実家に行き合ったんだ。土曜日が彼の家で、日曜が家。そうしたら、何かトントン拍子に話が進んでね。双方の親が盛り上がっちゃって。まあでも、いいきっかけかなって」

「そうなんだ。よかったね。いつ？　式はするの？」

「うん。来年の九月頃の予定。式もしようと思う。柄じゃないけど、親たちがしてほしがってるし」

「柄じゃない、なんてことないよ」

「そう？　それで式について、まだ式場も決めてないのに気が早いんだけど、理世にお願いがあったのよ」

「お願い？　何？」

「スピーチをしてもらえないかなあ。あと、ウェディングドレスも一緒に選んでほしいの。ほら私、ファッションに疎(うと)いから、自分がどういうものが似合うか、まったくわからなくて」

どちらも、なかなかに責任重大な仕事である。でも望まれるのであれば、こちらも期待に応えたい。

「いいよ。私でよかったら」

「本当？　ありがとう」

しばらく苑子の結婚話で盛り上がった。ウェディングドレスについては、式場を決めてカタログなどを取り寄せる段になったら、改めて声をかけるという。

「それで理世の方の話は、何だったの？」

会話が一息吐いた頃、訊ねられた。

「あー、ええとね。大した話じゃないんだけど」

今日の出来事が、すっかりどうでもよくなったなんてことはないが、おめでたい話で、だいぶ毒気は抜かれていた。それに少し冷静になると、苑子に美名への不満をぶちまけるのは気まずい。この間、苑子は美名との関係を心配してくれたのに、「大丈夫」と自分が言い切ったのだ。

「スウ・サ・フォンのメンバーの、パタンナーの川口さんって人の話、したことあったっけ？　週末に、その人の同級生の古着屋に行ったんだけど、店主さんがいいキャラでね」

ノリさんの話で誤魔化すことにした。電話を取った時の勢いのよさの説明がつかないが、苑子も舞い上がっているし、気が付かないだろう。

翌朝出勤すると、すぐに川口さんに、フレンチがキャンセルになった件を報告した。

「彼氏さんと共通の友達と行くことになったみたいで」

「そうか。残念だけど、わかったよ」

残念とは口にしたが、川口さんは何となく、安心しているようにも見えた。誘ったのは美名がデザインを提出する前で、その後あんな展開になったので、実は気が重くなっていたのかもしれない。

午後からは、採用になった美名の四点のデザイン画を持って、光井被服を訪ねた。

「今回も素敵だねえ。特にこの刺繡コート。これは綺麗だなあ」

「本当に！　でもこれは再現するのが大変ね。その分、出来上がりが楽しみだけど」

「母さん、腕がなるんじゃないか？」

野村君が予想した通り、夫婦の職人魂に、いつもより強く火が点いたようだ。腕がなるとまで言ってくれたので、理世も同じ温度で熱意を分け合いたかった。けれど、「いいでしょう。喜んでもらえてよかったです」と、無難な言葉を発しただけで帰ってきてしまった。

苑子が少し和ませてくれたものの、やはり昨日の美名との出来事は、引きずっている。会社に戻る地下鉄に揺られながら、考えをめぐらせた。

昨夜、苑子との電話を切った後、美名からメールが来た。

『佐和さん、今日はジャルダンまでありがとうございました。清書、頑張ります。フレンチの件は、ややこしくしてしまってすみません』

という短文だった。

『清書、よろしくお願いします。また何かありましたら、連絡しますね』

理世も短文で返事をした。フレンチについては、わざと触れなかった。

ジャルダンでは、こちらの方こそ「あり得ない」と言いたくなるような言動を取られたが、夜のメールにはおかしなところはなかった。もしかして美名は、自分のしたことに無自覚なのではないか。

「コトリさんは、感受性が豊かで、すごく繊細な人だから」

かつて苑子に、美名という人を説明しようと、自身が口にした言葉が甦る。そう、彼女は、感受性が豊かで繊細だ。人とは違った感性を持っている。

「彼はすごく真っ直ぐで、筋が通ってる人なんです」

昨日美名は、彼についてこう語った。美名の彼が実際にそうなのかはわからないが、美名こそ、自分の思いにいつも真っ直ぐで、妥協したり適当にしたりしない、筋の通った人だと言える。

人とは違った感性を持ち、真っ直ぐで筋の通った美名は、自分から誘った約束を断るのだから、事情について全て包み隠さず伝えなければいけないと思ったのではないか。それが彼女にとっての、誠意ある行動だったのではないか。与えられた不快感は簡単には消えないが、美名がそう思っていたと考えれば、納得はいく。

油断していると、美名とのこの件についてばかり考えてしまう日々が続いた。上の空で仕事でミスをしないように、連日気を張って過ごし、やがて本来ならフレンチに行くはずだった、金曜の夕方を迎えた。

業務メールを書いている時に、ふと気が付いた。博喜が先週、今日ならテレビ電話ができると言っていた。フレンチに行かなくなったから、理世も空いている。

携帯を手に取る。今も予定が入っていなかったら、今晩話そうとメールをしてみよう。

「お疲れさまです。お先に」

背後で増本先輩の声が聞こえた。指を止め、振り返って「お疲れさまです」と告げる。

「お疲れさまです。定時上がりですね。何かオシャレもしてるし、デートですか？」

隣で野村君が茶化す。確かに今日の先輩はオシャレをしていた。胸元にリボンの付いた、茶色地に千鳥格子の、仕立ての良さそうなワンピースだ。今はそれに、黒い毛皮のコートも引っかけている。

「やだ。野村君まで、彼氏ができたこと知ってるの？」

「お、本当にできたんですか。言ってみただけだったんですけど」

「え、酷い。誘導尋問だ」

「悪い話じゃないから、いいじゃないですか。いいですね、どこに行くんですか？」

「今日はフレンチに行くの。滅多に予約が取れない有名店で、半額で新コースの試食をさせてもらえるのよ。いいでしょう？」

理世は姿勢をデスクに戻していたが、先輩のその言葉で、再び勢いよく振り返った。奥の席で川口さんも顔を上げたのが、視界の端に映る。

「メンバーも面白いのよ。コトリさんとね、コトリさんの彼と四人で行くの」

理世の体を、得体の知れない何かが、ものすごい速さで駆け巡る。

「それは確かに面白いですね。コトリさん、彼氏いたんだ」

「陶芸職人なんだって。どんな人か楽しみ」

「へえ。でも増本先輩とって……」

野村君が、こちらを見たような気配を感じた。

「ああ、私、もう行かないと。じゃあね」

「行ってらっしゃい。お疲れさまです」

動く増本先輩越しに、川口さんと目が合った。でも何故か慌てて逸らしてしまう。

どこを見ていいかわからなくて、理世は手に握りしめていた携帯を見た。でも、これで一体自分が何をしようとしていたのかも、わからない。

第六章　一滴、一滴、水がこぼれ落ちる

しばらく、携帯をぼんやりと見つめたあと、ゆっくり立ち上がった。無言でオフィスを出る。目的があってした行動ではない。廊下で先輩の後ろ姿を見て、たじろいだ。後ろを向いて、でもすぐにオフィスに戻ったら不審がられる、とまた前を向き、廊下で文字通りウロウロした。

増本先輩と彼氏が、美名カップルとフレンチに行く——。それはつまり、美名が「そんなメンバーなら行きたくないと、彼氏が言うものだから」と理世と川口さんを断って、代わりに増本先輩たちを誘ったということだ。

そういう事態が起こったということは、すぐに理解した。でも、どうしてそうなったのかは、まったくわからない。

「佐和さん」

背後から声をかけられた。振り返ると、川口さんが困惑した表情で立っていた。

「いい?」と聞かれ、また前を見る。先輩の後ろ姿は消えていた。ホッとして、「はい」

「増本さんが、コトリさんたちとフレンチって……。僕らが断られた約束だよね？」

と川口さんに向き直る。

「そう、ですよねえ」

微妙な返事の仕方をしてしまう。

「佐和さん、知ってたの？　代わりに増本さんを誘ったって」

「いえ、知らなかったです」

「彼氏さんと共通の友達と行くことになったらしい、って言ってなかったっけ？」

「そう思ってたんですけど。でも、それは私の勘違いだったかもしれません」

断られた時の会話を思い出してみる。確かに理世は「彼氏さんと共通の友達と行けることになったとか？」と聞いたと思う。でもそれに美名が何て答えたのか、思い出せない。その後の展開が衝撃的過ぎて、記憶が曖昧になっている。

「コトリさんと増本先輩、この間、お互いの彼氏の話で盛り上がってたし……。紹介し合おうってことになったのかもしれませんせん」

「そうなの？　でも、こんなのって」

「あの、すみません」

川口さんが何か言いかけたのを、慌てて遮る。

「私、取引先に電話をかけなきゃいけなくて」

「え？　ああ……、そうなんだ。ごめん」

理世の手の携帯に視線をやり、川口さんが頷いた。会釈をして、その場を立ち去る。

廊下の角を曲がり、エレベーターホールの脇に、とりあえず身を置いた。取引先へ電話だなんて、嘘だ。でもずっと携帯を握っているし、誰かに電話かメールをしようとしていたのではないか。

そうだ。フレンチがキャンセルになったから、博喜に今晩テレビ電話ができないかと、メールをしようとしていたのだ。ボタン操作し、アドレスを呼び出す。でも本文を打つには至らず、やがて携帯を閉じた。今日博喜と話なんてしたら、フレンチを断られた時に言われたショッキングなことや、代わりに増本先輩を誘ったことまで、すべてぶちまけてしまうだろう。

電話をしたぐらいの時間を見計らって、オフィスに戻った。デスクに着き、機械的に帰宅の準備を進める。

「お先に失礼します。お疲れさまでした」

席を立つと、「お疲れさまです」と同僚たちが、形式的にチラとだけ視線を寄越した。その中で川口さんだけが、酷く心配そうな顔で、しっかりと理世を見つめてくれている。

ありがたいと思う反面、いたたまれない。もう一度会釈をして、足早にオフィスを後にした。

寄り道はせずに家に帰り、あり合わせのもので夕食を作った。面白くもないテレビ番組をぼんやりと眺めながら、黙々と食べる。入浴を済ませた後、スキンケアをしながら頭を働かせた。今日するべきことは、すべてもう終えただろうか。

あ、美名にメール、と思い付いて、すぐに呆(あき)れ笑いをした。美名との長文メールのやり取りは、デザインを提出してもらった日から徐々に減って行き、今では消滅している。もしまだ続いていたとしても、今頃美名はまだ増本先輩たちとフレンチだろうから、しなくていい。

そう考えたら、「美名が理世を断って、増本先輩を誘った」という事実が、改めて体に重くのしかかってきた。どう考えたっておかしな事態だ。その後どうしていいかわからなかったので遮ってしまったが、さっき川口さんも、「でも、こんなのって」と言っていた。野村君も、「でも増本先輩とって……」と、理世を気にしていた。二人とも、やはり妙な状況だと思ったのだろう。

古い記憶が甦(よみがえ)った。小学校五年生の時のことだ。その頃理世は、同じクラスのサトミちゃんという女の子と仲良くしていた。休み時間にお喋りをし、授業中にノートの切れ端に書いた手紙を交換し、家に帰ってからも長電話をする、親友と呼んでいい間柄だった。

　ある日サトミちゃんに、「理世ちゃん、今度の日曜日に、二人でショッピングセンターに行こうよ」と誘われた。文房具店で新しいノートとシャープペンを買い、フードコートでクレープを食べようと約束して、理世は日曜が来るのを心待ちにしていた。

　けれど金曜の帰り際に、サトミちゃんに「ごめん。一緒に行けなくなっちゃった」と言われた。残念だったが、何か用事ができたのだろうと解釈して、「わかった。いいよ」と告げ、理世は日曜を家族と共に過ごした。

　ところが月曜の朝に登校すると、サトミちゃんが同じクラスのアイちゃんという女の子と一緒に、「昨日二人でショッピングセンターに行ったんだ」と、買ったノートとシャープペンをクラスメイトたちに見せていたので、驚いた。目が合ったから、理世が教室に入って来たことには気が付いたはずなのに、「クレープも食べたんだ。私がチョコバナナ味で、アイちゃんがイチゴ味。おいしかったよね」とはしゃぐサトミちゃんを見て、理世は大いに動揺し、そして深く傷付いた。

　話を聞かされているクラスメイトの中には、理世が「日曜日はサトミちゃんと、ショッピングセンターに行くんだ」と伝えていた子もいた。その子は、さっきの川口さんのように、酷く困惑した表情を浮かべていた。

　とてもそのまま流すことはできず、昼休みに理世はサトミちゃんを問い詰めた。

「どうして私を断って、アイちゃんと一緒に行ったりしたの？　酷いじゃない」

　するとサトミちゃんは目をきっとつり上げて、理世を睨みつけながら、こう言い放った。

「だって理世ちゃん、木曜日に私にもっと酷いことをしたじゃない」

　話を聞くと、木曜の放課後、サトミちゃんに「一緒に帰ろう」と誘われたのを、理世は「ごめん、今日は美化委員の掃除当番だから無理」と断ったのだが、彼女はそれをとても怒っていたらしかった。「でも本当に当番だったから、無理だったんだけど」と言ってみても、会話がまるで噛み合わなかった。

　以来サトミちゃんからは無視をされ、そのまま縁が切れた。三学期の終わり頃で、すぐに学年が変わり別々のクラスになったので、それほど後に引かずに済んだけれど、最後まで納得のいかない出来事だった。

　今、理世は、あの日のサトミちゃんと同じことを、美名にされているのだと思う。つまり美名は、怒っているのだ。あまりこんな言葉で認識したくはないが、「嫌がらせ」をされているのだろう。

怒っている理由は一つしかない。デザインを否定したことだろう。それ以外に考えられない。

一度は普通の態度を取ったのに、何故(なぜ)今さら怒りを露(あら)わにするのかはわからない。でも、川口さんも新デザインには否定的だったし、二人セットで拒否されたこと、彼氏が言ったという理世への酷い評価をそのまま伝えて来たことも、怒っていたのだと思えば説明がつく。独特の感性と、真っ直ぐな性格故(ゆえ)の無自覚な言動だと解釈したが、違ったようだ。怒りからの嫌がらせだったのだ。

髪を乾かし、ベッドに入る。足先がひやっとして、外に出て靴下を履(は)いた。先週からパジャマは秋冬用にしたが、毛布はまだ出していない。そろそろ出さなければいけないが、今日はまだ面倒なのでいい。布団の中で体を縮ませる。

目を閉じてみるが、頭が冴えていて、とても寝付けそうにない。薄目を開けて、天井の木目模様を見るともなしに眺めた。

「でも、私は傷付いたの！」

あの日のサトミちゃんに投げられた言葉が、突然頭の中で大音量で鳴り響いた。「でも本当に当番だったから、無理だったんだけど」と言った後、サトミちゃんはこう理世のことをなじった。

『自尊心が酷く傷付けられました。』

『貴方のあの態度は、まったく承服しかねます。』

今度は、ある文面が脳裏に鮮明に浮かぶ。思い出す度に胸がぎりぎりとする、菅井主任の例のメールだ。

理世にも何か、問題があるのだろうか。目を強く、ぎゅっと閉じる。

家族や、長い付き合いの苑子に博喜、大学時代の友人たちや、前職の同僚たちと、こういったトラブルが起こったことはない。その手のことを彼らに指摘されたこともないから、正直自覚はまったくない。

でもサトミちゃんに菅井主任、そして美名までもが、理世の何らかの「拒否」や「否定」に腹を立て、なじって、責めて、嫌がらせまでしてくるのなら、そうさせる何かが理世にあるのかもしれない。言い方が悪いとか、態度が良くない、とか。

もし、そうなら。理世は美名に、謝らなければならない。謝って、でもこういうことをされたらこちらも傷付くから、だから二度としないでほしいと、美名に頼まなければならない。

サトミちゃんのことは、されたことのショックと、話の通じなさから、もういいや、と思った。菅井主任とは、むしろ積極的に縁を切りたかった。

でも美名は違う。今後もずっと友人として仲良くしたいと思っているし、何より美名と一緒に作っているスウ・サ・フォンは、現在の理世の生きがいと言っていい。何もないところからスタートして、理世が美名を見つけて、スウ・サ・フォンに引き込んで、様々な幸運に恵まれたとはいえ、このご時世でヒットさせたのだ。

こんなことで、美名との仲を終わらせるわけにはいかない。大切なスウ・サ・フォンを壊すわけにもいかない。

天井の木目に向かって、ふうっと息を吐く。もう一度。今度は強く。決意の表明だ。

週が明け、月曜の朝、出勤すると、増本先輩が同僚たち相手に、金曜の話を繰り広げていた。

「おいしかったわよ。さすが人気店は違うわあ」

川口さんは、出勤しているがデスクで書類を読んでおり、先輩の話には参加していない。野村君はまだ来ていないようだ。

「佐和さん、おはよう。野村君、今日も休みだって」

先輩の脇を通ってデスクに着くと、向かいの席の江口さんに声をかけられた。

「おはよう。そうなの？」

「うん。さっき電話があった。週末にまたお母さんの看病に地元に戻ったらしくて、一日休ませてほしいって。広島まで、しょっちゅう大変だよね」

江口さんは、野村君が兼任しているメンズブランドのMDだ。

「ねえ。体壊さないといいけど」

頷き合った。

「佐和ちゃん、おはよう！　ねえ佐和ちゃんは、コトリさんの彼氏に会ったことあるんだっけ？」

増本先輩が声を張り上げ、話しかけてきた。

「おはようございます。彼氏さん、すれ違ったことぐらいしかないんですよ」

川口さんが顔を上げて、理世を見た。「大丈夫です」という意味の目配せを送る。

「そうなんだ。素敵な人だったわよ。最初はあまり喋らなかったんだけど、仕事について訊いたら、夢中になって話してくれて。表現者！　って感じだったわ」

「コトリさんも、そういうところありますもんね」

「ああ、そうね。お似合いのカップルよね」

愛想笑いを送りながら、パソコンを立ち上げる。週末の間に今回の件についていろんなことを考えたが、その内の一つが、増本先輩はどう思ったんだろう、ということだった。

美名の方から誘ったのは間違いないが、なぜ突然、理世ではなく自分を、などと、考えなかったのだろうか、と。

でもこの疑問は、すぐに打ち消された。先輩は普段からさっぱりしていて、良くも悪くも物事を深く考えないし、穿った物の見方もしない。言い方は悪いが、今は特に彼氏と付き合い出したばかりで舞い上がっている時期だし、きっと声をかけられて、すぐに「行く行く！」と飛びついたのだろう。

思えば、アイちゃんもそういうタイプだった。明るくてノリがよくて、誰とでも仲良くなれる人。それは決して悪いことではない、それどころか良いことで、だから彼女たちを恨むのは筋違いだ。

メール画面を開くと、受信した中に美名からのものがあった。携帯ではなくこちらに送られているということは、業務的な内容に過ぎないとは思うが、一応こっそり深呼吸をして、心の準備を整えてから開く。

『佐和理世さま。お世話になっております。第四期のデザインの清書ですが、今週中には完成させられそうです。週明けにお渡ししたいと思いますが、お会いできますか？　来週の月曜の十四時から、ジャルダンではいかがでしょうか』

しばし考えて、淡々とキーボードを叩き、返信を送る。

『小鳥遊美名さま。お世話になっております。デザインの清書、ありがとうございます。いつも早く仕上げてくださって、とても助かります。来週の月曜、十四時に頂きに上がります。ジャルダンではなく、こちらのカフェでもよいですか？』

会社とジャルダンの中間地点辺りにある、駅前のカフェを指定した。

決戦は一週間後だ。短いようで長い一週間になりそうだ。


約束の時間の十分前に到着したが、店に入ると、美名はもう一番奥の席に座っていた。

「佐和さん、こっちです」

立ち上がり、笑顔で小さな手をひらひらと振って理世を迎える。「お疲れさまです」と近付きながら、理世は拍子抜けしていた。今日はこちらも、とてもにこやかにはできないし、美名の方も先日と同じく、また刺々しい空気を放って来るのだろうと覚悟していたのに。

「十二月ともなると、さすがに寒いですね。私もまだ注文してないんです。温かい飲み物を頂いていいですか？」

「もちろんです。急にぐっと冷え込みましたよね」

挨拶を交わして、共にミルクティーを注文した。

「これ、清書です」

スケッチブックを手渡され、「ありがとうございます」と受け取る。

「確認させてもらいますね」

これは仕事だから、私情は一切挟まないこと、と強く念じながらめくる。

一枚目が例の和柄のピーコートで、弥が上にも複雑な思いが胸を駆け抜けた。でもクオリティは相変わらず、高い。他のデザインについても、申し分なかった。

「とてもいいと思います。ありがとうございました。社に持ち帰って、いつも通りメンバーの目を通してから、よろしくお願いします。光井被服に発注しますね」

「よろしくお願いします。発売はまだまだ先ですけど、光井被服さんの技術が見られるのが、本当に楽しみです」

運ばれてきたミルクティーのカップを持ち上げながら、美名が微笑む。口調にも表情にも、含みや悪意、刺もまったく感じられない。どういうことだろう。怒りはもう消えたのだろうか。嫌がらせをして、すっきりしたとか。

「もうすぐ年末だなんて早いですよね。佐和さん、クリスマスや年末年始は博喜さんと過ごすんですか?」

「ええ、まあ。そのつもりです」

「いいですね。私も親太朗君と、いろいろ計画中です」

そうか。母親と絶縁しているから、実家には帰らないのだろう。そう言えば去年も、クリエイター友達と年越しパーティーをしたと言っていた気がする。

でも今は、そんなことはどうでもいい。一見、とても穏やかな他愛もない会話が織りなされているが、つい最近、あんなことがあったのだ。このまま流せるわけはない。

「年が明けたら、きっと今度はすぐに、わあ、もう第三期の発売が始まる、ってなりますよね」

「ああ、そうですね。雑誌とのタイアップの話とかいろいろ来てるので、またおいおいお願いすることも出て来るかと思います。よろしくお願いします」

この話題が一段落着いたら切り出そうと決めて、理世はミルクティーをゆっくり啜った。

「そうだ、佐和さん」

美名の声に視線を上げる。

「この間のフレンチ、増本さんと彼氏さんと四人で行ったんですよ。聞きました？　その話」

「えっ」と掠れた声が出た。

「えっと、あの。増本から少し聞きましたけど」

「そうなんですね。楽しかったですよ。料理もすごくおいしくて」

「えっ、はあ、そうですか」

「増本さんの彼氏さん、いい人でしたよ。増本さんと、一回りも歳が違うんですね。でも恋愛に年齢なんて関係ないし、素敵なお二人だなあって思いました」

弾んだ声で、にこやかに語る美名を見て、理世は混乱した。どういうことだろう、これは。嫌がらせの追い打ちなのだろうか。

「彼氏さん、企業のホームページなんかを作ってらっしゃるんですって。トップページが肝心なんだとか、ウェブデザインにも国家資格があるとか、いろんな話をしてくださって、面白かったです。親太朗君も、とても楽しんでました」

「あの、美名さん」

このままペースを握られてはダメだと、声を上げた。

「実は私も、今日はそのフレンチの件についてお話ししたいと思ってたんです」

ようやく切り出したが、ここ一週間、頭の中で予行練習していた展開とまるで違うので、動揺している。最初にどんな会話になろうと、適当なところで切り上げて、こちらからフレンチの話を振ろうと決めていた。美名はきっと、後ろめたそうにするか、開き直るかだと思ったので、どちらであっても怯まずに、とても嫌だった、川口さんも困惑していた、二度とあんなことはしてほしくないと、きっぱりと言おうと思っていた。その上で、自分にも悪いところがあったなら謝る、二度と不快な思いをさせないように善処すると、真摯に伝えるつもりだった。

でもまさか、美名の方から切り出してくるなんて。この後、どう話を進めたらいいのだろう。

「そうなんですか？　なんですか？」

美名が理世の顔を見る。ただ純粋に、「何？」と訊ねているだけの表情に見える。

「その……。フレンチに増本と行ったと知って、私、すごく嫌な気分だったんです。川口さんも驚いていたみたいでした」

えっ、と今度は美名が、気の抜けた声を出した。まじまじと理世を見つめる。

「どうして、ですか？」

「どうして、って」

これは本気なのだろうか。本気で訊ねられているのだろうか。

「私たちが断られたことは別にいいんです。謝ってくださったし。でも、代わりに同じチームのメンバーを誘うなんて、気分はよくないですよね。美名さんは、ずっと私とすごくて、って思ったし」

えっ、とまた声を漏らし、美名は手を口に当てた。目を泳がせ、しばらく考え込むような顔をする。

「佐和さん、傷付いたんですね」

やがて、そう呟いた。

「ごめんなさい。私、そんなつもりはなかったんですけど……。でも佐和さんに嫌な思いをさせたなら、すみません。私は、彼があああ言ったから、佐和さんたちとは行けないと思って、じゃあ他のどなたを誘おうって考えた時に、増本さんと最近お互いの彼の話をしたなあって、思い出して。彼氏さんの職業にも興味があったし、親太朗君も刺激を受けそうって思ったから」

さっきまでとは打って変わって、美名の口調は重い。

「確かに増本さんとは、これまであまり深い付き合いはなかったです。でも、だからこそ、たまにはゆっくりお話ししたいなあって思ったんです。本当にそれだけで、佐和さんや川口さんを傷付けるつもりなんて、ありませんでした。でも、ごめんなさい」

「あの、美名さん。じゃあ、悪気はなかったってことですか？　私のこと、怒っていたわけじゃなくて？」

「悪気なんてないですよ！　怒ってたって、どうしてですか？　私が佐和さんに怒る理由なんてないですよね？」

美名は目を丸くしている。純粋に、心から驚いているように見えた。演技のようには見えない。

「そうなんですか……。じゃあ、あの」

どうしていいかわからなくなり、理世は仕方なく目の前のティーカップを持ち上げた。ティーカップ越しに美名を眺めてみる。まだ目をまん丸にして、理世をじっと見つめていた。自分より年上の女性とは思えない。純粋な瞳、陶器のような肌。まるで少女のようだ。

初めて会った時にも、そう思った気がする。この人は一体幾つなんだろう、少女のようだ、と。何故か突然、そんなことをふと思い出した。

「本当にごめんなさい」

か細い声で、美名が呟く。頭も下げた。

「でも佐和さんが、自分より他の人と仲良くしたとか、そういうことで怒る人だとは思わなかったな」

理世の体が、かっと熱くなった。ミルクティーを飲んだからではない。

その日の夜、帰宅した途端に、美名から携帯にメールが入った。

『佐和さん、今日はありがとうございました。そして、ごめんなさい。わざとではないとはいえ、佐和さんを傷付けていたと知って、落ち込んでいます』

久々の長文メールだった。謝罪の言葉がたくさん連ねられている。

『私は佐和さんのことが本当に大好きで、今後もずっと仲良くしてほしいと思っています。それなのに佐和さんを傷付けてしまっていたなんて、ショックです』

『これからも、楽しいことを沢山共有したいです。スウ・サ・フォンで、物作りの喜びもいっぱい分かち合いたいです。私のこと、嫌いにならないでくれたら嬉しいです』

あまりに素直で真っ直ぐ過ぎて、直視するのが恥ずかしいような文もあった。

疲れ果てていた理世は、コートのまま、だらしなくベッドに横たわった。行ったり来たり、頭も心もぐるぐるぐるぐる、忙しい。

デザインを否定した直後、美名から冷たい視線を投げられたように思えた。でもその後の態度とメールが普通だったから、美名だってプロだし、そんなわけはなかった、勘違いだった、と解釈した。フレンチを断られても、彼のキツイ発言をそのまま伝えられても、まだ、これは彼女の独自の感性故で、悪意ではないのだと解釈した。けれど増本先輩を代わりに誘ったのを見て、さすがにこれは嫌がらせだ、やっぱり怒っていたのだと考え直した。しかし今日になってまた、怒ってなんかいない、怒る理由がない、悪意なんてないと伝えられた。

こんな状況は――。振り回されている、と言っていいのではないか。それとも、理世が勝手にオロオロしているだけなのだろうか。

「佐和さんが、自分より他の人と仲良くしたとか、そういうことで怒る人だとは思わなかったな」

昼間に言われた言葉が甦り、また理世の体は熱を帯びた。

五年生の時、あんなに仲良しだったサトミちゃんに「もういいや」と思い、されるがまま縁を切ったのは、嫌がらせの仕方が、あまりに稚拙でくだらなかったからだ。自分を断って、こっそり他の友達を誘って、「楽しかった」ことを見せつけるだなんて、五年生、十一歳の当時でも、十分に幼稚だと思えるやり方だった。そんな嫌がらせにまんまと傷付いて、引きずってしまったら、理世もまた幼稚でくだらない存在になると、そう思った。

今回の件で、美名にそういう思いを抱かなかったと言えば、嘘になる。十一歳の時でも幼稚だと思ったのに、あれから約二十年も経っていて、お互い三十を過ぎたいい大人なのに、まさかこんな目に、という失望は正直あった。でも美名のことは大切だから、きちんと正面から向き合って、解決しようと思ったのだ。

けれど美名は、悪気はなかったと言った。怒ってもいないし、嫌がらせではないと。穢(けが)れのない少女のような目で、「ごめんなさい」と素直に頭を下げた。

つまり今、それを「嫌がらせ」と受け取って、まんまと傷付き、正面から怒った理世だけが、幼稚でくだらない存在になっていないか――。

体にどんどん溜(た)まっていく熱、恥ずかしさの処理の仕方がわからなくて、枕を二回、三回、乱暴に叩いてみる。

フランスではクリスマスは家族と過ごすのが当たり前だから、二十日頃からビジネスも休暇に入ることが多いそうだ。というわけで、博喜が二十日過ぎにはもう帰国したので、理世も有休を取って、クリスマスは一緒に過ごした。あえて日本のベタなクリスマスデートをしてみようという話になり、夜景を望むディナー付きのクルージングを体験し、夜はベイエリアのホテルに宿泊した。

年末は北海道に行き、二人で理世の実家に顔を出した。お正月は東京に戻って来て、今度は東京郊外の博喜の実家を訪ねた。お互いの家族に会うのは初めてではなかったが、年末年始に出向いたことで、どちらの家族も特別な意味を感じたようだ。豪勢な食事を用意してくれたり、近くの神社に初詣に行き、ご近所さんに会えば丁寧に紹介してくれるなど、手厚い歓迎をしてくれた。一方で、博喜のパリ赴任がいつまでになるかまだわからないので、双方「結婚」という言葉は一切出さずにいてくれて、ありがたかった。

北海道では、苑子と彼氏と四人で食事もした。苑子の彼氏は想像していた通り、よく気遣いをしてくれる、優しくてしっかりした人だった。苑子同様、「ファッションには詳しくなくて」と言っていたが、スウ・サ・フォンについて下調べをしてきてくれたらしく、「森柄のワンピース、素敵ですよね」とか、「スウ・サ・フォンの方に会うって言ったら、職場の女の子たちに羨ましがられたんですよ」などと話してくれて、嬉しかった。博喜の会社についても、「僕はあの車種の何年型のが好みですね」などと語ってくれて、博喜もとても喜んでいた。

「式場はもう決めたんだ。ドレスのカタログはそのうち送るよ。スピーチもお願いね」

「うん。任せておいて！」

そう言葉を交わし合い、温かい気持ちで別れた。

美名は年末年始は、関東近郊の温泉を中心に、彼氏とあちこち旅行をして過ごしたらしい。謝罪の長文メール以来、ほぼ毎日のペースで、美名から日記のようなメールが届くようになった。その日にあったこと、そこで自分が思ったことなどが書かれており、パリから帰って以来しばらく続いていた、長文メールのやり取りが復活した感じだ。

ただ、あの時と違っているのは、当時は理世から先に送っていたが、今度はいつも美名からだということ。理世は三度に一度ぐらいしか返信をしない、分量も美名の半分に満たない程度だということだ。こんな言い方は嫌らしいが、メールのやり取りにおいてだけは、立場が逆転したと言えるかもしれない。

旅行している旨を伝えるメールには、『楽しそうですね。でも、そんなに長期間であれこれ回るなら、海外旅行も行けたんじゃないですか？　次回は海外にしてみたら？』と返信した。

『親太朗君が、海外旅行は嫌いなんです。みんな自分の国のこともちゃんとわかっていないのに、ちょっと海外に行って、あれこれ知った気になっていて傲慢(ごうまん)だ、って』

とのことだったが。

正月休みが終わり、仕事のペースを戻しているうちに、美名が言っていた通り、あっという間にスウ・サ・フォン第三期の発売が始まった。今回は「花」がテーマで、春夏ものだ。一期、二期とヒットしたので、幾つかのファッション誌が、三期のラインナップを取り上げてくれた。

中でも、二十代、三十代の女性向け人気誌が、新春特大号の表紙で人気女優に、三期のメイン商品である、美名デザインのウエストに大きなバラの花をあしらったワンピースを着せてくれたのが、大きかった。そのワンピースを着た人気女優の巻頭グラビアとインタビューも載ったので、反響が大きく、三期の発売間もなく、追加注文がどんどんかかった。

『美名さん、すごいですよ！　直営店、セレクトショップ、オンラインのすべてで、予約注文がいっぱいの状態です！　会社の電話に直接の問い合わせも、けっこう来てます』

理世は注文数をデータ化し、添付資料にして、会社のアドレスから美名にメールを送った。美名はその日の携帯への長文メールで、

『ありがとうございます。嬉しい』

『今回も佐和さんのおかげですよ』

『こんなに幸せでいいのかなって思います』

などと、彼女らしく真っ直ぐな言葉で、喜びを露わにした。

が、メールの中に一ヵ所、理世が微(かす)かに顔をしかめてしまう、一文もあった。

最近、こういうことが増えている。

「美名さん、ごめん。道一本間違えてました。あっちです」

信号待ちをしている間に、地図を確認したら気が付いた。隣に立つ美名の袖を、くいっと引っ張る。

「そうなんですか？　あっち？」

二人で雑踏の中を移動する。今日はこの先のホテルの一室で、美名がライフスタイル誌のインタビューを受ける。ありがたいことに三期も順調にヒットしたので、デザイナーたちへの各種メディアの取材依頼は、増える一方だ。特に数が多いのは、やはりメイン商品のデザイナーである美名だった。

美名も初期の頃とは違って、取材趣旨がよほどファッションから外れていない限り、大抵はどんな媒体でも受けてくれるようになった。プロ意識が強くなって、宣伝も仕事のうちと思ってくれているのか、単純に慣れて、メディア露出への抵抗がなくなったのか、心の裡はわからない。でも時々、付き添いながら理世は心配になる。大丈夫なのか、お母さんに見つかってしまわないか、と。スウ・サ・フォンの一員としては、受けてくれた方がありがたいし、美名本人が「いい」と言ってくれているんだからと、口にはしないけれど。

正しい通りに移動して、また信号待ちをする。

「あ、美名さん、あれ。今から受ける雑誌の広告ですよ」

交差点の向こうのビルに、大きく掲げられていた。

「本当ですね。あの表紙の男性、俳優さんですか？　最近よく見ますよね」

「元モデルで、最近俳優デビューもしたんですよ。女性人気がすごいみたい」

「そうなんですか。綺麗な顔、してますもんねえ」

「ねえ。少し前まで薄い顔が流行りだったけど、彼は久々に彫りの深い、典型的な美形！　って感じですよね」

理世の言葉に、美名がくすっと音を立てて笑った。信号が青になる。歩き出しながら、理世は「何ですか？　どうして笑ったの？」と訊いてみた。

「親太朗君が言ってた通りだなあって思って」

美名が返事をする。

「バレンタインに、佐和さん、チョコレートをくれたでしょう？　親太朗君と頂いたんですけど、あれ、日本に上陸したばかりの海外のメーカーのですよね。最近テレビとかで、よく紹介されてる。親太朗君が、『佐和さん、新しいものや流行りものに飛び付く人なんだなあ』って」

美名はまだ、くすくすと笑っている。理世は顔をしかめたいのを堪えて、無言で曖昧な笑みを浮かべておいた。

ああ、まただ、と思う。最近、こういうことが増えている。美名との他愛のない会話の中で、美名から来る長文メールの中で、彼が理世についてこう言っていた、と頻繁に伝えてくる。いい気分にはならない内容が多い。

広告の彼について、「俳優さんですか？」と美名が訊いてきたので、自分の知っている情報を伝えただけだ。顔の造形についても客観的に評価しただけで、別に理世は彼のファンではない。美名が先に「綺麗な顔」と言ったから、同意しただけ。

先日のバレンタインデーに理世は、「女同士だけど、いつもお世話になっています、という意味で。彼氏さんと食べてください」とチョコレートを贈った。それは確かに、日本では発売になったばかりの、ベルギーのメーカーのものだった。でも理世は、去年美名と行ったパリで、博喜と二人にしてもらった時に、そのチョコを食べていた。博喜が「これベルギーのメーカーのなんだけど、すごくおいしくてパリでも人気なんだ」と教えてくれた。実際に食べたら、声を上げそうなほどおいしかったので、日本でも買えるようになって、ぜひ美名にも味わってもらいたいと、真心を込めて贈ったのだ。新しいから、流行っているから、飛び付いたわけではない。

バラのワンピースの発注数をデータにして送ったメールの返事には、お礼の言葉に混じって、『親太朗君が隣で、佐和さんは数字やデータで安心する人なのかあ、って言ってます』という一文があった。ざっくりと状態だけを教えるのではなくて、数字もしっかり伝えるのが、「仕事」だと思ってのことだったのだが。

思えば年末年始にやり取りしたメールの、彼が海外旅行が嫌い、『みんな自分の国のこともちゃんとわかっていないのに、ちょっと海外に行って、あれこれ知った気になってて傲慢だ』というのも、感じが悪い。海外赴任をしている彼を持つ理世に言うのは、失礼ではないか。

でも、きっと美名に悪気はない。言葉は悪いが、きっと彼がそういうひねくれたことを言いたがりな人で、美名は自分の大好きな彼氏が、大好きな親友について語ったことを、無邪気に本人に伝えているだけなのだろう。自覚がない人に「不快だ」と伝えても、また少女のような目で驚かれるだけだし、そうなったら理世はまた、「悪意のない行為に対して怒った自分」に、萎える。

だから、何も言わない。最近増えている美名のこういう発言に、毎回顔をしかめてはしまうが、その都度何も言わず、やり過ごしている。

横断歩道を渡ると、目的のホテルが見えてきた。「ああ、あれですよね」という美名に頷いて、理世はゆっくり口を開いた。

「ねえ、美名さん。あのチョコレート、おいしかったですか？」

訊ねてみる。「ん？」と美名がこちらを見て、にっこりと笑った。

「はい。すごくおいしかったですよ。どうもありがとうございました」

ほら、やっぱり。悪意ではない。


それなりの数をこなしてきたおかげで、美名は取材を受けるのが、どんどん上手になっている。今日はインタビュアーがベテランの女性ライターで、場の空気を和ませることも、話に乗せることも、さすがに上手いことも相俟って、美名は弾んだ声で、饒舌に質問に答えている。

インタビューは美名に任せて、理世は苑子の結婚式でのスピーチについて考え始めた。そろそろ書き始めないといけない。

ついに苑子も結婚かあと、しみじみする。自分にも、いつかそういう時が来るのだろうか。この間の年末年始に、双方の実家に行こうと提案をしたのは博喜だった。何か言われたわけではないが、彼も「結婚」を意識し出したと考えていいと思う。パリ赴任がいつまでになるのか決定したら、帰国の頃を目処に、具体的な話を進め出してもいいのかもしれない。

しかし、この先も長く、「いつまでか」というのも決まらなかったら、どうすればいいのか。何歳までに結婚したいという希望があるわけではないが、理世も今年は三十一歳になるし、「いつになるかわからない時」を、いつまでも待ち続けるのは、だんだんと辛くなるのではないか。

「第三期は『花』がテーマで、ヨーロッパ風のレトロガーリーというスウ・サ・フォンのテーマに忠実なラインナップでしたよね。三期まですっかりスウ・サ・フォンのファンになって、早くも四期を楽しみにしている人も多いと思うんですが、四期はどんなものになるんですか？　本誌だけに教えて頂くわけにはいきませんか？」

四期、という言葉が聞こえて、インタビューに意識を戻した。女性ライターがいたずらっぽい表情で美名を見ている。

「いいですか？」

美名が理世の顔を見た。今日のインタビューが始まってから、初めてのことだ。

「すみません。具体的には、まだ」

「やっぱりそうですか、残念。じゃあコトリさんの、四期デザインにかける思いなら？」

また美名がこちらを見る。ライターと編集者、カメラマンも、一斉に理世に顔を向けた。

小刻みに頷いた。質問内容としてはNGではないので仕方ない。けれど一悶着（ひともんちゃく）あった内容だけに、美名がどう答えるのか、ドキドキする。ライターたちが美名に視線を戻す。

「四期では、これまでにしていなかった、新しいことをやってみたんです」

「なるほど、新しいことですか。それは楽しみですね」

「はい。そう言ってもらえると嬉しいです。今後スウ・サ・フォンでは、どんどん新しいことに挑戦していきたいと思っているので」

「あの、ちょっと」

思わず声を上げ、椅子から腰を浮かせる。また全員の顔が理世の方を向く。

「ヨーロッパ風のレトロガーリーというテーマの上で、新しいことを、という意味です」

補足すると、「ああ、なるほど」とライターが頷いた。

「私はテーマにとらわれなくてもいいと思っています。どんどん、打ち破っていくべきだと」

美名が発言する。理世は思わず美名を凝視（ぎょうし）する。

「ファッションって衣食住の一つだから、いつの時代も人の生活から、絶対に切り離せないものですよね。だから発信側は新しいものを積極的に生み出して、受信側はそれをどんどん享受（きょうじゅ）していくのがいいと思うんです。そうやって、ファッションそのものが発展していくんですよね、きっと」

ライターが、また「なるほど」と呟き、ペンを走らせる。

「あの、待ってください」

理世はついに、椅子から立ち上がった。

美名以外の全員が、また理世の方に一斉に顔を向けた。全員、煩わしそうな目でこちらを見ている。


さっきも歩いた雑踏の通りを、また美名と闊歩する。ホテルを出てから、お互いにずっと無言だ。

僅かに前を行く美名の後ろ姿に、決心して「あの、美名さん」と話しかけた。「なんですか？」と美名が歩みを緩める。

「どうして、あんなこと仰ったんですか？　スウ・サ・フォンでは、どんどん新しいことに挑戦していく、なんて」

「どうして、って。私のインタビューだから、思った通りに正直に答えただけですよ」

「美名さんのインタビューですけど、スウ・サ・フォンを代表して出てもらっています。ブランド全体の方針に関わることを、個人の感情で話されるのは困ります。スウ・サ・フォンがテーマにとらわれずに、どんどん新しいことをやっていくなんて、決まっていませんよね」

「そこまでテーマに特化して話してはいませんよ。ファッション全体が、新しいことをやっていくのがいいと思う、と言っただけで」

「いえ、美名さんはさっき、スウ・サ・フォンのテーマの話の時に、テーマにとらわれなくてもいい、って言いました。打ち破る、とも。あれはテーマを無視していい、という意味にとられかねないです」

話が込み入ってきて、どちらからともなく立ち止まった。通り過ぎる人たちが、不思議そうな顔や迷惑そうな顔で、こちらをチラと見て行く。

「じゃあ佐和さんは、私たちに小さな枠の中だけで物作りをしろと言うんですか？　表現なのに、そんな風に枠を設けられるのはおかしいと思います」

「どうしてそんなネガティブな言い方をするんですか？　枠にとらわれるんじゃなくて、テーマを守るんです。能動的な守り、です。もともとスウ・サ・フォンは、小規模で間口は狭くても、テーマとクオリティにこだわって、愛される人にはとことん愛されるブランドに、というコンセプトで立ち上げました」

「知りませんでした。それ、どなたが提唱したんですか？」

「発起人の増本が、企画の段階から唱えてました。美名さんをスカウトした時も、島津の面接の時も、説明したはずです」

「そうでしたっけ。でも増本さんは、私の和柄のデザインに肯定的でしたよね。新しいことをするのにも。それに、もう小規模じゃなくなっているんじゃないですか？　それを佐和さんも喜んでいますよね」

　言葉に詰まる。人が行き交う歩道で、しばらく無言のまま見つめ合った。

　この状況に、理世はとても驚いていた。淀みなく言葉を返してくる美名の頭の回転の速さにも怯んでいるが、それ以上に自分の言動に慄いている。理世が美名にこんなにも遠慮なく、思っていることをすべて、言葉を選んだりせず、そのままの形で吐き出すなんて、知り合ってから初めてのことだ。

　大切なスウ・サ・フォンを、誰かに壊されていく、という思いが強くて、抑えが利かなかった。しかしその「誰か」とは、他でもないスウ・サ・フォンを作り上げた美名だ。一体どうしたらいいのか。どうして、こんなことが起こっているのか。

　改めて美名の顔を見る。背中がひやっとした。既視感を覚える。和柄のデザインを否定した直後と同じだ。美名が体温がないような冷たい表情で、鋭利な眼差しで、理世をじっと見据えている。

「デザイナーも参加の、チームミーティングを開きましょう」

　抑えた声で言った。

「ちょうどいい機会です。今後のスウ・サ・フォンについて、全員で話し合いましょう」

「それは、いいと思いますけど」

　美名が呟く。ふてくされたような口調だった。これまでにない理世の態度に、美名もまた怯んでいるのかもしれない。でも冷たい表情は変わらない。

「今の取材のゲラは、来週にはもう上がってくるので、会議には間に合わないと思います。なので、あの記事については、これは良くないと思う内容が含まれていたら、削除させてもらっていいですか？」

「それは嫌です」

　ぴしゃりと美名が言った。

「私が個人で受けたインタビューです。その内容を削除するなんて、佐和さんにそんな権利あるんですか？」

「スウ・サ・フォンの一員として受けてもらったインタビューです。私は表には出ない人間ですが、スウ・サ・フォンのＭＤで、チームの一員です。あると思います」

　くすっと音を立てて、美名が笑う。なぜ。どうしてこんな時に笑うのか。

「……何がおかしいんですか？」

「いえ。親太朗君が言ってたんです。佐和さんのメールを見て、佐和さんって、二言目にはすぐ、スウ・サ・フォンのMDとして、とか言うよね。自分で肩書きを確認しないと、自信がないのかな、って」

　きっとまた「親太朗君が」だろうと思ったら、想像した通りの返事が来て、大いに萎えた。しかし内容はこれまで以上に酷いもので、体の奥の方から苛立ちが湧き上がってきた。その二つが混ざり合って、「美名さん！」と気が付いたら大きな声を放っていた。美名が微かに、肩を震わせる。

　確かに理世は、美名との会話やメールにおいて、よくそういう言い回しをするかもしれない。でもそれは、美名の方こそ二言目には、「これからもスウ・サ・フォンのために」とか、「スウ・サ・フォンに私ができることは」などと、よく言えば真っ直ぐな、悪く言えば仰々しい物言いを頻繁にするので、それに応えるために、改まって自分もそう言う癖が付いただけだ。

　それに、彼に理世からのメールを見せているのも、どうなのだ。決して気分は良くない。百歩譲って、見せているまではいいとしても、それを悪びれずに理世に伝えるのはどうかと思う。

「私は今、仕事の話をしています。美名さんの彼氏さんがどう言ったとか、知りません。彼氏さん、スウ・サ・フォンに無関係ですよね」

　自分の声が、怒りで震えていることに理世は気が付いた。

「そんな大げさな話ですか？　深い意味はないですけど。仕事の話の時は、プライベートの話を、一切しちゃいけないんですか？」

「いけなくはないですけど、美名さんの、彼氏が私についてこう言っていた、という話はもういいです。聞きたくない。二度としないでください。不快なので」

「不快って、どうして……」

「どうしてか、わからなくてもいいです。わからなくてもいいので、止めてください」

　すべて吐き出すと、息が乱れた。懸命に整えてから、声を絞り出す。

「一人で帰れますか？」

　美名は黙っていた。

「今日はここで失礼します」

　踵を返し、来た道を戻る。また息が乱れて、心臓がばくばくと鳴っていた。けれど、妙な解放感にも包まれている。

　人波をかきわけ、雑踏の中をとにかく歩いた。大股で闊歩する。ブーツのローヒールを、わざとカツカツと鳴らしてみる。

足がもつれて、歩く速度を緩めた。どれぐらい歩いたのだろう。辺りを見回してみる。地下鉄の入口が目に入った。名前は知っているが、下りたことのない駅だ。ここから乗ったら、自宅までの線にはどこで乗り換えだろうか。

長時間早足で歩いたので、コートの下にうっすら汗をかいている。喉も渇いた。カフェにでも入ろう。歩道脇の店を見渡した。

入口にトリコロールを掲げた店が目に留まった。窓ガラスの向こうにワイン棚が見えるから、カフェではなくワインバーのようだ。もう夕食でもいい時間だし、食事も済ませてしまおうか。これから帰宅しても、絶対に料理を作る気になんてならないと思う。こんな時に普段はしない一人飲みをするなんて、わかりやすくやさぐれているが、許されるだろう。ワインも飲んでやる。

近付いて、入口の取っ手に手をかけた。ガラス戸の向こうから、ウェイターが走り寄ってくる。

「すみません。今日は貸切なんです」

扉を開けた途端に、ウェイターに謝られた。

本当だ。よく見ると、扉にその旨を知らせる札がかかっていた。

「ああ、そうなんですか」

「申し訳ないです。またのお越しをお待ちしています」

会釈をし、後ろを向いた時だった。「あの」と呼び止められた。振り返ると、ウェイターがじっと顔を見つめてくる。

「お会いしたこと、ありますか？　どこかで」

「え？」と理世もウェイターを見た。上から下まで観察させてもらう。「和泉」と書かれた名札が目に入った。

「イズミさん？　前に、ジャルダンにいらっしゃいました？」

「そうです！　ああ、わかった。アパレルの方だ。佐和さんですよね？　コトリさんのバッグについて、僕に訊いてくれて、お話ししましたよね」

「ああ！」と二人で頷き合う。

「あの後、コトリさんをスカウトしたんですよね？　スウ・サ・フォン、知ってますよ。すごいですね、人気みたいで」

「おかげさまで。あの、その節は色々とありがとうございました」

「そんな。僕は何もしてないですよ」

「いえ。あの頃コトリさんから、知り合いが会社でセクハラ被害に遭ってるって相談されませんでしたか？　イズミさん、アドバイスをしてくれましたよね。あれ、私なんです。おかげで助かったので、ずっとお礼が言いたいと思ってました」

「ああ、そんなことありましたね。大変でしたね。あのメール、酷かったですよね」

被害者が理世だったと知って、驚いている風がない。頭を下げたあと、こっそりと苦笑した。あのとき美名は、「佐和さんの名前のところは伏せ字にします」と言っていたが、きっと実際はそのまま伝えていたのだ。理世も博喜や苑子に美名の話をあれこれしているので、まあいいけれど。

「コトリさん、雑誌やネットで、よくインタビューを見かけますよ。すっかり有名人ですね。お元気ですか？　インタビューを読む限り、とてもお元気そうだけど」

「ええ、はい。元気です」

今さっき派手に喧嘩をしてきたところなので、これまた複雑だが、そう答えるしかない。

「そうかあ、元気かあ」

イズミ君は宙を仰いで、ふふっと笑った。

「自分だけ元気で、好き勝手やって、親しい人を傷付けながら生きてるんでしょうね、今もきっと」

「……えっ？」

理世は声を漏らす。イズミ君は右手で髪をくしゃくしゃっとした。

「ごめんなさい。何言ってるんだろう、僕。すみません、忘れてください」

「あの、待ってください」

「今日は無理ですけど、よかったらまたお店に来てください。あ、でもコトリさんも連れて来られるのは困るけど。では」

ぺこんと会釈をして、扉を閉めようとする。「待って！」と、理世は取っ手を思い切り引いた。

こちらに引き寄せられたイズミ君が、「わっ」とよろめいた。「ごめんなさい」と支えながらも、「あのっ」と理世は彼に食らいつく。

「今の、どういう意味ですか？　教えてください。お願いします！」

「え？」とイズミ君が、理世をまじまじと見た。

「もしかして……。あなたも、被害に遭ってるんですか？」

彼の言葉に、心臓がどくん、と波打った。

第七章　そのバケツでは水がくめない

　地上に続く駅の階段を一段上る度に、心臓がどくん、と鳴った。前にも同じような体験をしたことがある。パリに行った時だ。着いてからしばらくは美名と二人で過ごし、いよいよ博喜に会いに行こうと待ち合わせ場所に向かう時、やはり駅の階段を上る度に、胸が激しく震えた。

　でもあの時と今では、体に生じている感覚がまったく違う。あの時は、嬉しさが体内に収まり切らず、体から滲(にじ)み出ていたが、今は待ち合わせ相手の和泉君に、本当に会っていいのか、会ってどうするのだという不安に、体中が覆(おお)われている。会って話が聞きたいと願ったのは理世自身だが、その場の勢いで申し出たので、数日経った今は心が揺れてしまっている。

　地上に出る。理世の心を映し出したかのような、はっきりしない曇(くも)り空が広がっていた。

　一体どんな話を聞くことになるのか。話を聞いたら、理世にはどんな感情が芽生(めば)えるのか。驚き、哀しみ、怒り――。それとも、想像もつかないような、もっと別の何か――。

　歩道を歩き、交差点を渡る。指定されたカフェの扉を開けると、既に着いていた和泉君が、中央の席から理世に向かって手を挙げた。軽やかな仕種（しぐさ）だが、表情は釣り合っておらず、重い。話が聞きたいという理世の頼みに、二つ返事で応じてくれたが、彼もまた時間が経って、だんだん不安が生じているのかもしれない。

「こんにちは。お呼び立てしたのに、お待たせしちゃってすみません」

「いえ。僕が早く着き過ぎちゃったんです」

　近寄って挨拶（あいさつ）を交わす。四人用テーブルの、和泉君の向かいの席に腰を下ろした。バッグを隣の席に置く。共にホットコーヒーを注文した。

「接客業の方には、土曜のお休みって貴重ですよね。それなのに時間を割いてくださって、ありがとうございます」

「いえ、特に予定もなかったし、気にしないでください。デートの相手もいないですし。佐和さんこそ大丈夫ですか？　男と二人で会ってたら、心配する方はいないですか」

「彼氏がいますけど、海外赴任中なので大丈夫です。もし近くにいても、束縛する人じゃないですし」

　お礼の意味を込めて、深くお辞儀をする。さりげなく自分の環境を教えて、こちらの心配もしてくれる、そのスマートなやり方をいいな、と思った。そういえばジャルダンに初めて入ったのも、この人が感じよく声をかけてくれたからだったと思い出す。

先週の思いがけない再会から、改めて時間を作って会おうということになり、名刺を交換してメールでやり取りをした。でもワインバー勤務なだけあって、和泉君はほぼ毎日、昼過ぎから深夜までのシフトだそうで、なかなか都合が合わなかった。そして数ヵ月に一度の週末の休みだという今日、ようやくこうして会うことができた。

コーヒーが運ばれてきてからもしばらくは、天気の話やお互いの生活環境の話などで、お茶を濁した。共に空気を探り合っている節がある。彼による軽い自己紹介によると、和泉君は三十三歳、現在は勤務先のワインバーの近くのマンションで、一人暮らしをしているそうだ。

「佐和さんの彼氏、海外赴任ってパリにですか？　ジャルダンに居た頃、コトリさんから聞いた気がします。佐和さんの付き合ってる人が、パリに行くって」

「はい、そうです」

「佐和さんとコトリさんが仲良くなり始めの頃、よくコトリさんが嬉しそうに佐和さんの話をしてたんですよ。佐和さんが僕に、コトリさんの作品について訊いてくれて、そこから始まった縁だから、僕も嬉しくてね。コトリさんがブランドのデザイナーに抜擢されたことももちろんだけど、プライベートでも大事な友達になりそうな人と知り合えて、よかったなあって思ってました」

「ああ、そうなんですね」

反応に困り、曖昧（あいまい）に返事をして、コーヒーを啜（すす）った。

「でも佐和さんも今、きっとコトリさんとうまくいってないんですよね？　だから僕の『被害』について、聞きたいんですよね、今日は」

カップを持ったまま、体をびくっと揺らしてしまう。急に本題に入り、動揺した。

「ええと、あの。すみません、この間は、急に詰め寄ってしまって」

「いえ、変なことを口走ったのは、僕ですから。あの後、後悔したんです。『被害』なんて、大げさだったかな。いい大人が、同情してほしいみたいで、恥ずかしかったなあって」

和泉君もカップを持ち上げ、コーヒーを啜った。しかし、すぐにテーブルに置いて、頭を抱えるようにする。

「いや、僕が実際に『被害』って思ったんだから、そこは堂々としていればいいのかな」

独り言のように呟（つぶや）いて、顔を上げ、理世を見た。

「今日はもう、開き直って、変な遠慮とかせずに、僕からの視点の話を全部、語らせてもらってもいいですか?」

頷いて理世は、カップを置いた。

「はい、もちろんです。聞きたいです」

心の奥の方にはまだ不安が残っている気がするが、もう戻れない。姿勢を正した。

「あ、その前に。あの、佐和さんはコトリさんから、僕のことをどんな風に聞いていたか、教えてもらえませんか?」

「どんな風にって言うと、人柄とか、そういう話ですか?」

「そうですね。あと、関係性とか、どれぐらいの付き合いだとか、そういうこと全部、遠慮なく正直に教えてほしいです」

「はい。ええと」と記憶を呼び起こす。

「私がコトリさんと知り合ってからしばらくは、よく和泉さんと仲良くしている話を聞いてました。一緒にワインの試飲会に行った話とか、和泉さんに教えてもらったおつまみがおいしい、とか。でも途中から話を聞かなくなって、スウ・サ・フォンのオープン直前だったと思うから、去年の初夏頃かな。もう和泉さんとは会ってないんだ、って聞きました。その……」

言葉を止めて、理世はテーブルに視線を落とした。

「何ですか？　本当に遠慮なく、何でも教えてくださいよ。もう終わったことですから」

和泉君の言葉に、再び顔を上げる。

「はい、じゃあ。会わなくなった理由は、自分は友達としか思ってなかったんだけど、和泉さんに好かれてしまって、気持ちに応えられないから縁を切った、と。そんな風に言ってました」

「なるほど」

呟いて、和泉君はコーヒーを一口飲んだ。その後、ははっと乾いた笑い声を漏らす。

「それ、全然違いますね。まったくの、大嘘ですよ」

「そうなんですか」

理世は冷静に返事をした。自分が冷静でいることにも、特に驚かなかった。先日ワインバーの前で会って、穏やかでない言葉を聞いて以来、具体的に何がどうとまではわからなくても、何となくこういう事態を予想していた気がする。

「全然違います。だって僕とコトリさんは、実際に付き合ってましたから。恋人同士でした。二年以上もね」

淡々と、しかし強い思いが籠もっているような低く押し殺した声で、和泉君は語る。

愛知県出身の和泉君は、大学進学時に上京をした。両親は卒業後の就職は地元ですることを望んでいたが、東京に居たかった和泉君は、あそこなら仕方ないと思ってもらえるような会社へ入れるように、必死で就職活動をした。有名電機メーカーに就職したが、配属先の人事部はストレスが多く、仕事に愛着がなかなか持てずに、二十八歳で退社。もともとお酒好きだったが、二十五歳の時にイタリア旅行に行って以来、ワインに強く興味を持っていて、ソムリエを目指す決心をした。

一度堅実な道を選んだが、自分のやりたいことへ転換、という事情は、理世に、そして美名にも、とてもよく似ている。

ソムリエの試験を受けるには、アルコールを提供する仕事に三年以上従事していないといけないらしい。それで最初はイタリアンレストランで働いた。二年ほど勤めた後、ジャルダンへ転職。職場を変えたことに特に大きな理由はなく、単に当時住んでいたアパートに近かったジャルダンで、求人の張り紙を見たからだという。

ジャルダンで働き出して数ヵ月後に、美名に出会った。ある日美名が、自分の作った服やバッグなどの雑貨を持って、「私の作品をここで売ってもらえませんか」と訪ねて来たそうだ。でも最初は店主のハルミさんが、あっさり断って追い返してしまった。

「こんなこと言うのは何ですけど、あの人、接客業なのに人見知りだし、愛想(あいそ)もないんですよね」

和泉君のこの言葉に、理世は彼女との初対面時を思い出し、苦笑いせざるを得なかった。

「でも僕は、そういう試みはアリだと思って、次の従業員ミーティングの時に、ハルミさんに推してみたんです。これも言うと何ですけど、その頃のジャルダンは、決して売上がよくなかったんですよ。クリエイターの人たちって緩くつながった仲間が多そうだし、カフェ好きのイメージもありますよ、作品を置いたら、友達が沢山お客さんになってくれるかもしれないですよ、って。そうしたらハルミさんもだんだん乗ってきて、コトリさんの置いていった名刺を僕に渡して、『じゃあまずはこの子に、まだその気があったら、って連絡してくれる？』って。自分でやらないのかよ、と思ったけど、店長命令だから、僕が電話をかけました」

その翌月には、今も雑貨コーナーになっているジャルダンの奥のスペースに、美名の作品が並んだという。予想通り、まず美名本人が常連になり、彼女の友達や、友達の友達というう人が集まるようになって、お客が増えた。自分も作品を置いてほしいというクリエイターも出てきて、よほど店のイメージと合わない場合などを除いて受け入れるようになり、ジャルダンはどんどん活気づいていった。

ハルミさんと美名もだが、その流れで和泉君と美名も、自然に仲良くなった。ある日の帰り道で二人は一緒になり、美名に誘われ、そのまま夕食を食べに行った。和泉君はその席で、当時抱えていた悩みや不安を、美名に打ち明けたという。

「コトリさんが、ソムリエを目指してるんですよね、すごいですね、って言ったので、その流れからだったと思うんですけど。来年には三年経っているから試験が受けられるけど、仕事しながらの勉強があまりうまくいってなくて、自信がない時期だったんですよね。そもそも勢いで仕事を辞めたけど、この道は間違ってたかも、という不安もあって。そういうグチを、ダラダラこぼしちゃったんです。あと、前の会社で辛かったこととかも。人事って、自分の親ぐらいの年齢の人にリストラ宣告をしなきゃいけないし、佐和さんの件は役に立てたならよかったけど、社内でセクハラやパワハラがあった時に、加害者が有能だと何も処分をしない、どころか、被害者に辞めてもらう流れを作らされたりもしたんですよ。辛かったから、また会社員に戻れる気もしないしどうしよう、とか。コトリさんが聞き上手だったので、つい甘えて、そういう話をいろいろ吐き出しました」

和泉君のそんな話に、美名は真剣に耳を傾けた。そして「私も商社で肌に合わない営業をしていたから、前の会社でのストレス、よくわかります」とか、「今の道は間違ってなんてないですよ。食文化に従事するのは、素晴らしいことです」とか、「堅実ではなくても、好きなことを仕事にしようとしている私たちにしか得られない喜びに、いつか絶対出会えますよ」などと言って、慰めたという。

「僕、大学時代から長く付き合ってた彼女がいたんです。でもキャリア志向の子だったから、会社を辞める時に、ついていけないって言われて振られたんです。だから、その時のコトリさんの言葉には、本当に慰められました」

和泉君は後日、改めて美名にお礼を告げた。すると美名は、「お礼を言うのは私の方です」と言ったそうだ。

「前はパートナーと一緒に服作りをしてたけど、一人になって、どう活動していいかわからなくて不安だったんです。でも和泉さんのおかげで、ジャルダンに作品を置いてもらえて、自信がつきました。生活が充実したし、世界が広がった。和泉さんこそ、私を助けてくれたんですよ」

真っ直ぐな目で、美名は和泉君にそう語ったという。

そのくだりを聞いた時、ある言葉が理世の喉元まで出かかった。でも、とにかくまず和泉君の話を最後まで聞こう、と堪える。

以来、更に距離が縮まり、二人は自然に付き合い始めた。美名との付き合いは、とても熱くて濃いものだったと、和泉君は話す。

　例えば、一日デートをした日の夜、和泉君は疲れて服のまま部屋で寝転んでいるような時に、美名から長いメールが送られて来る。そこには、その日和泉君が発した何気ない言葉が、自分にはどれだけ嬉しかったか、どんな思いで聞いていたか、とか、恋愛映画を観に行った日だったら、自分たちの関係になぞらえて事細かな感想が、移動中に見た和泉君は覚えていないような景色を取り上げて、とても綺麗だった、明日も来月も来年も、あなたと綺麗な景色を一緒に見たい、など、熱い思いが、濃い文で綴られているのだという。

「うまく言えないんですけど、あの子の言葉って、ドラマや映画の台詞みたいなんですよね。最初はちょっと、びっくりしたんです。でも、好きな人にそんな風に熱心に思いを伝えられて、悪い気はしないですよね。というか、嬉しかったですよ、すごく」

　すぐに和泉君の生活は、美名との付き合いを中心に回るようになった。ハルミさん始め、ジャルダンの従業員や集まって来るクリエイターたちも祝福してくれて、幸せだった。

　しかし、初めて挑んだソムリエ試験で、和泉君は一次で落ちてしまう。美名との関係にかまけ過ぎたかもしれないと反省をして、具体的に何をどうしたというわけではないが、その頃から彼は、クールダウンを心がけるようになった。ちょうど付き合い始めてから一年が経っていて、どんなカップルでも熱い時期を終えて、次の落ち着いた段階に移る頃で、和泉君にとってはごく自然な行動と思いだったという。

「でも、それから少し経った頃に、事件が起こったんです」

「事件、ですか？」

訊き返した理世の声に、咳が重なった。「大丈夫ですか？」と心配してくれる和泉君に頷いて、コーヒーカップに手を伸ばす。しかし既に空になっていた。水のグラスも、いつの間にか氷だけになっている。

「もう一杯、何か飲みますか？」

和泉君がメニューを広げてくれたが、積極的にお茶を飲もうという気にならなかった。飲んだって、どうせ味がわからない。

「お水、もらいましょうか。僕も欲しいです」

黙っていたら、和泉君が店員を呼んでくれた。「ありがとうございます」と呟く。早く続きが聞きたい。

「事件、なんて、また大げさだったかな」

自嘲的に笑い、和泉君は注がれたばかりの水を飲む。そして、「佐和さんは、前にコトリさんが、sola っていうブランドを作ってたことを、知ってますか？」と訊いた。

「はい。知ってます」

「そのパートナーの男の人との間にあったことは?」

理世も水をごくりと飲んだ。

「コトリさんは仕事相手としか思ってなくて、妻子持ちの人だし、安心して付き合ってぃた。でも相手がコトリさんを好きになってしまって、そちらが誘惑したんだ、ぐらいのことを言われた。最後はストーカーみたいになって、逃げるのが大変だった。そんな風に聞いてます」

和泉君が小刻みに首を縦に振る。

ある日の夜、和泉君が家に一人で居たところに、美名から怯えた声で電話がかかってきた。「今日ジャルダンの近くの駅で、solaの元パートナーに似た人を見かけた。どうしよう」と言う。何がどうしようなのかわからなかったが、美名が取り乱しているので、和泉君は彼女の元に駆け付けた。そこで元パートナーとの間にあったことを話された。

「僕はコトリさんと付き合っているわけですから。その話を聞いて、その男の人に怒りを抱いたし、彼女を守らなきゃ、と思いました」

「それは、そうですよね」

理世は思わず声を上げた。これまで、まずは黙って話を聞こうと、相槌を打つのと、質問に答えることしかしていなかったが、初めて自分の気持ちを口に出した。

「そうなるのは、当然だと思います」

もう一度、力を込めて言う。和泉君がお礼でも言うかのように、理世をじっと見つめた。

結局、和泉君が付き合っている間に、元パートナーからの被害は何もなかったそうだ。でも、この件をきっかけに、二人の関係は、逆に更に濃く、強いものになっていった。和泉君は毎日何度も美名に電話やメールをして、元気でいるか確かめた。自分の家より美名の家で眠ることが多くなり、半同棲状態になった。というのも、その「事件」以来、美名が不安定になることが増えたそうだ。でも最後まで和泉君は、「それ」が起こるきっかけや、法則性が摑めなかった。

部屋で一緒に過ごしている時に、和泉君の返事の仕方が適当だったと言って、「私たちの関係は、そう長くないのかもしれない」と美名がそのあと数時間にわたって、さめざめと泣いたことがあった。でも楽しくデートをして帰って来た日の夜、一緒にベッドに潜り込んだ直後、和泉君の胸に顔を埋めて、震えながら泣き出したりもする。「今日は楽しくて幸せだったから、でもいつかこれがなくなってしまうのかと思うと、辛い」とか、「人間は残酷だから、和泉君もいつか私のことを忘れてしまうと思う」と言う。

また、ある言葉が、理世の喉元までせり上がってきた。

「返事が適当だったって泣かれるような時は、謝りようも宥めようもあるから、まだいいんです。でも幸せだから辛いって泣かれたりすると、どうしていいかわからない。僕だって彼女が好きで、一生懸命付き合っているのに、いつか終わるとか、僕が彼女を忘れるなんて言われると、哀しいし、正直腹も立つし」

今度は理世が、頭を小刻みに縦に振った。

そんな状態で半年、一年と時間が経っていく中、和泉君は新たな美名の変化に気付き始めた。

「やたら不機嫌な時が増えたんですよね。僕への言葉や態度がキツかったり、あからさまにふてくされてたりする。でも少しすると、けろっと上機嫌になってたり。それから、どうしてそんなことをするの、っていう行動も増えました」

ジャルダンを貸切にして、従業員やクリエイター、常連客と、その家族や友人でパーティーを開いたことがあった。そこに赤ちゃんを連れてきた女性がいたのだが、始まって間もなく赤ちゃんが泣き止まなくなり、女性は「限界みたいだから、帰るね」と言い出した。すると美名が彼女に、「こういう場所に子供を連れて来たら、こうなることなんて最初からわかるのに」と冷たく言い放った。

また、アルバイトの女の子が辞める時、挨拶に菓子折りを持ってきたことがあった。その日、美名もいつもの奥の定席に座っており、女の子が「コトリさんにもお世話になりました。これ、よかったら」とお菓子を差し出した。しかし美名は、「私、こういうパッケージだけ派手にしたお菓子は嫌いだから、いらない」と、追い払うような手振りまでして、断ったそうだ。

美名のそういう言動に疑問を抱きながら、しかし一方で和泉君は、これが彼女らしさかもしれないとも思っていた。悩みを聞いてくれた時や、付き合い始めの頃、彼女は熱い思いを、惜しげもなく真っ直ぐに伝えてきた。だから、どんな感情も素直に口に出す性格なんだろうと、解釈したそうだ。

「それに、コトリさんの言うこともわからなくもないっていうか。パーティーに赤ちゃんを連れて来るのは、自分なら遠慮するって人も多いだろうし、アルバイトの子のお菓子は、確かにあまりセンスがよくなかったんですよね。ジャルダンの雰囲気にも合ってないし、実は僕も受け取った時、どうしてこれを選んだんだろう、って思っちゃっていて」

しかし、美名のそういうキツい言動は、いつしか和泉君にも向けられていく。

地元に住んでいる高校時代の親友に、二人目の子供が生まれた、家も建てたらしい、という話をした時は、「自分は三十歳過ぎてフリーターだから、同じ男として、そういう話

には やっぱり敏感なのね」と、くすくす笑いながら言われた。

二度目の挑戦で、和泉君は何とかソムリエ試験に合格したが、二人が初めてデートをしたお店で、和泉君の生まれ年のワインで祝杯を挙げた時、乾杯の直後に美名は、「でも資格を取ったってだけで、仕事につながるかはまだわからないし、将来が不安定なことには変わりないよね」と言った。

「酷い、それ」と、また理世はつい口を開いた。

「だって最初の頃は、好きなことを仕事にしようとする人にしか得られない喜びに出会える、なんて言ってたんでしょう。なのに、どうして、そんな。しかも合格しておめでたい時に」

和泉君は、苦笑いを浮かべながら俯いた。

さすがに、そういう人生を否定されるかのような発言には、和泉君もやんわり不快だと伝えたそうだ。「傷付くから、やめてほしい」「二度と言わないでほしい」と。美名はその都度、目を丸くして驚いた。「悪気はまったくなかったんだけど」と毎回言った。そして、「傷付けてしまったなら、ごめんなさい」「嫌いにならないで欲しい。私には和泉君が必要」と、熱心に謝った。

理世の喉元まで、言葉が上がってくるのは、もう一体何回目だろう。

しかし、美名から与えられるストレスは増える一方だった。和泉君は、「仲間外れ」にされることが多くなった。この話をする時、彼は、「仲間外れ、なんて言い方は、また大げさだし幼稚だと思います。恥ずかしい。でも他の言い方が、見つからないんです」と、前置きをした。

ジャルダンに集まる緩い仲間たちと、よく遊びに行ったり、食事会を開いたりしていたが、「先週の集まりには、どうして来なかったの？」と、誰かからよく言われるようになった。そういう時の幹事は、必ず美名だった。後からさりげなく、「先週、集まったんだって？」と訊ねると、「そうだよ。和泉君は忙しいと思って、誘わなかったけど」などと、悪びれずに返事をされた。その頃の和泉君は、ハルミさんに断った上で、もっと専門的にワインを扱っているお店への転職活動をしていたからか、美名は「気を遣ってあげているんだ」と言いたげな口ぶりだった。

「キツいことを言われるのも、自分だけ誘われないのも、悪気がないと言われたら、何も言えなくなっちゃうんですよね。一つ一つはすごく小さくて、くだらない内容だから、怒ったり傷付いたりした自分が、幼稚でくだらなく思えてくるし。こちらは何もしていないのに、自分に嫌悪感を持つ結果になって、何だかよくわからなくなるっていうか」

小さく溜め息を吐き、和泉君はまた俯いた。つられて理世も、視線をテーブルに落とす。胸がきゅうっと締め付けられた。

「でも、これは見過ごせないってことがあったんです。これもまた、本当にくだらないんですけど」

クリエイターの女の子の彼氏で、美名がずっと「私はあの子は嫌い」と言い続けていた男の子がいた。美名が幹事の集まりには、だからいつも彼は声をかけられていなかった。その男の子がある日ジャルダンで、先週みんなで行った一泊旅行は、本当に楽しかった、と和泉君に話しかけてきた。

「僕は予定があって、最初は行けないって言ったんです。でもコトリさんが、絶対来てほしいから、じゃあ他の日にしようって言ってくれて、参加できました。ありがとうございました、って伝えてください。和泉さんも、次は来られるといいですね」

男の子の言葉から、自分は行きたかったけれど、行けなかったことにされていると窺(うかが)えて、和泉君はその場は適当に話を合わせた。でも実際は、そんな旅行があったことも、彼女である美名が旅行に行っていたことも、知らなかった。その二日間については、「忙しいから、会えない」とだけ言われていた。

問い詰めると、「和泉君は気遣いをする人だから、大勢での旅行は向いてないと思った」とか、「忙しい時期に、断る手間をかけるのは悪いと思った」などと、これまで通り悪びれずに言われた。ずっと嫌っていた人を誘ったことについては、「前は確かにあんまり好きじゃなかったけど、今はそうでもない。気持ちが変わることなんて、当たり前にあるでしょう」とか、「その時々の空気もあるしね」との言い分だった。しかし、その時の和泉君は流されなかった。

「その件だけが、どうしても許せなかったってわけじゃないんです。もうずっと前から実は限界が来ていて、たまたまその件がきっかけになったんだと思います」

勝手に気遣いをされて、自分だけ誘われなかったことも、ずっと悪口を言っていた人と、手の平を返して仲良くしていることも、不快だ、納得がいかない、と伝えた。すると美名に、「こんな小さなことにこだわる人だと思わなかった」と言われ、ますます苛立(いらだ)ち、修復不可能な大喧嘩(おおげんか)になった。そして二人は別れた。

時をほぼ同じくして、今のワインバーへの正社員での就職が決まった。美名との別れと同時にジャルダンも去り、引っ越しもした。

それから和泉君は、今日まで、美名にもハルミさんにも、ジャルダンの仲間にも一度も会っていない。

しばらくの沈黙の後、「すみません」と和泉君が呟いた。

「僕ばかり、こんなに長く喋ってしまって」

店の壁時計を見る。理世も倣った。入店してから一時間半が過ぎていた。

「いえ。私が聞かせてくださいって言ったんです。ありがとうございました。辛いことなのに、話してくださって」

そう言うと、安心したのだろうか。和泉君は表情を微かに和らげた。

「あの、聞いてもいいですか?」

そっと話しかける。

「私が和泉さんにコトリさんのことを訊いて、その後スカウトしたのって、一昨年の梅雨時期だったと思うんですけど。その頃の和泉さんは、今の話のどの地点だったんですか?」

「ええと」と、和泉君は頭を掻く。

「人に対してのキツい言い方が増えてきたけど、これが彼女の個性なのかなって思っていた頃ですね、多分。僕自身には、まだそこまでキツくなかった頃」

「そこから別れるまでは、どれぐらいだったんですか?」

「大体半年ぐらいですね。別れたのが、その年の末だから」

その期間の理世が見ていた美名に、思いを馳せる。スカウトされ、ビータイドと契約をして、彼女は新しい生活に突入した。菅井主任の件で理世を助けてくれて、仲良くなり、二人で美術展に足を運んだり、オシャレなカフェで食事をするのが日常になった。スウ・サ・フォンへの思いを、目をキラキラさせて、何時間も語り合ったりもした。

あの頃の美名がいかに魅力的で、活力に満ち満ちていたか、理世はよく知っている。しかし一方で彼女は、同時期に恋人との関係に歪みを来し、ついには別れも経験していたのだ。でも、そんな素振りは、まったく見せていなかった。

水を一口飲んで、深呼吸をする。話を聞きながら溜め込んだ思いを吐き出させてもらおう。

「お話を聞いて、びっくりしました。私とまったく同じだから」

何度も口から飛び出したがっていた言葉を、やっと解放してあげる。――私も同じ。

「そうなんですか？　やっぱり被害に遭ってたんですね。ああ、佐和さんは進行形なのかな」

和泉君が心配そうな顔をしてくれる。

「そうですね。実は先日お会いする直前も、大喧嘩をしたところだったんです。はっきり喧嘩をするのは、その時が初めてだったんですけど」

「具体的に、どういうところが同じか、訊いてもいいですか？」

頷いて、またグラスに手を伸ばした。水を体内に、わざとゆっくり流し込む。頭と心を整理しなければ。

「本当に全部同じです。まず仲良くなりかけの頃に、悩みを聞いて、助けてくれました。セクハラの男性社員の件です。お礼を言ったら、逆にこちらがお礼を言われました。ずっと一人でフリーで服作りをしていくのかって不安だったけど、佐和さんが助けてくれた、って。仲良くなってからは、私のことが大事で大好きって、いつも熱い言葉で伝えてくれました。私も少し恥ずかしかった。でも嬉しかったです」

和泉君は目を細めて、理世の話に耳を傾けている。

「でもだんだん、不安定になることが多くなりました。……コトリさんの過去の辛かった話、元パートナーの件とかを、聞いてからですね。私も、すごく楽しい時間を過ごした後に、言われたことがあります。幸せ過ぎて怖い、佐和さんはいつか私のことなんて捨てちゃうんでしょう、って」

危うく、お母さんの件を聞いてから、と言ってしまうところだった。和泉君の長くとても詳しい話の中で、母親との確執については、触れられなかった。理世にしか話していないと言っていたし、和泉君は知らないのだ。博喜や苑子と違って、美名を直接、深く知っている人だから、喋ってはいけない。

「どうしてそんなことを、って思うようなことを、言われたりされたりすることが、だんだん増えました。喧嘩の原因はそれだけじゃないけど、お会いした日も、私が新しいものや流行（はや）りものにすぐ飛び付くとか、肩書きを確認しないと自信がない人、って言われたんです。美名さんから誘った約束なのにキャンセルされて、代わりに私の先輩を誘ったこともありました。文句を言ったら、悪気はないって言われました。私が怒っていることに、驚いているみたいだった。でも傷付けたなら謝る、嫌いにならないでほしいって、謝ってはくれるんです」

一息吐いたが、和泉君が頷き終わらないうちに、理世はまた口を開く。止まらなくなっている。

「そういうことをされて、私が感じたことも、本当に和泉さんと同じです。何かしたわけじゃない、それどころか一生懸命接してるのに、捨てるんでしょう、なんて言われて、哀しかったし腹が立った。嫌なことを言われた時も、悪気はないって言われて、私も何も言えなくなりました。怒ったり傷付いたりした自分が情けなくなったのも同じ。気持ち、すごくよくわかります。一つ一つは小さなことだし、子供の揉（も）め事みたいな内容だから、恥ずかしいんですよね。でも、あれは彼女の個性だから、もう気にしないようにしようって思っても、またされたらやっぱり嫌な気分にはなるし、どうしていいかわからない」

いつの間にか、テーブルに身を乗り出していた。息が少し切れてもいる。落ち着かなければ。

頭の奥の方から、メロディが聞こえてくる。またあの歌だ。「There's a hole in the bucket, dear Liese, dear Liese」。どうしてまた、こんな時に。

「ありがとうございます」

和泉君が掠(かす)れた声で言った。

「わかるって言ってもらえて、ありがたいです。もう別れて一年以上経つから、最近は四六時中コトリさんのことを考えている、なんてことはないけど。でも後味の悪い別れ方だったし、時々思い出して嫌な気分にはなるんです。だけど恥ずかしいから、誰にも話せない。話しても、何がそんなに、どういう風に嫌だったのかって、うまくわかってもらえない気がするし、苦しかった」

「わかります、それも。私も彼氏にも高校時代からの親友にも、途中からは話せなくなりました。前はすごく素敵で大事な人って話していたから、コトリさんの悪口を言うと、当時の自分をけなしているような気分にもなるし」

「ああ、わかるな。それも、すごく」

視線を合わせて頷き合う。そして同時に、ふうっと息を吐いた。

　その後しばらく沈黙が流れた。やがて先に口を開いたのは理世だ。

「コトリさんは、恋人にしても、友達にしても、親しくなる人とは、いつもそういう付き合い方をするってことなのかな」

「僕はそう思ってます。別れてからずっと、そういう風に考えてました。で、今日佐和さんと話して、確信に変わりました」

「でも、それって普通のこととも、言えるかもしれないですよね」

　え？　と、和泉君が理世の顔を覗き込む。気持ちを吐き出して、一呼吸おいたからか、理世はだいぶ落ち着いていた。

「誰かと出会って、好きになったら、その人のことで一生懸命になって。でも落ち着いてきたら、気遣いをサボっちゃったり、お互いに嫌な気分になったり、喧嘩したり。これって、考えてみたら、誰でもそうとも言えますよね。美名さんは感受性が強いし、性格もハッキリしてるから、どちらもちょっと極端ではあるけど」

「ああ、ええ。まあ」

　和泉君が理世から視線を逸らす。目が泳いでいた。「ごめんなさい」と理世は慌てる。

「だからって悩んでる私たちがおかしいとか、コトリさんがまったく悪くないって意味ではないです。すみません。恋人だった方に、無神経でした」

友人、ビジネスパートナーの自分でさえ、彼女の言動にこんなにも振り回されているのだ。恋人にそれをされた場合の苦しみは、想像に難くない。年齢的にも結婚だって考えていたかもしれないし、和泉君は人生を振り回されたと言っても過言ではないだろう。

「いえ僕は、もう別れましたから。佐和さんの方が大変じゃないですか？　友達は別れるって概念がないし、仕事もあるし。大喧嘩したんですよね。今後、どうするんですか」

どうすると言われたら、どうするのだろう。美名とはインタビュー帰りに喧嘩をした日以来、まだ連絡を取っていない。ここのところ毎日のように向こうから来ていた、長文メールも来なくなった。あの日の雑誌のインタビュー記事は、先方の都合で掲載月が一月遅れることになったので、ゲラもまだ来ておらず、美名と連絡を取る名目もない。あの時自分で提案した、今後の方針を決めるチームミーティングはやらなければと思っているが、和泉君に会って、まず彼の話を聞きたいと思ったので、まだ動いていない。美名とぶつかったことは、チームの誰にも話していない。会社内だけではなく、博喜や苑子にもだ。

「仕事は、何とかしますよ。仕事ですから」

重たく口を開いた。

「友達としては、そうですね。あの、和泉さんの件は本当に苦しかったと思いますし、苦しんで当然のことだと思います。でも私は、ちょっと気にし過ぎだったような気がします。そんなに大したことじゃないんじゃないかな」

「そうですか?」

「はい。さっき、私もキツいことを言われたって言いましたけど、あれ実は、美名さんから直接言われたわけじゃないんです」

「え?　どういうことですか?」

和泉君の視線が、理世に戻ってきた。

「コトリさん、去年の秋頃から……。あ、こんなこと和泉さんに話していいのかな」

「なんですか?　遠慮はしないでくださいよ」

「はい、すみません。あの、コトリさん、去年の秋頃から、新しい彼氏と付き合ってるんですよね。その人が、私も少しだけ会ったことがあるんですけど、ちょっとキツそうな人なんです。さっき話した、言われて嫌だったことって全部、コトリさんじゃなくて、その彼が私について言ったことなんです。美名さんは、私に悪気なくそれを伝えちゃうだけ。だからよく考えたら、私は美名さん本人にそこまで傷付けられてるってわけではないんです」

「あの、佐和さん」

和泉君が理世を遮り、身を乗り出したと思ったら、同時に振動音が鳴り響き始めた。和泉君が素早い動作で、ズボンのポケットから携帯を取り出す。

「びっくりした。メールです。あ、職場から」

「大丈夫ですか？」

「ええと、病欠が出たらしくて、今から来てほしいって」

「そうなんですか？　じゃあ出ます？」

理世は腰を浮かした。「待って。どうしよう」と和泉君が制す。

「すみません、行かなくちゃいけないけど。でも、こんな中途半端では悪いです。また連絡してもいいですか？」

「それはもちろん構いませんけど。でも、もう十分に話は聞いてもらいましたよ。かなり楽になりました。これ以上お時間を取らせるのは、こちらこそ悪いです」

「いや僕が……。でも佐和さんが、もう暗い話はしたくないようだったら」

「いえ、そんなことはないですけど」

遠慮し合いながら、席を離れた。レジで会計をどちらが払うかで、またもたついた。結局割り勘にして、外に出る。

「本当にすみません、こんな別れ方で。こちらこそ、すごく楽になりました。ありがとうございます。ご迷惑じゃなければ、また連絡します」

「ありがとうございました。こちらこそ、本当に。お気を付けて」

慌ただしく去って行く和泉君の背中に、心からの感謝の念を送る。

一人になった歩道脇に立ち、意識的に体からすうっと力を抜いてみた。頰に何か冷たいものが触った。上を向くと、薄暗い曇り空から、雨粒がぽつり、ぽつりと落ちてくる。

「スウ・サ・フォンだ」

一人で呟く。穴の空いたバケツから、雫がぽつり、ぽつりと滴り落ちる。そんなイメージで付けた名前だ。

傘を持っていないので、そのまま歩き始めた。行きにここを歩いた時は、和泉君の話を聞いたら、自分に一体どんな感情が芽生えるのだろうと考えていた。驚き、怒り、哀しみ。それとももっと別の何か——。

驚きはあった。あまりにも自分と同じ状況で。でも同時に安心もした。理世だから、ああいうことをされたわけではなかった。美名が、ああいうことをする人だった、と。自分以外にも、振り回されて苦しんだ人がいたことに、怒りや哀しみも抱いた。でも、やはり同時に安心もした。肌感覚で、辛さをわかってくれる人がいた。

行きの道では想像できなかった、もっと他の感情は芽生えただろうか——。

雨が強くなってきた。

「降るって聞いてないし」

「やだ。服が濡れちゃう」

理世の脇を、若いカップルが愚痴りながら駆け抜けて行った。すぐに角を曲がってしまったので定かではないが、女の子のワンピースが、今期のスウ・サ・フォンのバラ柄のものだった気がする。美名デザインのヒット商品だ。

自分も駅まで走ろうかと迷ったが、気乗りしない。

「私、雨が好きなんですよ」

初めて会った日に、美名が言っていたことを思い出す。この雨が上がったら何か新しいことが始まるのかもしれないって、ドキドキする、とか言っていたっけ。

彼女と仲良くなり、理世は大嫌いだった雨を、少し好意的に捉えられるようになった。では、今はどうだろう。美名との仲に歪みが生じた今、理世はまた、雨を嫌いになっただろうか。

しばらく考えてみたが、わからなかった。好きも嫌いもない。今、自身の中に芽生えている感情は、「諦め」だ。

諦めるしかない。そういう人だったのなら、諦める他に方法はない。和泉君の言う通り、恋人ではない理世には、確かに別れるという概念はない。それなら大事な友達であるという情を捨てて、今後は知人として、仕事相手として、成り行きに身を任せて付き合っていくしかないだろう。

どんどん強くなる雨を嘆(なげ)くことも、受け入れて楽しむこともせず、されるがままに体を濡らされながら、理世は駅までの道をただただ歩く。

There's a hole in the bucket, dear Liese, dear Liese.

鼻歌なんて、歌ってみる。

週明けに出勤すると、美名との喧嘩の原因になったインタビュー記事の担当者から、メールが来ていた。記事内容のゲラが添付されている。緊張しながら開く。

けれど、心を乱されることなく最後まで読むことができた。理世が問題視した、美名の今後のスウ・サ・フォンについての発言は掲載されていない。採用されたのは、前半に話していた美名のプライベートに関する内容がほとんどで、スウ・サ・フォンについては、レトロガーリーをテーマにオープンして、あっという間に人気ブランドになった、四期では新しいことに挑戦している、という記述のみだった。ブランドに関しての内容が薄いのは良いことではないが、美名と揉めなくて済むのは助かった。胸を撫(な)で下ろす。

それにしても――。記事をもう一度じっくり読み直した。

「詳しくは話せませんが、今付き合っている男性も、物作りをする人なんです」

「彼と出会って、新しい景色が見えるようになりました」

「この人がいてくれれば、私は今後もいいデザインを生み出すことができると思える、とても大事な人です」

ついに美名は、公(おおやけ)の場で自ら隠すこともなく、彼について語るようになった。ブランド創設の頃、プライベートで注目はされたくないと頑(かたく)なだったのは、何だったのだ。そもそも、その「大事な人」も、「作ってる人間のことなんて、どうだっていいでしょう」と、冷たく取材依頼を断っていたではないか。あの彼は、今の美名のこの姿を見て、どう思っているのだろう。

和泉君の話にあった、嫌いだった男の子を旅行に誘った時、美名は「気持ちが変わることなんて、当たり前にあるでしょう」と言ったそうだ。取材へのスタンスが変わったのも、そういうことなのだろうか。

その言葉自体は、おかしくはない。気持ちが変わることは確かに誰にだってあるし、変化をしない人なんていない。でも普段からきっぱりとした物言いで、周囲を感心、魅了させている人が、こんなにも堂々と真逆の行動を取っていたら、それは苦笑、失笑に値するのではないか。

嫌な感触を胸に覚えて、頭を振った。今、とても辛辣で、意地悪なことを考えていた。自分こそ、彼女のきっぱりとした物言いに、感心、魅了されていた人の筆頭だというのに。

ああ、まただ、この感じ。美名から嫌な感情を与えられるのに、彼女について悪口を言えば、たとえそれが自分の胸の中だけのものであっても、自分への悪態につながっていく。この不快なスパイラルから、早く抜け出したい。

メール画面を閉じるのと同時に、デスクの上の携帯が震えた。画面には「小鳥遊美名」と出ている。一瞬怯んだが、すぐに気を取り直して、「はい。佐和です」と仕事モードで出た。

「佐和さん、コトリです。お世話になっています。少しご無沙汰してしまって」

「コトリさん、どうも。お世話になっています。こちらこそしばらく連絡しておらず、すみません。でもちょうど、この後メールをしようと思っていたところでした」

想定内の事態だ。こちらから連絡をしなければ、きっといつか美名の方から接して来ると思っていた。

「あ、そうなんですか？」

「はい。先日のインタビュー記事のゲラが出たんです。私は訂正も加筆も必要ないと思いました。コトリさんも確認をお願いします。後ほどメールでお送りしますね」

媚びもせず、冷たくもせず、他の仕事相手と変わらない口調を心がける。上手にできているように思う。

「ええ、はい、わかりました。ではその件は、確認して返信します、はい」

対して美名は、少し声が上ずっているし、落ち着きもない。自分がペースを摑めたことに、理世はホッとした。

「すみません、そちらからのお電話で、先にこちらの話をさせてもらって。ご用件は何でしたか？」

「はい、あの。佐和さん、先日はすみませんでした。仕事の話なのに態度がよくなかったし、公私混同した部分もあったんじゃないかと、反省しています。申し訳なかったです」

こういうことを言われるのも、想定内だ。きっと丁寧に熱心に、謝罪されるのだろうと思っていた。和泉君の話でもそうだったし、これまでの理世自身の経験からも推測できた。

廊下に出ようかと立ち上がりかけたが、すぐに思い直して、また座った。同僚たちに聞かれても問題のない、「仕事の話」をすればいいのだ。

「そこに関しては、こちらも同じです。すみませんでした」

「いえ、あの。私、佐和さんを傷付けてしまったと思って、あれからずっと落ち込んでいました。ごめんなさい。でも私……」

「傷付いてはいないので、気になさらないでください」

もう一つの想定内、悪気はなかった、とか、嫌いにならないでほしい、という言葉を言われる前に遮った。今後一切、そういう言葉は受け取らない。美名とは今後、大事な友人ではなくて、知人、仕事相手になっていく。だから理世は、その都度彼女の感情について知る必要はない。傷付いていない、というのも本当だ。諦めているから、傷付かない。

美名が無言になった。淡々と理世は話を続ける。

「でもあの時に提案した件については、進めたいと思いますが、いかがですか？　今後のスウ・サ・フォンの方針についてのミーティングです。コトリさんがよければ、今日にもうちの者と、田代さんたちにも声をかけようと思います」

「はい。それはもちろん、いいと思います。ただ、急に堅い空気にするのはよくないような気がします。方針についての話は、私と佐和さんの間でしかしていないので」

それは確かにそうかもしれない。和柄デザインの時に議論したので、チームメンバーたちは問題ないが、田代さんと小松さんには、いきなり同じテンションで議論に参加してくれというのは酷だろう。

「すみません、佐和は今、別の電話に出ております。……はい。終わりましたら、折り返させます」

隣の島から、自分の名前が呼ばれた。顔を向けると、川口さんがこちらを見ながら、会社の電話の受話器を下ろすところだった。「光井被服の社長から」と小声で伝えてくれる。

「佐和さん？　大丈夫ですか？」

美名に呼び戻される。

「すみません。今、光井被服さんから、私に電話がかかってたみたいで」

「あら、光井被服さん。そろそろ刺繍コートに取りかかってくださる頃かしら。出来上がりが本当に楽しみです」

「ええ、そうですね」

美名の声に張りが出ている気がする。ほんの僅かの間に、態勢を整えられたか。

「社長ご夫妻はお元気ですか？　私、オープニングパーティー以来、お会いしてないんですよね。またゆっくりお話しする機会があるといいなあ。でもご迷惑ですかね？」

「お二人とも、お元気ですよ。迷惑なんてことは、ないと思いますが……」

美名との会話は適当に切り上げ、携帯を切った。長く話して、会話の主導権を奪われては困る。

川口さんにお礼を言い、すぐに光井被服に電話をかける。

「佐和さん、忙しいところに突然悪かったね。ちょっとさあ、どうしていいかわからなくて、佐和さんに電話しちゃったんだよね」

受話器の向こうで、社長が恐縮している。

「何かありましたか？　今からそちらに行きましょうか」

「いや、いい。家のヤツに知られるとマズいから。さっき買い物に出たから、今こそこそかけてるんだ」

社長の用件は、割と深刻なものだった。美名が言った通り、光井被服では材料を取り揃え終え、まさしく今から刺繍コートの制作に取りかかろうとしているのだが、刺繍部分を担当する奥さんが、「自信がない」と言い出して、塞いでいるそうだ。

「ほら、あのコート。デザイナーさんが気合を入れているのが、一目でわかるだろ？　それで緊張しちゃったみたいでね。期待に添えるものが私に作れるのか……って、取りかかろうとしないんだよな」

「そうなんですか。奥さんは、その緊張をいい結果に変えられる力のある方ですが……。長くその状態が続くのは良くないですよね」

「そうなんだよね。なあ佐和さん、あのデザイナーのかわいいお嬢ちゃんにさ、会えないかな。うちのヤツ、ああ見えておだてに弱いんだよ」

「コトリさんにですか？」

「うん。感じのいい子だったろ？　前にパーティーで会って、うちの服を褒めてもらった後も、うちのヤツ、すっかり舞い上がって、その後の仕事がはかどってね。あの子が励ましてくれたら、また調子が出ると思うんだけど。でもデザイナーさん直々に声をかけてやってくれなんて、図々しいかな」

「いえ。図々しいなんてことは、ないと思いますが」

どこまで本心かはわからないが、今さっき本人が、「またゆっくりお話しする機会があるといい」と言っていた。


この間、雨の中で理世を追い抜いて行った若い女の子と同じ、バラをあしらった自作のワンピースの裾をふわりとさせながら、美名が会議室内を歩く。両手に持った、オードブルを載せたお皿を「はい、どうぞ」と、社長夫妻に差し出した。

「まあ、どうも」「ありがとうね」と、夫妻は満面の笑みで受け取った。部屋の隅で取り皿の補充をしていた理世に、社長がこっそり笑いかけてきた。作戦は成功しているということだろう。微笑み返す。

先日の光井被服の社長の打診を受け、今日は美名と奥さんを引き合わせるべく、ビータイドの会議室で、スウ・サ・フォン関係者のパーティーを開いている。夫妻が恐縮しないように昼からの開始で、ケータリングのオードブルとペットボトルのソフトドリンクをふるまうカジュアル仕様だ。あの後すぐに島津課長と増本先輩に提案したら、「あら、楽しそうじゃない」「皆さんにヒットのお礼をしなきゃと思ってたから、ちょうどいいな」と、すぐに話がまとまった。この席で、田代さんと小松さんに、さりげなく近々ミーティングを開きたい旨も話すつもりだ。

「飲み物のお代わり、注いできますよ」

「あら、すみません」

奥さんのグラスを受け取って、美名がまた室内を移動する。「コトリさん、僕が」と野村君が慌てて駆け寄った。

ふわりふわりと歩く美名を眺めて、理世は彼女と初めて会った時のことを思い出した。ジャルダンのテーブルで座っていたら、やはり自作のワンピースの裾をふわりとさせ、まるで舞い降りたかのように、理世の前に姿を現したっけ。この会議室では、面接もした。人見知りだと話していた美名は体を強張(こわば)らせていて、理世が目配せを送ると、「頑張ります」というように、健気に頷いてみせた。

夫妻の許に戻った美名の隣に、増本先輩が立った。四人で談笑を始める。

「やあだ、コトリさん」

先輩がはしゃいだ声を上げ、美名の肩をばしばしと叩く。二人はすっかり仲良くなったようだ。社長夫妻もころころと笑う。

どうやら会話の主導権を握っているらしい美名を見て、本当に彼女は人見知りなのだろうかと、ふと疑問を抱いた。親しくなかったはずの増本先輩を自ら食事に誘ったし、先日の和泉君の話だと、ジャルダンの仲間内での集まりでも、頻繁に幹事をしていたようだった。もしかして、むしろ「人好き」なのでは。

和泉君と付き合うきっかけになった、悩みを聞いたという食事も、帰り道が一緒になった時に、美名から誘ったと言っていた。理世との関係だって、もしかしたら。スカウトしたのだから、こちらから声をかけたのは間違いないが、菅井主任の件で、仕事相手なのにと遠慮していた理世に、頼ってもいいという空気を醸し出した。距離を詰めたのは、美名の方だと言えるのではないか。今の彼氏とだって。理世も一緒にいた初対面時は、彼はほとんどこちらを見ていなかったはずだ。けれど翌日、美名が店を再訪して、付き合いが始まった。確実に美名の方から近寄っている。

それとも、恋人二人と、親友になった理世は特別だろうか。出会った頃、「私は人見知りだけど、佐和さんは話しやすかったから」というようなことを言われたと思う。いや、和泉君はともかく、あの不愛想で、今も理世に対して感じの悪いことを言い続けているらしい現在の彼が、特別に話しやすい人だなんて、あり得ない。

「佐和さん」

脇から声をかけられて、我に返る。川口さんが立っていた。

「光井被服さんに、挨拶したいんだけど、紹介してもらえる？」

言われて顔を上げると、先輩と美名は夫妻から離れて、田代さんと話をしていた。夫妻の周りに人はいない。

「一応オープニングパーティーでも会ってるんだけど、軽くしか話せなかったから、きっと僕のこと覚えてないと思うんだよね」

「わかりました。紹介します。行きましょう」

歩きかけたところを、「あ、待って」と、手を伸ばされた。

「今日のこのパーティー、やってよかったと思う。みんな楽しそう。ありがとう、提案してくれて」

理世の顔を見つめ、囁(ささや)いてくれる。

「僕もまた、やる気が出てきたよ。ごめんね、実は和柄事件以来、ちょっと先行きに不安を感じて萎えてたんだ。でもまた気合を入れるよ」

微笑む川口さんに、理世も自然な笑みを引き出された。

「仕事は、何とかしますよ。仕事ですから」

先日、和泉君に向かって言った、自分の言葉が甦る。

大丈夫だ、と思えた。躓くことや、誰かとぶつかることはあっても、理世は服作りが好きで、それはずっと変わらない。同じ思いの良い同僚が近くにいてくれたら、この先もそのことを忘れずに、楽しみながら仕事ができると思う。

「社長、奥さん、いいですか。楽しんで頂いてますか？」

川口さんと共に、夫妻に近付いた。

「おう、佐和さん。今日はありがとう」

「楽しませてもらってるわ。若くてキラキラした人たちと沢山話せて、家に帰ったら、私も若返らないかしらって、期待しちゃう」

朗らかに笑う奥さんを見て、ホッとする。

「よかったです。あの、こちら、うちのパタンナーの川口です」

「こんにちは。以前のパーティーでもお会いしてるんですけど、しっかりご挨拶させて頂くのは初めてです。お世話になっています」

　川口さんが丁寧に腰を折った。

「どうも。ご丁寧に」

「まあ、オシャレな男の子。ほらお父さん、肌もこんなにツルツルで。やっぱりアパレルメーカーの方は、男の子でも違うわねえ」

「男の子なんて歳ではないです。僕、今年で三十九歳ですから」

「えっ、嘘！　二十代かと思ったわ！」

　大げさに仰け反った奥さんの手から、グラスが滑り落ちた。

「きゃっ」

「大丈夫ですか？」

　理世も手を伸ばしたが、川口さんが咄嗟に受け止めた。しかし奥さんの服の腰辺りに、ウーロン茶が少しかかってしまった。

「お茶が。失礼します」

　ポケットからハンカチを取り出し、川口さんが上品な仕種で、奥さんの服を拭く。

「まあまあ、すみません」

　頭を上げた川口さんの顔を、奥さんが意味ありげに、じっと見つめた。

「ねえ、失礼ですけど、川口さんは独身？　指輪、されてないわよね」

「ええ、はい」

「お父さん、聞いた？　ねえ佐和さん、うちに浅田さんっているでしょう？　あの赤鬼みたいな顔したおじさん。あそこのお嬢さんがねえ、まったくお父さんに似てなくて、ほっそりした、気立てのいい美人さんなのよ。でも三十七歳で、なかなかいい縁談がなくて独身なの。ねえ川口さん、会ってみない？」

「何言ってるんだ、お前。急にそんなこと言われたら、川口さんも困るだろ」

川口さんにとっては、困る以外の何物でもない突然の会話の流れに、理世はハラハラとした。しかし、本人は慣れているのだろうか。「そんないい方、僕にはもったいないですよ」と、冷静に大人の返しをしている。

「川口さんは、ダメですよ」

背後から声がした。川口さんと理世は、同時に振り返る。いつの間にか、美名がすぐ後ろに立っていた。

「川口さんには、長く付き合っている人がいるんですよね？」

話しながら、美名はふわりと奥さんの隣に移動する。美名のその軽やかな動きとは対照的に、理世は自分の体が鉛のように重くなっていくのを感じていた。「えっ」と隣で川口さんが声を漏らす。

「その恋人って、男性なんですって。素敵ですよね。恋愛はいろんな形があっていいはずだもの」

夫妻に微笑みかける。今度は夫妻が、えっ、と声にならない声を、同時に漏らした。

「あれ？　違いました？」

美名が川口さんの顔を見た。

「そうですよね？　私、佐和さんから、そう聞きました」

そして理世に視線を移動させる。

固まっている理世に、美名がにっこりと笑いかけた。出会ってから何度も何度も目にした、彼女の静かな笑みだ。

しかし、理世は見た。笑ったまま瞬きをした、美名の再び開いたその目の中に、真っ赤な炎が灯(とも)っているのを。

その炎は小さいが、とても熱い。理世にはわかる。

その炎に、自分の体が焼かれていく幻影を、理世は自身の瞼(まぶた)の裏に見た。

◇

美名の目の中に炎が灯（とも）っている。真っ赤に燃え盛り、とても熱い。その炎で美名は今、理世を焼こうとしていた。

体がじりじりと熱くなっている気がする。きっと、もう焼かれ始めているのだ。いや、もしかしたら。もっとずっと前から理世は、もう焼かれていたのかもしれない。

「そうなんです」

斜め上の方から声がして、反射的にそちらに顔を向けた。

「結婚はしてないんですけど、僕、恋人がいるんです。アツシって言って、自動車メーカーに勤めています」

川口さんが落ち着いた口調で、にっこりと光井被服の社長夫妻に語りかける。

「ま、まあ、そうなのね。残念ね、お父さん」

「だから、余計なことは言うなって」

夫妻はお互いに助けを求めるように、見つめ合い、大げさに首を縦に振り合っている。

「佐和さんの彼氏も自動車メーカーなんですよ。前に二人で一緒だねって盛り上がりました」

「あら、そうなの？　佐和さん、付き合っている人がいるのね」

「なんだよ、そんな話してくれたことなかったじゃないか。でも、そうかあ。何だか嬉しいな」

夫妻が息を吹き返したかのように、顔を綻(ほころ)ばせ、理世を見た。声が震えてしまわないように気を付けながら、理世は「そうなんです」と二人に微笑んだ。

「私も、もう長い付き合いなんです。今は彼がパリ赴任中なので、遠距離恋愛なんですけど」

「まあ、それは淋(さび)しいわね」

「川口さんの恋人も自動車メーカーなんですか？　ますます素敵」

響いてきた声に、体が強張(こわば)った。美名だ。

「アパレルと自動車のカップルが二組ってことですよね？　でも一組は異性で、一組は同性同士で。いいなあ、そういうの。恋愛の形は自由ですものね。増本さんは歳の差恋愛だし、スウ・サ・フォンチームの皆さんは、そういうところが素敵です」

美名は理世より背が低いのに、どうしてだろう。その声は上の方から聞こえてくるような気がした。遥か頭上から、理世をじっとりと見下ろししながら話しているかのようだ。

「ありがとうございます」

川口さんが美名の方に顔を向けた。

「でも誰かに、恋愛の形は自由とか、いろんな形があっていいはず、と言われるのには違和感がありますね。好きな人と恋愛するって当たり前のことを、どうして誰かからそんな風に許されなきゃいけないのかな」

和みかけていた空気が、また一瞬で固まった。川口さんの口調はいつも通り穏やかだったが、静かな怒りが込められていた。

夫妻は今度は、横目で見つめ合っている。理世はそんな二人に視線を集中させた。

美名のことは怖くて見られなかった。彼女は今、どんな顔をしているのか。真っ赤になっているか、青ざめているか。それとも、目の中の炎を、今度は川口さんに向けているだろうか。

「コトリさーん！ これ見ない？ 小松さんがお子さんたちに作った服だって！ かわいいわよー」

部屋の隅から、増本先輩の声がかかった。

「わあ、見たいです！ 一緒に行きませんか？」

美名が夫妻に声をかけ、三人が理世と川口さんの前を通り過ぎて行く。

「僕はトイレに」

川口さんは出口に向かった。

理世はしばらく、その場に一人佇んでいた。適当な時間を見計らってから、こっそり川口さんの後を追う。

廊下に出て、会議室と十分な距離を取ってから、「川口さん！」と前を行く背中を呼び止めた。駆け寄って、川口さんが振り向き終える前に、「ごめんなさい！」と腰を折る。

体を上げたら、目が合った。その表情は、怒ってはいないように見えた。ただ、確実に戸惑ってはいる。

違うんです、という言葉が喉元まで出かけたが、飲み込んだ。何も違わない。川口さんは、自分を信頼したから同性の恋人の話をしてくれただろうに、理世は無断で美名に明かしてしまった。理由があったとか、口止めをしたなどと言っても、こんな事態になった以上、許されない。

「僕もごめん。佐和さんの彼氏の話、勝手にしちゃった」

「いいんです、そんなこと！　でも私は」

「佐和さんが」

言葉を遮られた。

「佐和さんが、理由もなくあの話をコトリさんにするとは思えないんだよね。何か訳があったんじゃないの？」

「でも……。言い訳にしかなりません」

「いいよ」

真っ直ぐに目を見つめられた。その目には炎は灯っていない。純粋に真相を知りたがっていると思えた。

「例のフレンチの時に……」

遠慮がちに口を開く。

「フレンチ？　あの、僕らが断られて、代わりに増本さんと行った？」

頷いて、「言い訳」をさせてもらった。

説明を聞き終えると、川口さんは長い息を吐いてから、「そうか」と呟いた。

「大体わかったよ。よかった、やっぱり理由があって」

これは、許してくれたということだろうか。

「でもやっぱり、私が悪いです。川口さんの話をせずに、その場をまとめる方法もあったと思うんです。でも動揺してて……」

語尾を曖昧（あいまい）にしてしまう。あの時の理世は本当に動揺していた。美名に、彼氏が理世のことを「人格や品性を疑う」とまで言ったと聞かされたり、菅井主任の件まで持ち出されたりして、傷付いただけでなく、どうして美名はこんなことをするのかと、混乱していた。

「いいよ、もう。驚いたから、つい強い態度を取っちゃって、光井被服さんには申し訳なかったな」

「あのお二人は、そういうことで気を悪くしたりはしないと思います」

「いい人たちだよね。あの世代の人って、同性愛を毛嫌いする人も多いんだけど、汚いものを見るような目をされなくて、ありがたかったよ」

胸が痛んだ。汚いものを見るような目をされることが、よくあるのか。

「でも……。自分にそういう気持ちがあるって、何となく前から気付いていたけど、今日はっきりしたな」

川口さんが、今度は息を大きく吸う。

「僕は、コトリさんが嫌いです」

そして一気に吐き出した。

「才能は認めているし、仕事と私情は別だから、仕事はきちんとやるけどね」

反応に困っていたら、そう言って川口さんは笑みを浮かべた。初めて見るタイプの笑い顔だった。名前を付けるなら、嘲笑とか、侮蔑だろうか。

「トイレに行ってから、戻るね」

踵を返す。背中を見送り、理世はまたその場でしばらく佇んだ。

やがて自分もトイレに入った。個室で下着を下ろさないまま、便器に腰をかける。

うわーっと叫びたい衝動に駆られたが、必死に堪える。

「どうしよう」

その代わり、そんな声が出た。

和泉君と話した後に、理世が結論付けた美名の人物像は、「多くの二面性や矛盾を持つ人」というものだった。「自分のことを客観視できていない人」でもある。熱しやすく冷めやすい。純粋さの中に攻撃性がある。控えめなようで目立ちたがり。臆病なようで大胆だ。

人見知りを自称するが、その実、気に入った人ができると、自ら距離を詰め、関係性を強固にし、相手の好きなものに夢中になる。気に入った人は、どんどん変わる。和泉君と付き合ってワインの試飲会に出向いていたかと思うと、理世と親友、ビジネスパートナーになり、美術展やカフェめぐり、ヨーロッパ風の服作りに没頭する。陶芸職人と付き合い出したら、物作り議論に熱中。自身のブランドのテーマも忘れて、和柄の魅力に取りつかれる。

新しい人が現れると、前の人との関係はおろそかになる。「無邪気」の中の「邪気」を無自覚に振り撒き、相手を痛めつける。注目されたくないと言いながら、目立つ場所に嬉々として出て行く。自信がないと言いながら、ここぞという場面では堂々とした振る舞いをする。

しかし、それらが「悪い」のかと言えば、そういうわけでもない。人は誰しも、少なからず二面性や矛盾を抱えていると思う。川口さんは、穏やかで優しいけれど気が強いし、理世も平和主義者である一方で、美名が和柄を出してきた時がいい例だが、自身の意見は譲らないという一面もある。美名は人より矛盾や二面性の点数が多く、極端なのだ。

だから今後は、親友の情は捨て、ちょっと面倒な仕事相手として付き合えばいいと思っていた。川口さんの言う通り、私情と仕事は別だし、仕事ならば何とかできるし、何とでもなる、と。

でも美名の炎に気が付いた今、その考えは覆された。あれは故意の悪意だった。無邪気や無自覚では、絶対にない。美名は強い意志を持って、理世を焼こうとしていた。わざと人前、本人の前で、川口さんの同性の恋人の話を披露したのだと思う。理世が川口さんを裏切ったことを、露呈させるために。

悪意のある嫌がらせは、それは最早「イジメ」ではないのか。立場上、絶対に逆らえない相手からイジメを受けるなら、仕事であっても何とかできるわけがない。何ともならないし、したくない。仕事は大好きだから頑張れると思ったところだったのに、その大前提が崩れてしまう。

呼吸が乱れてきた。頭を抱えて、必死に息を整える。

一体どれぐらいの時間、そうしていただろう。戻らないと怪しまれると、よろよろと立
ち上がり、個室から出た。

用は足していないが手を洗う。入口の扉が、勢いよく開いた。

「佐和さん、いた！　トイレだったんですね」

飛び込んできたのは、美名だ。

「ごめんなさい！　川口さんの恋人の話って、皆さん知らなかったんでしたっけ？　私、
すっかり忘れていて！　すみません」

脇に立ち、話しかけられたが、理世は美名を見なかった。

「川口さんは、社長夫妻が汚いものを見るような目をしなかったから、よかったって言っ
てました」

「そんなことする人はいませんよ！　でも本当にごめんなさい。スウ・サ・フォンチームの皆さんは心が豊かだから、皆知っていて受け入れているものだと思ってしまって」

「私、美名さんに喋っちゃった時に、直接本人から聞いたのは私だけ、って言いましたよね」

「そうでしたか？　でも皆さん、差別したりなんてしないと思います」

「そういう問題じゃないです」

しつこく手をごしごし洗いながら、理世は温度のない口調を意識しながら、対応した。

「佐和さん。怒ってるんですか？」

美名は伏せ字にすると言っていたのに、実際はセクハラメールをそのまま、和泉君に見せていた。今の彼氏にも理世の被害を話している。でも理世も、美名と母親との確執について、博喜にも苑子にも話しているし、構わない。口止めをしたって、親しい人には話してしまうのが人間だと思う。ついこの間も、そう思った。

でも今回の川口さんの件は、そこには当てはまらない。川口さんと社長夫妻はほぼ初対面だし、美名と夫妻だって親密なわけではない。美名と川口さんだって同様だ。だいたい美名は川口さんから直接聞いた話ではないし、幸い夫妻以外には聞こえなかったようだが、人が沢山集まっている場所で口を滑らすなんて、あり得ない。

いや、そもそも滑らせたわけではないはずだ。すっかり忘れていたなんて、絶対に嘘だ。美名は間違いなく、わざと露呈させた。そうじゃないと、あの炎の説明がつかない。今度は見間違いなんかでは、絶対になかった。

「佐和さん、怒ってるんですね」

黙っていたら、美名が低い声で、理世の耳元で囁くように言った。

理世は黙々と、水を止めてペーパータオルで手を拭く。

「許してくれないんですね。私、謝ってるのに。佐和さんは、やっぱり私を捨てるんですね」

タオルをゴミ箱に捨てる時、初めて姿勢を変えて美名を見た。

美名は、またあの姿で佇んでいた。温度のない表情。鋭利な眼差し。

「許してくれないんですか？　どうして？　私たち、大切な友達同士ですよね。だったら、すべてを受け入れてくれるべきじゃないんですか」

力なく会釈をし、理世は無言で美名の脇をすり抜けた。

「失礼します」

扉を開け、外に出る。手も胸も震えていた。

自宅に帰ると、すぐにベッドに体を投げ入れた。揺れる視界の中を、鮮やかな黄色が通り過ぎた。

美名の作った、あの花柄のバッグだ。理世が美名の才能を見初める、きっかけになったもの。

出会った頃、あんなにも心躍らされた黄色が、今はとても邪悪な色に見える。しかし何故だか視線が逸らせずに、理世は長らくぼんやりバッグを眺めていた。

やがて眠気に襲われた。心身共に疲弊しているのだろう。瞬きをしたら、目に涙が滲んだ。バッグの黄色も濡れる。

邪悪な色が、徐々に哀しい色に移ろっていく。

閉まりかけのエレベーターに、ギリギリで飛び込んできた男の人がいた。川口さんだ。奥の方にいた理世は、人の頭の間から目線を送り、会釈をした。気が付いた川口さんが、会釈を返してくれる。

オフィスの階で下り、「おはようございます」と前を行く川口さんに追いついた。

「おはよう」

「今日、天気はいいけど、まだ寒いですね。スプリングコートに切り替えるタイミングがわからなくて」

「ああ、この時期は気温が行ったり来たりだから、迷うよね」

「ですよね。今日もこれからまだ、冷えるかなあ」

「あのさ、僕」

語尾に言葉を被(かぶ)せられた。

「タバコ吸ってから行くよ。先に行ってて」

喫煙ブースに目をやり、川口さんは理世から離れた。

「あ、わかりました。では、また後で」

軽く頭を下げ、理世は一人で歩き出す。
二、三歩進んだところで、こっそりと喫煙ブースの方に視線をやった。向こうも理世を見ていたのか、目が合う。勢いよく逸らされた。
理世もすぐに前に向き直り、わざとパンプスのヒールの音を大きめに立てながら、オフィスへと進む。足音で、胸の痛みがかき消されてしまえばいい。

川口さんとの間に、透明な壁が存在している。許してくれたからといって、昨日の件がなかったことになると思っていたわけではない。でもだからこそ、これまで以上に川口さんには明るく接し、慕(した)っていることを惜しみなく表現しようと決めて、今日は出社していた。

しかし、その好意を受け入れてもらえると思ったのは、理世が楽観的過ぎたようだ。川口さんは、ああ見えてきっぱりした性格だから、「いいよ、もう」と言った以上、今後、昨日の件をむし返してくるようなことはないだろう。でもあの事件は、ここのところ二人の間に漂っていた、「私たちは、今後もっと仲良くなっていくだろう」という空気を消滅させるのに、十分な重さだったようだ。

デスクに着き、パソコンを立ち上げる。電話が鳴った。

「はい。ビータイド、企画・生産課です」

反射的に出る。

「佐和さんですか？　おはようございます。野村です」

「ああ、おはよう。どうしたの？」

「すみません。昨夜から、また母の具合が悪くて……。見に行きたいので、今日は休ませてください」

「わかった。大変だね。気を付けて」

二、三言葉を交わし、電話を切った。増本先輩も島津課長もまだ来ていないようだ。江口さんが出勤したので、先にそちらに伝える。

「おはよう。今、野村君から電話があったよ。今日またお母さんの看病に行くから、休むって」

「え？　また？」と、江口さんはあからさまに不快だという顔をした。理世が怯んだことに気が付いたのか、「だってさあ」と眉間に皺を寄せる。

「今月、何回目？　お母さんのことはお気の毒だし、親孝行なのは偉いと思うよ。でも皺寄せが完全にこっちに来てるし、愚痴りたくもなるよ」

「確かに、有休もそろそろ無くなりそうだよね」

「内緒だけど、他部署に異動させられるかもしれないんだって。島津課長と人事の人が話してるのを、聞いた子がいるの」

理世に顔を寄せ、声を潜める。

「そうなの？　どこに？」

「そこまでは知らない。でも取引先にも迷惑かけてるし、このままの状態じゃ、どっちにしてもＭＤはもう無理じゃない？　っていうか、スウ・サ・フォンで一緒なのに、佐和さんはそういう風に考えてなかったの？　ちょっとびっくり」

曖昧に愛想笑いをした。確かに野村君の現在と今後について、意識が届いていなかったのは、不自然だったかもしれない。それはつまり、ここのところずっと、理世が不自然な状況に身を置いていたということだ。

「佐和ちゃん、おはよう。ねえねえ、見て」

いつの間にか増本先輩が出勤していた。手招きされ、先輩の席に向かう。

「おはようございます。何ですか？」

「コトリさんのバラワンピースの売上、上がりっ放し！　品切れになって、入荷したらますぐ品切れの繰り返しだよ。気持ちいいねえ」

パソコンに表示させた売上データを眺め、先輩は頰を紅潮させる。

「ありがたいですね」

「ね！　ねえねえ、こうなったら、生産数をもっとどんどん増やすのがいいんじゃない？　売れるってわかってるんだし」

「え？　でも光井被服さんは、そんなに大量生産できませんよ。今は特に、来期の刺繡コートに奮闘中ですし」

「うん、だからさあ、もう光井さんだけにこだわらなくてもよくない？　田代さんと小松さんの商品は他でも作ってもらってるんだし、コトリさんの作品も、売れるものについては、他に回してどんどん生産しちゃえばいいじゃない」

大量生産を得意としている工場の名前を、幾(いく)つか先輩は挙げた。

「物にもよりますけど、コトリさんの、特に目玉商品は毎回繊細さが売りだから、光井さん以外では難しいですよ。どうしたってクオリティが下がっちゃいます」

「うん。だから最初は光井さんに作ってもらうけど、売れそうな物については他にも回すの。ヒット商品って、みんな雑誌や街で誰かが着てるのを見て、いいなあって思って買うわけでしょ。何となくのイメージでしか捉えてないよね。細かいところなんて、少しぐらいクオリティが落ちても、わからないって」

至近距離でまじまじと、先輩の顔を見つめてしまった。

「ん？　何？」

「あ、いえ」

「あ、課長！　おはようございます。ちょっと今話してたこと、聞いてもらえます？」

「おはよう。どうした、朝から」

先輩の意識が課長に移った隙に、理世は二人の間をそっとすり抜け、デスクに戻った。

椅子に座った瞬間、軽い目眩を感じた。ゆっくり息を吸って、呼吸を整える。

どうして今、何も言わずに席に戻ってしまったのだろう。「スウ・サ・フォンはクオリティ重視がモットーじゃなかったんですか」と、「少しぐらいクオリティが落ちてもわからない、なんて、買ってくれる人に失礼じゃないですか」と、なぜ増本先輩に言わなかったのか。他工場での生産を課長に提案しようとするのを、今まさしく後ろでそれが行われているというのに、なぜ止めないのか。

何ということもなく、オフィスを見回してみる。いつの間にか来ていたらしい川口さんと、目が合いそうになった。今度は理世の方から、急いで逸らした。

もう一度。誰かと目が合わないように気を付けながら、ゆっくり四方を見回す。五年間、毎日通っている、見知った、馴染み深い空間のはずだ。理世もこの空間を形成する一部のはずだ。でも今、見知らぬ場所に、無防備に放り込まれたような感覚に陥っている。この場所で理世だけが、ほわんと浮いた存在のような気がしている。

振動音がして、我に返った。バッグの中で携帯が震えている。メールのようだ。

美名からかと思って構えたが、画面に出た名前は「和泉さん」だった。

『佐和さん、こんにちは。先日はこちらの都合で、中途半端な別れ方になってしまい、すみませんでした』

スクロールして、先を読む。

『よかったら、もう一度会って話しませんか？　とても迷ったんですが、やっぱり佐和さんにはお話ししておいた方がいいと思うことがあるんです』

週末の夜に、夕食を自宅で済ませてから、電車に乗って都心に向かうなんて、初めての経験だ。向かいの下りホームは遊び帰りの人で賑やかだが、こちらの上りは人もまばらで、物淋しい。乗り込んだ車内にも、乗客は数えるほどしかいなかった。

斜め前の席に、理世と同じぐらいの年齢の女性が座っている。スプリングコートの淡い水色が目映い。今日は寒気が戻って気温が低いが、花柄のストールできちんと防寒対策もしている。まだ寒さは残るけれど、春がそこまで来ている今の季節に、ふさわしいファッションだ。

対して理世は、紺色の冬コートに、中はグレーのニットに黒いスカート。完全にまだ冬仕様の出で立ちである。アパレル勤務なのに、反省しなければいけない。

和泉君のお店は、「close」の札がかけられていた。しかし指示された通り、ガラス戸をノックする。

「こんばんは。遅い時間にすみません」

すぐに和泉君が出てきて、応対してくれた。もう私服に着替えている。

「いえ、こちらこそ。こんな時間に失礼します」

挨拶をして、中に入れてもらう。

二人の休みをすり合わせたのだが、しばらく一致せず、閉店後のお店にお邪魔させてもらうことになった。「じゃあ僕が店閉め当番の日で」と今日を指定された。

細長い店内は、ほとんどがカウンター席だが、奥の方に小さなテーブル席も二つあった。その壁際の方のテーブルに着くように促（うなが）された。外から開いていると思われないようにと、和泉君は理世の頭上のみ残して、店内の電気を消す。

「何か飲みますか？　ワイン、よかったらおごりますよ」

ソムリエさんから頂くワインは、さぞおいしいだろう。けれど、「ありがとうございます。でも、いいです」と断った。物腰が柔らかく感じもいい和泉君とは、別の出会い方をしていたら、きっといい友達になれたのではないかと思う。でも現状では友達ではないし、今日も楽しい時間を過ごすために会っているわけじゃないので、お酒を飲む気にはならなかった。

「じゃあ、ソフトドリンクとか」

「じゃあ、アイスティーはありますか？」

「ありますよ。僕も飲みます」

テーブルにグラスが二つ置かれた。和泉君は理世の向かいに座る。お礼を言って一口飲み、すぐに「それで、話って？」と切り出した。

「はい。この間、佐和さんと会った後に思い立って、solaの元パートナーさんに、会ってきました」

「えっ。お知り合いだったんですか？」

「いえ。でもコトリさんと付き合っている時に、つきまとわれてたって聞いたから、顔と名前を覚えておいたんです」

なるほど。恋人だったのだから、至極納得がいく。

「それでＳＮＳで検索してみたら、結構すぐに見つかりました」

元パートナーは浜崎さんと言い、現在四十歳、独身。今は神奈川県内のデパートで、アパレルショップの店員をしているそうだ。

「コトリさんからは、地元に帰ったって聞いていました」

「東北ですね。一旦は帰っていたらしいですよ。でも一年ぐらい前に、またこっちに来たそうです」

「よく、会ってくれましたね」

「小鳥遊美名さんの件で話を聞かせてほしいってメールをしたら、最初は昔のことだから、とか、もう関わりたくないって断られました。でも僕に起こったことを書いて、名前や職業は伏せましたけど、佐和さんのことも話して、女性の方は今も被害に遭ってるって言ったら、会ってくれることになりました」

和泉君は今日も淡々と話す。でもその冷静さの裏には、やはり抑えた感情が垣間見える。

「何を話したんですか？」

「確かめたいことがあったので、まずそれを聞きました。佐和さんから、僕は片思いだったことにされてるって聞いて、もしかして浜崎さんも、本当は付き合ってたんじゃないかと思ったんです」

「どうでした？」

「当たりでしたよ。やっぱり、しっかり付き合ってたそうです。彼は当時結婚していたので、僕よりも後ろめたそうではあったけど。でもストーカー扱いになってたことには、ショックを受けていましたね」

話しながら、和泉君は笑みを浮かべた。この間の川口さんの笑みとよく似ている。

「そうだったんですね」

理世はグラスに手を伸ばした。アイスティーを飲む。落ち着くためにしたわけではない。さほど衝撃を受けていなかった。

「佐和さん、驚かないですね」

「和泉さんの行動力には驚きました。私のためにしてくださったなら、ありがとうございます」

頭を下げる。

「でもコトリさんのことは……。私もどこかで想定していたのかもしれません。和泉さんのことも嘘だったし、元パートナーさんも、って。それに、私の方も和泉さんと会った後、また事件があったんです。それで、もう美名さんのことは、まったく信じられなくなったというか」

「事件？　何ですか？　大丈夫？」

和泉君が身を乗り出す。話を奪って悪いと思ったが、川口さんの事件について語らせてもらった。

「何ですか、それ。酷いですね」

しばらく絶句した後に、和泉君は同情してくれた。

そのあと和泉君が、美名と浜崎さんの出会いから別れまでを、また淡々と話してくれた。

二人は服作りのワークショップで出会い、想像通り、美名の方から近付き、パートナーになった。やがて不倫関係になり、美名が不安定な姿を見せ始めたので、浜崎さんは離婚を決意した。美名は最初は、涙を流して喜んだという。

けれど離婚協議に入った頃から、美名の態度が冷たくなった。離婚が成立する頃には、「私たちの関係は割り切ったものだったでしょ。付き合ってない」と言い出し、一方的に姿を消した。だから浜崎さんは、solaは解散したんじゃない、自然消滅したんだと言っていたそうだ。

理世と和泉君は美名から、浜崎さんがストーカー行為をしていたと聞いていたが、それは完全に嘘とは言えないらしい。付き合っていたのにストーカー扱いされるのは心外だが、別れ話もしないまま去られたので納得がいかず、探し出そうと必死になっていた時期はあったという。でも今は、もうどうでもいい、早く忘れたい、二度と関わりたくないという心境らしい。スウ・サ・フォンのことも、美名がメインデザイナーであることも、知っている。でも雑誌などは見ないようにしているそうだ。

「そうかあ。嘘、だったんですねえ」

話を聞き終え、理世はしみじみと呟いた。離婚された妻子が気の毒だし、顔も知らない人なので、和泉君の時ほど浜崎さんには同情心が湧かない。でも理世は、自分が嘘を吐かれたという事実に、じわじわと傷付いた。

菅井主任に打ちのめされた時、美名は自分も一方的に男の人に好かれて怖い思いをしたことがあるから気持ちがわかると、理世に寄り添ってくれた。それが、どれだけ理世の励みになったか。同じ恐怖を知っている人が近くにいてくれるから、踏ん張れた。でも嘘だったのだ。美名はあの恐怖を味わっていない。

苑子が、美名を支えようとする理世を心配して、苦言を呈したことがあった。でも美名には過去に傷があるのだと話したら、彼女に同情を寄せた。苑子もまた、男の人から理不尽に怖い目に遭わされたことがあるので、会ったこともない美名に同志的な想いを抱いたのだろう。美名は、そんな苑子の想いも裏切った。

「お母さんのことは？」

気が付いたら、そう声に出していた。

「お母さん？」

和泉君に訊き返されて、ハッとする。これは自分しか知らないから、話してはいけなかったのに。

「お母さんのことって、コトリさんが子供の頃、お母さんから精神的苦痛を受けてた話ですか？」

「……知ってたんですか？」

「はい。浜崎さんも知ってました。僕も浜崎さんも、コトリさんに疑問を持つことはあっても、その話を聞いていたから、支えなきゃって、思ってました」

「それは、私も一緒です」

　力なく言った直後、頬に冷たいものを感じた。泣いているのだと気が付く。

「嘘、だったんですね。それも」

　涙を拭いながら言う。

「待ってください。その話は三人とも聞いてるから、それだけは本当じゃないかと思うんです。今日は、そういう話もしたかったんですけど」

「違うんです。ごめんなさい」

　顔を横に振った。

「私は美名さんから、今まで誰にも言えなかった、でも佐和さんには聞いてほしいって思った、って言われてたので」

　拭っても拭っても、涙はぼろぼろ零れてくる。嘘だったのだ。そんなにも自分を信頼してくれるなら助けたいと、そう思ったのに。

　ああ、と和泉君が声を漏らす。

「僕も同じです。僕も、この話をできる人に、やっと出会えた、嬉しい、って言われました」

「そう、ですか」

目を伏せた。和泉君も無言で、下を向く。

「佐和さんは、お母さんの話、コトリさんから具体的にどんな風に聞きました？」

長らくの沈黙の後、和泉君が言葉を発した。

「はい。ええと」

体に力が入らないし、頭もぼうっとしている。この状態で上手にまとめて話せる自信がないが、できるだけ美名から聞いたままを、一生懸命に伝えた。

「合ってますか？」

もはや答え合わせになっているのが虚しい。

「されたことは大体同じですね。やっぱりお母さんのことは嘘ではない気がする」

「そうなんですかね」

「でも僕が知らなかったこともあります。コトリさんって子供の頃、ヨーロッパをまわっていたんですか？　初めて聞きました。ジャルダンの仲間の間でも、そんな話はしてませんでしたよ。お父さんの仕事が忙しくて、あまり家にいなかったとは言ってたけど」

「じゃあそれも嘘ですか？　どうしてそんな嘘を吐くんでしょう」

「言い方は悪いですけど、食いつきがいいと思ったんじゃないかな」

「食いつき？」

「佐和さんが作ろうとしていたブランドが、ヨーロッパ風だったから、とか」

ああ、と返事をしたが、もう声にもならない。

二人でパリに行けると連絡した時、それこそ美名の「食いつき」が良くなかったのは、そのせいか。母親との嫌な思い出があるのかもと心配し、違った、彼氏ができたから気もそぞろだっただけだと安心し、あの時も理世は振り回された。でも真実は、嘘だったから、なのか。

「あと、大学に入って以来お母さんと絶縁してるっていうのは、間違いなく嘘ですよ。間違いなく嘘って、おかしな言い方だけど。いつもお母さんの悪口を言ってたから、嫌っていたのは本当だけど、絶縁はしてないはずですよ。僕、コトリさんのマンションの前でお母さんとすれ違って、軽く挨拶をしたことがあります」

「そうなんですか」

最初の頃は「母に見つかったらどうしよう」と異常なまでに怖がっていたのに、途中から一切その話をしなくなった。大手メディアの取材も受けるし、大丈夫なのかと疑問だったが、それも真相は、嘘だったから、か。

「そもそもコトリさんのマンションって、お母さんが世話してますよね。お母さんの妹だったか、従姉妹(いとこ)だったか。とにかくお母さん方の親族の所有で、コトリさんはタダで住まわせてもらってるんですよ。お母さんを批判するのに、そこは甘えるんだと疑問に思って、僕、コトリさんに意見をしたから、よく覚えてます」

「私には、海外赴任している友達夫婦のマンションを、留守番がてらタダで借りてるって、言ってました」

「そうなんですか。じゃあ、僕に責められたから、そういう設定にしたのかな」

美名が理世の部屋に来た時のことを思い出した。美名の部屋は意外とシンプルだと聞いて、理世が友達の部屋だから好き勝手はできないのか、と言うと、美名は「なんですか？」と訊き返してきた。背中合わせで喋っていたから、聞こえなかったのかと思ったが、違うのか。もしかして、自分が吐いた嘘の「設定」を忘れていたのでは。

「それは、どうしてそんな嘘を吐いたんですか？　お母さんから逃げてる、なんて」

「佐和さんに、もっと気にしてほしかった、とか？　守ってほしかったというか……」

「ねえ、和泉さん」

自分で訊ねたくせに、和泉君の返事を遮ってしまう。

「小鳥遊美名さんって、誰なんですか？」

和泉君が目を細めて、理世を見る。

「私が人気デザイナーにした、コトリさんって誰なんですか？　私が大切な友達だと思っていた、美名さんって一体誰ですか？」

もう止めどなく流れてくる涙は、拭うことを諦めた。

「わかります。そういう気持ちになるの」

和泉君が声を絞り出す。

「僕も、別れた後、ずっと考えてました。僕が好きだった人って、誰なんだろうって。この間佐和さんと会ってから、また考えるようになりました」

理世は宙を見つめた。そこに美名の姿を、思い浮かべようとしてみる。でも上手くいかない。

美名の髪型、輪郭、目鼻の形。声や喋り方、仕種に笑い方、着ていた服。初めて会った時、そのすべてに魅了され、ずっと近くで見続けてきたはずなのに。そのどれもを今、思い描くことができない。

美名と交わした言葉、二人の間に漂った空気、生まれた想い。一緒に作った服さえも――。

曖昧な色や形のようなものが、理世の瞼を一瞬掠める。でも何も象らないままに、すぐにふわっと消えていってしまう。

理世の見つめる先には、ただ外の闇があるだけだった。

店に入ってから、どれぐらいの時間が経ったのだろう。和泉君の背後に時計はあるが、暗がりでよく見えない。

「佐和さんは、これからどうするんですか？」

和泉君がおもむろに口を開いた。

「男性の先輩の話も、酷いですよね。人間関係を、かき回されてる。この先も、一緒に仕事をしていくんですか？」

返事ができなかった。どうしたらいいのか、どうしたいのか、自分でもまだわかっていない。

「迷ってるなら、判断材料にしてください。僕まだ今日、一番したかった話をしてないんです。この間は佐和さんに言いそびれたことがあって。話そうとしたら呼び出されちゃって」

「何ですか？　まだ何かあるんですか？」

「浜崎さんに会ったのは、その確認もしたかったんです」

何だと言うのだろう。両腕に鳥肌が立ち始めた。

「浜崎さんも、やっぱりコトリさんに酷いことを色々言われたんですって。『あなたが離婚したって、私たちの将来は見えない』とか、『奥さんの収入に頼ってたくせに、離婚して愛人と一緒になろうなんておめでたい』とか。でもそれって、コトリさんじゃなくて、僕が言っていたらしいんですよ」

「どういうことですか？」

和泉君の顔を覗き込む。意味がわからない。

「浜崎さんと僕が、コトリさんと付き合っていた期間は、被ってたみたいなんですよね。コトリさんは最後の頃、浜崎さんに、最近知り合った男の人に、あなたのことを相談した、その男の人がこう言った、って話してたって」

「待って。どういうことですか？」

「僕はコトリさんに、試験に受かっても将来が不安なことには変わりない、とか言われたって、言いましたよね。それ、ビータイドの佐和さんがそう言ってた、って聞いたんですよ」

「私、言ってません！　そんなこと！」

自分でも驚くような大声が出た。

「わかってます。この間、これを隠して話した反応を見て、ああ、これは言ってないなって思いました。それに、今佐和さんとこうやって接してたら、よく知りもしない僕のことを、そんな風に言う人じゃないってわかります」

「待ってください！　じゃあ美名さんの彼が私のことを、人格や品性を疑うとか、自分で肩書きを確認しないと自信がないって、言ってたっていうのは」

「そんな酷いことも言われてたんですね。でもその人は、言ってない可能性が高いと思います」

「酷い！」

涙なのか鼻水なのか、何だかわからないが、声に何かが絡んで濁った。鳥肌は既に全身に広がっている。

「酷いです！　どうして、そんなこと！」

理世はいつの間にか、立ち上がっていたらしい。しかし、ずるずると椅子に崩れ落ちた。

「だって彼、ちょっとキツい印象の人だったから。だから私」

「そういう人なら、余計に信じやすかったですよね。僕はジャルダンで佐和さんに会って、感じのいい人だと思ってたけど、後からコトリさんにそうやって言われた時は、信じてしまいました。だって自分の彼女が、そんな嘘を吐くなんて思わないから」

「どうして、そんなこと」

体が震えるのを、止められない。目の前にいる男性は、恋人ではない。友達でもない。だから彼にこんな姿を見せてはいけないと思うのに、止められない。

「どうしてそんなことをするんですか。どうして、そんなことできるの。だって美名さん、今の彼のことすごく好きそうなのに」

理世は美名の彼氏の親太朗君なんて、決して好きではない。川口さんの様にきっぱりと宣言できるなら、嫌いだと言う。でも知らない場所で恋人に悪役を担わされているなら、幾ら何でもそれはかわいそうだと思う。

「かわいそうです。美名さん、私との付き合いだって、本当に楽しそうだったのに」

かわいそうだ。親太朗君も理世も、和泉君も浜崎さんも。美名は、みんな大好きだったはずなのに。好きだった人を傷付けるのに、今好きな人を刃にするなんて。どうしてそんなことができるのだろう。自分の愛した人を、自分の愛した気持ちを、自ら汚して醜いものにしてしまうなんて。

「かわいそう」

そういうことを、せずにいられないのなら。そんなことをしてしまうその人は、なんてかわいそうな人なんだろう。

椅子に座るのではなく、体をもたせかけるようにして、理世はしばらくさめざめと泣いていた。

やがて上体を起こし、何気なくアイスティーのグラスに手を伸ばした。

冷たさに、ぞくっとする。さっきまで、ずっと触れていたものなのに。こんなにも冷たくて、自分を震え上がらせるものだったなんて。

「コトリさんがどうしてそういうことをするのかは、僕にもわかりません」

和泉君が、低く唸(うな)るような声を出した。

「でも、酷いことをされ始めたきっかけは、あったような気がする。さっき話した、お母さんにマンションを世話してもらってたことに意見したあと。あの後から、キツい態度を取られるようになった気がするんです」

顔をじっと見つめられた。

「佐和さんはありますか？　何かきっかけ」

「確証はないですけど。最初に、もしかして怒ってるのかな？　って思ったのは、デザインに反対した時です」

事のあらましを説明した。

「それ、浜崎さんも同じことを言ってました。一度デザインを却下したことがあって、それ以来彼女の態度が変わったって」

ほとんど無くなっているアイスティーのグラスを取り、和泉君は口をつける。

「これは僕の想像ですけど。コトリさんは、一つ何か否定されると、人格すべてや、自分の存在そのものを否定されたように取るんじゃないかな。それで怒って、裏切られたと思って、酷いことをする」

「でも」と、理世はすっかり嗄れてしまった声を必死に出した。

「美名さん、あとから真剣に謝ってきますよね。あれは何なんですか」

「その、酷いことをされて、謝られてっていう流れが繰り返される時、上手く言えないんですけど、僕はいつも、試されてる気がしていました」

「試されてる……」

「怒った？　でも許してくれるよね？　あなたは許してくれるよね？　私のこと、嫌いにならないよね、って」

理世は強く唇を噛んだ。

「許してくれないんですか？　どうして？」

「佐和さんは、やっぱり私を捨てるんですね」

この間の美名の言葉が、頭に響く。

「そうだと思います。この間の、その男性の同僚の事件の時に、言われたんです。どうして許してくれないの、って。私その時は、謝られても黙ってたんです。そうしたら美名さんが、私を捨てるんですね、私たちは大切な友達同士ですよね、すべてを受け入れてくれるべきじゃないんですか、って」

「僕も言われましたね。最後の喧嘩の時。どうして許してくれないの、謝ってるのに。恋人なら、すべてを受け入れてくれるべきだ、って」

「私、怖くなっちゃって」

鉄の味を感じた。さっき唇を嚙んだ時、切ってしまったようだ。指で拭う。真っ赤な血が指の腹を染めた。

「人一人のすべてを受け入れるなんて、私にはできないです。彼氏や高校時代からの友達にも、そんな風に思ったことや、相手にも求めたことはありません。ましてや、こういうことをされながら、でも全部許して受け入れてあげるなんて、無理です。だって自分のことだって、丸ごと受け入れる、自分のすべてを肯定するなんてこと、できてないのに」

「その通りだと思いますよ。僕もそれを聞いて、ああ、そういうことを求めてるのか。じゃあもう彼女と付き合い続けるのは無理だ、って思いました」

「どうして美名さんは、そんなこと」

言いかけて、途中で口をつぐんだ。和泉君と見つめ合う。

お互いに、しばらく何も語らなかった。でもきっと、同じ思いを共有していた。

すべてを否定されたと、思わされたことがあるからか。丸ごと自分を受け入れて欲しいのに、叶わない時間が長かったからか。許されないという思いが、強かったからか。

物心ついた時から、一番受け入れてほしい人に、受け入れてもらえないと思いながら、育ったからか。愛してると言われながら、その人にいつも傷付けられていたからか。

だからいつも、愛している人と心を通わせながら、でもこんな幸せは長くは続かないと、彼女はまるで生まれたての赤ん坊のように、震えて泣くのだ。

「佐和さん」

和泉君に呼びかけられた。

「今の状況でこんなことを言っても、佐和さんを混乱させるだけでしょうけど。コトリさんは、誰かと密になっては、自分で関係を壊して、ということをずっと続けてきた。きっとこれからも続けていくんだと思うんですが。でも僕はその中で、佐和さんだけは、彼女の特別だったんじゃないかと思うんです」

理世は無言で、顔だけを上げた。

「佐和さん、コトリさんのことを、美名さんって呼びますよね」

お釣りを受け取り、タクシーから下りると、もう空が白んでいた。息も白い。両手で自分を抱えるようにした。行きは肩身が狭かったが、今は冬仕様で出かけた自分を、褒めてあげたい。

全力疾走したあとのような激しい疲れが、体にのしかかっている。這うようにして部屋にたどり着いた。

コートも脱がないままパソコンの前に立ち、電源を入れた。テレビ電話で、博喜にコールする。パリは今、夜の九時ぐらいだ。帰宅しているし、起きているだろう。

パリから帰って以来、美名の話は一切していないから、今日までの話を説明するには、かなりの時間と労力が要るだろう。それでも全てを語り、博喜に寄りかからせてもらいたかった。

「理世？　どうした？　こんな時間に」

コール音が始まったばかりなのに、いきなり声が聞こえたので驚いた。

「リヨ？　オウ、リーゼ？」

博喜以外の声も聞こえる。

カメラが動き出す。博喜と二人の外国人男性が、こちらを覗き込んでいた。

「どうしたの？　そっちは明け方じゃない？」

「ハイ、リーゼ」

「リーゼ、リーゼ！」

男性二人が、はしゃいで話しかけてくる。

「理世だってば」

博喜が英語で何やら言い、二人を追い払う仕種をする。

「ごめん。今日は一つ大きな仕事が終わったから、打ち上げしてるんだ。でも理世、何？　なんでこんな時間に起きてるの？」

背後に見えるテーブルに着いた二人が、缶ビールやワインの瓶らしき物を掲げて、こちらに笑いかけてくる。どうしていいかわからず、理世は愛想笑いをした。

「友達が来てるなら、後にしようか」

「いや、いいよ。あーでも、うるさい！　ごめん、酔ってるからさ」

二人は後ろで、おどけながら歌い出した。

調子が外れているが、知っている歌だった。
There's a hole in the bucket, dear Liese, dear Liese.
There's a hole in the bucket, dear Liese, there's a hole.
バケツの歌だ。そうか、理世がリーゼだから。ひっ！　と声を上げてしまう。
体に、電流が走ったような感覚を覚えた。
「理世？　どうした？」
再び両手で自分を抱く。彼らの歌う歌詞に耳を澄ませた。

ねえ、リーゼ、バケツに穴が空いているんだよ
じゃあ、穴を塞げばいいじゃない？
どうやって？
藁で塞げばいいじゃない
でも藁が長過ぎるんだよ
じゃあ斧で藁を切ればいいじゃない
でも斧が切れないんだよ
じゃあ石で斧を研げばいいじゃない

　　でも石が乾いているんだよ
　　じゃあバケツで水をくんで、石を濡らせばいいじゃない
　　でもバケツには穴が空いているんだよ

「そのバケツでは、水がくめない」

「理世？　何？」

「くめないのよ。穴が空いてるから！」

理世の声は、ほとんど悲鳴になっている。

「理世！」

歌が止んだ。

理世がどれだけ懸命に、あらゆる方法で、美名の心を満たそうと思っても。叶うことはない。永遠に。

そのバケツでは水がくめない。だって、バケツには穴が空いているから。

最終章　やさしい雨

ぽつり、ぽつり。雫が滴り落ちる。バケツから水がこぼれるように、一滴一滴、ゆっくりと。きっと、そのバケツには穴が空いているのだ。だから、どれだけ頑張っても、そのバケツでは水がくめない。

滴り落ちた雫は黒く滲んで、じわじわと理世の体を侵していく。自身が虚無に蝕まれて行くのを、理世は為す術なく、ベッドに横たわり、ただじっと感じ続けている。

金曜の深夜、いや、あれはもう土曜の明け方だったか。和泉君の店から帰宅して、ほんの少しだけ博喜とテレビ電話で話した。そのあと軽くシャワーを浴び、ベッドに倒れ込んだ。以来、ずっとぼんやりと天井を眺めている。今はもう日曜のお昼を回ったから、丸一日以上の時間が経った。でも何か軽く口に入れる時と、トイレに行く時ぐらいしかベッドを出ていない。まどろんでいる時間帯もあったと思うが、睡眠も十分には取れていない。

美名に出会ってから今日までのことを、何度も何度も繰り返し思い出している。止めようと思うのに止められない。

初めてジャルダンに行った時、美名の作った花柄のバッグに一目惚れした。二度目に行った時、同じ花柄のワンピースの裾をふわりとさせて、美名は舞い降りたかのように、理世の前に現れた。品のいい微笑に、しっとりとした口調。しかし親しみやすさも振りまいて、美名は理世を魅了した。スウ・サ・フォンのデザイナーになり、準備期間にオープン時、いきなりの大ヒットと、めまぐるしく環境が変わる中を、二人三脚で一緒に疾走した。

出会ったばかりの頃、理世が菅井主任に打ちのめされた時、「同じような怖い思いをしたことがあるから」と言い、美名は理世を救ってくれた。そのあと美名の過去の話を聞き、傷や辛さを分け合った。オープニングパーティーの直前に激しく取り乱しても、パリのホテルのテラスで泣きじゃくられても、理世は美名を見捨てなかった。力になろう、私が助けようと、熱い想いを注ぎ続けた。

でも嘘だったのだ。美名と大切な「何か」を、確かな想いを、分かち合ったと思っていたけれど。それらは全部、美名が、おそらく理世に愛されるために創りあげた、虚構だった。

そして美名は、理世を見捨てた。たった一度だけ、理世が美名のデザインを否定したという、とても幼稚な理由で。新しい自分の大切な人が理世を悪く言っていると伝え、理世を弾いて、見せつけるように他の近しい人と仲良くした。ついには理世の社内の人間関係にも、亀裂を生じさせた。しかし美名は、理世にそんな酷いことをしながら、理世には自分を捨てないでくれと言う。

これからどうしたらいいのだろう。明日になれば、また仕事が始まる。理世の仕事は、美名がメインデザイナーを務める、スウ・サ・フォンのMDだ。美名から逃れられない。ビータイドを退社すれば、そこまでしなくても、スウ・サ・フォンのMDを辞すれば、美名と縁を切ることはできる。でもスウ・サ・フォンは理世にとっても、初めて自分の手で作り上げてヒットもさせた、とても大切な作品であり、居場所である。それをこんな一方的に、しかも酷いことをされた側が、搾取され排除されなければいけないなんて、あまりに理不尽だ。

ピンポーン。インターフォンが鳴った。驚いて上体をベッドから起こす。でも、すぐにまた倒した。きっと勧誘か訪問販売の類だろう。無視しておけばいい。

ピンポーン。ピンポーン。

次期商品の和柄コートのサンプルを光井被服が完成させるまで、さしあたって美名と関わらなければいけない仕事はない。だから自身に鞭を打てば、明日仕事に行くことはできる。でもそれは根本的な解決ではない。

ピンポーン。ピンポーン。ピンポーン。

もう一度上体を起こした。勧誘にしてはしつこい。ベッドから這い出る。

理世のマンションのインターフォンは共用エントランスにあり、部屋番号を押すとカメラが起動し、こちらから訪問者の顔が見えるようになっている。応対する気は無いが、誰なのかだけ確認しようと、画面を覗いた。

えっ、と声を上げる。応対ボタンを押した。

「何で？　どうして？」

「よかった、いた。開けて」

訪問者が早口に言う。反射的に解錠ボタンを押した。

訪問者は速やかに、三階の理世の部屋までやってきた。今度は玄関のチャイムが鳴る。まだ放心状態のまま、理世は駆け寄って行ってドアを開けた。

「どうして？　何でいるの？」

「電話もメールも何度もしたのに。電源切ってる？　つながらなかった」

訪問者、博喜は額や首筋に汗をかいていた。急いでここまで来てくれたのだろうか。まさか、パリから東京まで。

「だって私、混乱してて。博喜、同僚さんたちといたみたいだし、少し落ち着いてからの方がいいと思って」

和泉君の店から帰宅した後、テレビ電話で博喜を呼び出したが、大きな仕事が終わったばかりだとかで、博喜は二人の同僚男性と部屋で飲んでいた。同僚たちが理世を見て、リーゼのバケツの歌を歌い出した。リーゼ＝理世がバケツに水をくもうと思うのに、穴が空いているから、どうやっても水がくめない歌だ。

それを聴いて、理世は錯乱状態に陥った。今の自分そのままの歌だと思った。美名の心を満たそうと、あの手この手で頑張ったのに、美名に穴が空いているから、どうやっても水がこぼれてしまう。

「そのバケツでは、水がくめない」

「くめないのよ。穴が空いているから！」

よく覚えていないが、悲鳴のような声であれこれ叫んだと思う。博喜が何度も「理世！」と呼び、同僚二人も心配そうに画面を覗き込んでいた。

「ごめん、無理。今は話せない。また後で」

泣きながら言って、テレビ電話を一方的に切った。すぐに博喜から折り返しの呼び出しがあり、応じずにいたら携帯も鳴り出した。悪いとは思ったが音に心を乱されるので、パソコンも携帯も電源を落とした。そのまま今に至る。

「とりあえず、入れて」

博喜は体を室内に滑り込ませた。靴を脱ぎ、リビングで「いい？」と、クッションを取って座る。理世も、まだ動揺したまま腰を下ろした。

「会社は？　明日、月曜でしょう」

「休んだ。家族が大変だから、って」

理世が電話に出ないので、あの後すぐに航空券を手配して、一番早く乗れる便に乗って来たのだと説明された。

「家族……。そんな嘘吐いちゃっていいの？　同僚さんたちも一緒にいたのに」

「家族って、理世のことを言ったつもりだから、別に嘘じゃないよ。あいつらも心配して、むしろ行ってやれ、って言ってくれたし。第一、あっちは仕事を休むのに、理由を細かく訊かれたりなんてしない」

博喜は手の甲で額の汗を拭う。

「でも、まさかパリから来てくれるなんて……。ごめん、迷惑かけて」

「かけてるのは、迷惑じゃなくて、心配」

怒っているわけではないようだが、博喜はきっぱりとした口調で言った。

「あんな状態から連絡がつかなくなったら、心配するだろ。何があったの？」

見つめられ、理世は立ち上がった。キッチンに向かう。「何か飲む?」と冷蔵庫を開ける。

「そんなのいいから、何があったか話して」

「私が飲みたいの。びっくりしちゃって。ちょっと落ち着かせて」

コップを二つ出して、作り置きのウーロン茶を注いだ。さっきまでの美名の件での混乱に加えて、パリから博喜が駆け付けてくれるというまさかの事態で、気が動転している。

グラスを差し出すと、博喜は受け取り、すぐに一口飲んだ。理世は一気に半分ほど飲み干す。

「話すと、すごく長くなるの。上手く伝えられる自信もないし」

「いいよ」

博喜がまた、きっぱりと言う。

理世は大きく一度、深呼吸をした。

理世の長い長い話が終わると、しばらく部屋の中には沈黙が漂った。時計の秒針のカチカチという音だけが、鳴り響く。

「信じられないな」

やがて博喜が呟いた。理世は肩をびくっとさせる。

「そうだよね、急にこんな話されても。私とコトリさん、あんなに仲が良かったのに。されたことも、子供みたいで信じられないと思うし」

「違う。ごめん、言葉が悪かった」

博喜が首を振る。

「話が信じられないんじゃなくて、コトリさんの行動が、どうしてそんなことをするのか理解に苦しむ、って意味」

ああ、と声にならない声を出し、理世は体の力を抜いた。

「理世の話を、信じないわけないだろ。嘘を吐くわけないし、話を大げさにしたりしないのも知ってる」

胸の奥の方から、ぐっと込み上げるものがあった。嗚咽が漏れる。

「でも何となく思い当たる節があるというか、合点がいったというか。俺、実はコトリさんに関しては、違和感を持つことが多かったんだよね。でも理世がすごく好きで仲良くしてるのに、そんなことは言うべきじゃないと思ってた。だけど結果的にこんなことになるなら、その都度言ってあげてればよかったかな」

「違和感？」

「うん。パリに来た時は特に、いろいろ感じた。例えば、あの子、英語がわからないんじゃない？　ほら、例のリーゼの歌の動画を見せたよね。あの時の反応が薄かったんだよな。理世が私とリンクしてるでしょう？　って言ったけど、不思議な顔してた。あの動画、字幕はなかったけど、ヨーロッパを回ってたなら、絶対に聞き取れる程度の簡単な英語なのに」

　それを聞いて、理世もある場面を思い出した。パリの空港に到着した時だ。タクシーカウンターに向かうのに、私の英語が通じなかったらフォローしてくれと美名に言ったのだが、直後に美名は「お腹が痛い」とトイレに行ってしまった。そして理世がタクシーの手配を終えた頃に、戻ってきた。

「パリの土地勘もまったくなかったし、在留邦人の生活環境の知識もなかったよね。家庭環境でほとんど外出しなかったって言ってたけど、それにしても、って思った。お父さんは、貿易会社勤務なんでしょう？　あっちでは仕事でほとんど家に帰らないなんて批判の対象だし、家族との時間がなかったってのも不自然だなあって」

　理世は俯（うつむ）いた。「どうした？」と、博喜が顔を覗き込む。

「気付けるヒントは沢山あったのね。何も疑わずに信じちゃった私がバカだったのかな。バカっていうか、迂闊（うかつ）っていうか」

「そんなことはないんじゃないか。だって理世は友達としても仲良くしてて、仕事での関係も強固なものだったんだし。俺だって、毎日密接に付き合ってる人に、こいつもしかして、なんて疑う視線は持たないと思うよ。俺はコトリさんとは距離があるから、ん？　と思っただけで」

「自分の彼女が、そんな嘘を吐くなんて思わないから」

和泉君もそう言った。そう思っていいのだろうか。仲のいい友達が、一緒に成功を収めた仕事相手が、自分に嘘を吐いているなんて思わない。気付けなくても仕方がないと。

そう思う一方で、やはり自分も鈍かったのではないか。迂闊だった、隙があったのではないか、などとも思ってしまう。

またた。いつもこうだ。美名のことを考えると、気持ちが行ったり来たり、激しくぶれる。

「でもコトリさんとの関係が壊れ始めたのは、昨日今日じゃないんだろ。どうしてもっと早く相談しなかったの？　広告課のヤツの件があったから、何でも分け合おうって話したのに」

博喜が理世を問い質す。

「ごめん。発端がパリの最終日に泣かれたことだったから。せっかく博喜が歓迎してくれたのに、直後にあんなことがあったって言い辛かったの。それで、その後もどんどん言えなくなって」

そう話す端から、違うかもしれないと思う。発端は母親との確執について聞いたことかもしれない。その後オープニングパーティーで取り乱された。でも母親の件についての博喜の反応が理世とずれていたので、以来話し辛くなった。

「恥ずかしいって思いもあった。だって私、美名さんのことが本当に好きで、こんなに仲良しでって、いつも博喜に話してたのに。ある時から急に悪口を言うなんて、幼稚で恥ずかしいって」

和泉君と話していた時と同じだ。だんだん口が止まらなくなる。

「それに、私の方に問題があるのかもしれないとも思ったし」

「問題？　どういうこと？」

博喜が顔をしかめる。

「だって菅井主任も、あんなにも私に激昂したから。コトリさんとまで壊れるなんて、私が人を不快にさせてしまう人間なんじゃないかって考えたの」

「そんなわけないだろ。じゃあ俺はどうして、そんな人を不快にさせる人間と、こんなに長く、遠距離になってまで付き合ってるんだよ。苑子ちゃんだって」

「うん。和泉君も私と同じ状態だったって聞いて、私の問題じゃなかった、美名さんの問題だったんだとは思った。でも、今でも少しは、私の接し方も悪かったんじゃないかって考えちゃう」

「接し方が悪いって、どういうこと？」

博喜の眉間の皺が、どんどん深くなる。

「私にだけ打ち明けたんじゃなかったけど、美名さんがお母さんとのことで、深い傷を負ってるのは本当だと思う。だから不安定になっちゃうし、恋人や友達との関係を壊すようなことをしてしまうんだと思う。私は傷については知ってて、支えたいって思ったのに。苑子に宣言したこともあるのに。でも私、けっこう強い態度も取っちゃってた。増本先輩をフレンチに誘った時は、すごく嫌な気分だったって、はっきり言った。インタビューの帰りは、派手に喧嘩もした。もっと違う接し方をすればよかったかもしれない。そうしたら、ここまでの事態にはならなかったかも」

「いや、ちょっと待てよ。理世にだけしてたんじゃないんだから、理世のせいなわけないだろう」

「でも美名さんは、私のことを強く求めていたわけだから」

あの日、和泉君が言った。

「佐和さんだけは、彼女の特別だったんじゃないかと思うんです」

理由は、理世だけが彼女を「美名」と呼ぶからだという。二人の時にしか呼んでいないつもりだったが、和泉君と話していて興奮状態になって時々「美名さん」と言っていたらしい。恋愛関係だった和泉君も浜崎さんも、彼女を「美名」と呼ぶことは許されなかったそうだ。

「minaはお母さんが付けた名前で、『愛』って意味だからですよね？　私は、フィンランド語ではminaは『私』って意味なんですよって教えてあげたことがあるんです。だから佐和さんには美名って呼ばれてもいいって言われただけです」

そう説明したが、和泉君は「ほら、やっぱり特別ですよ」と言った。

「そんな経緯があったんですね。コトリさん、それ、すごく嬉しかったんじゃないかなあ。それこそ、自分を丸ごと受け入れてもらえた、全肯定してもらえたって、思ったんじゃないですか？」

理世は黙った。確かに美名は、「初めて私の名前を肯定してくれました」と言っていたかもしれない。

「それに佐和さんだけは、佐和さんの方からコトリさんに近付いてますよね。名刺を渡して、スカウトして。自分を認めてくれた人って思いが強かったんじゃないかな。恋人じゃなくて友達なのも、きっと大きいですよ。女性にこんなことを言うのは何ですけど、男女関係って、ある意味すぐにできあがるし、繋がりも感じやすいじゃないですか。その、体の関係があれば。でも同性の友達は、そうもいかないでしょう。心が繋がってるって、強く思えないと」

　でも、と博喜が呟く。

「求められ方がおかしいだろ。すべて受け入れてくれるべき、なんて言われたんだろ。それで、そんなことできるはずないって思ったんだよね？」

「そうなんだけど。そんな求め方をしちゃうなんて、美名さんの傷が深い証拠だよね。そういう意味では、彼女は被害者でしょう。私だって子供の頃からそんな目に遭ってたら、美名さんと同じことをしたかもしれない。だったら、周りの人や、彼女から求められた人は、助けてあげなきゃいけない……」

「理世！　ちょっと待てって！」

　博喜が大声を出し、理世の肩を力強く摑んだ。

「本気で言ってる？　おかしいよ。落ち着いてくれ。被害者だから仕方ない、酷いことをされても周りは助けてあげなきゃ、なんて言うなら、理世だって広告課のヤツの被害者だよ。今回、コトリさんの被害者になったんだよ。でも理世は、広告課のヤツの件で傷付いたあと、俺や苑子ちゃんを振り回したか？　酷いことしたか？　この先コトリさんの傷で、するか？　しないだろ」

「あ……」

掠れた声が出た。

「傷付いてるから、その人に何をされても仕方ない、助けてあげなきゃいけないなんて、おかしい。お母さんの件は別物として、理世は自分のされたことに怒っていい。怒らないといけない。怒ってくれ」

身震いをした。今、自分は何を言っていたのだろう。

あの人は傷付いているから、仕方ない。自分が助けてあげなくちゃいけない。私の方にも問題がある。

どれも聞いたことがあるフレーズだ。テレビや雑誌でＤＶの実態が報じられるような時、被害者がいつもそんな言葉を口にしている気がする。

これまで理世は、そういったものを目にして、どうしてそんな風に考えるんだろう、何故そんな心境に陥ってしまうのだろうと思っていた。でも――。

一体いつ、その沼に足を踏み入れたのかわからない。どの段階から、手足を取られていたのかわからない。でも理世も、いつの間にか、そんな状況に陥っていたのだ。

「それぐらい、辛いことなんだって、ことだよな」

　博喜が大きく息を吐く。

「仲良くしてた人、信頼してた人に、酷いことをされるってことは。正常な判断ができなくなるぐらい、された人を壊す行為だってことなんだろう」

「ねえ、博喜」

　理世は恋人の名前を呼んだ。

「抱きしめてくれる？」

　博喜が理世の顔を見つめた後、手を広げた。そこが自分の還る場所であるかのように、理世の体は、その中に吸い込まれた。背中に腕が回される。

　博喜の胸の中で、生まれたての子供のように、理世は声を上げて泣いた。

「コトリさんのこと、許すなよ」

　博喜が耳元で囁く。

「これ以上耐えるのも、ダメだよ」

　うん、うん、と理世は泣きながら頷く。

「ごめんね、黙ってて。ありがとう、来てくれて」

　ありがとう。ごめん。ごめん。ありがとう。

惜しみなく、二つの言葉を何度も口にした。

博喜は今、理世のすべてを受け入れている。でもそれは、二人が恋人だから、ではない。受け入れるべきだから、そうしているわけではない。

積み重ねてきた日々からの信じ合う心で、自然と受け入れ、受け入れられている。

愛する人の腕に抱かれて泣きながら、美名に、こうしてくれたらよかったのに、と語りかけた。試すのではなく、真っ直ぐに、「抱きしめてほしい」と言ってくれたら。

そうしたらきっと、浜崎さんも和泉君も、理世だって。手を大きく広げて力いっぱいに、美名を受け入れ、抱きしめたはずなのに。


火曜の昼の飛行機でパリに戻ると博喜が言ったので、理世は翌月曜日、会社を休んだ。電話に出た同僚には「体調不良」と伝えたが、完全なる嘘なわけではない。

日曜は二人で夜まで部屋でだらだらと過ごした。夕食も冷蔵庫のあり合わせの食材で、適当に作った。月曜は朝から天気がよかったので、近所のカフェにモーニングを食べに出かけた。

「実家に帰らなくていいの？　友達に会ったりは？」

「いいよ。面倒だから、帰って来てることも伝えない。すぐ戻るし」

トーストを頬張りながら、博喜は笑った。

午後からは公園を散歩した。もう桜はすっかり散っているが、新緑の若葉が目に眩しい。

「私、ゴールデンウィークの予定入れてないの。パリに行こうかな」

「今からじゃ航空券が取れないと思うよ。北海道には帰らないの？」

「九月に苑子の結婚式があるから、その時に帰る」

「そうか。でも無理はしないで。最近あまりテレビ電話ができなかったのは、悪かった。これからは、もっと小まめに連絡するよ」

「ありがとう。でもあっちの同僚さんたちと仲が良くて忙しいのは、いいことだよね。私も嬉しい」

噴水の脇を歩いている時に、理世はそっと博喜の手を取った。指を絡める。問題は何も解決していないが、春の日差しが気持ちいいと思えるほどには、回復している。博喜に「ありがとう」を、まだまだ何度でも言いたい気分だった。でも昨日から何度も伝え過ぎて呆れられているので、もう口には出さない。その代わり、繋がる指に想いを込めた。

「近々、苑子に電話をしようかな」

「苑子ちゃんには、全部話してるの？」

「ううん。パリのテラスで泣かれたところまでしか、話してない。でも全部、聞いてほしい」

苑子もまた、話を聞いた後、理世のすべてを受け入れてくれるだろう。どうしてもっと早く言わなかったの、とか、無理はし過ぎないでねって言ったでしょう、などと叱責はするだろう。でも最後にはきっと、いや必ず、受け入れてくれる。

長年の親友だから、ではない。博喜と同じく、これまでの日々で繋がっている心で、そうしてくれるのだ。

この間、和泉君はこうも言った。

「コトリさんは、佐和さんにすごく憧れてたんじゃないかな。佐和さんみたいに、なりたかったんですよ、きっと。最後にはそれが、嫉妬に変わったんだろうけど」

「憧れ？　嫉妬？　どうしてですか？　美名さんこそ、人に憧れられる存在じゃないですか。才能があって、かわいくて、成功もして。人気ブランドのデザイナーって、アパレルに携わってる人間にとっては、最高峰の立ち位置ですよ。美名さん、男性にもモテるし、友達も多いし」

理世は反論した。

「でも佐和さんには、長年付き合っている恋人がいますよね。遠距離になっても、円満に続いてる。地元に高校時代からの親友もいるらしいって、まだ僕と付き合ってる時によく話してましたよ。その人はファッションに興味がないんだって、趣味が違うのにずっと仲良しってすごいよね、って。コトリさん、人と長くて深い付き合いができない人だから、羨（うらや）ましかったんじゃないかな」

美名が本当に、理世のようになりたいと思っていたのかは、わからない。でも、もしそこまで強く求められていたのだとしても、こんな状態になってしまったことを、理世が気に病（や）むことはない。

美名は、こうなりたいと思った人の、強く求めた人の手を、自ら離したのだ。

思い切って火曜日も会社を休み、空港まで博喜を送って行った。

手荷物検査場の前で軽いハグをした後、博喜は「じゃあ」と去って行った。見えなくなるまで、理世は背中を見送った。

この先どうするのか、とも、どうしろ、とも、一切言わなかった。理世を、理世の出す結論を、信じてくれている。

翌日から仕事に復帰した。理世が出社するのを待っていたようで、島津課長からチームミーティングの招集がかかった。

野村君が、五月いっぱいでスウ・サ・フォンを離れるという発表があった。お母さんは回復傾向にあり、会社を休んで実家に帰ることは減りそうなのだが、念のための処遇だという。今後は元々掛け持ちをしていた、メンズブランド一本になるそうだ。スウ・サ・フォンはこれを機に、六月からメンバーを二、三人増員するという。課長と人事が今、人選をしている。幸い、ヒットしたので希望者は多いらしい。

「本当に申し訳ありませんでした。皆さんと一緒にオープニングに関われたのは、これからも僕の誇りです」

丁重に頭を下げる野村君に、理世は増本先輩と川口さんと一緒に、「仕方のない事情だから、気にしないで」「私も一緒にやれて嬉しかったよ」などと、その場にふさわしいと思う言葉をかけた。

でも心中は複雑だった。理世も、この先も長く、スウ・サ・フォンにいることはないかもしれない。

辞めたいわけでは決してない。それどころか、こんなにも仕事が好きなのだから、絶対に辞めたくないという思いでいる。どうして自分が辞めなければならないのか、という気持ちも強い。

でも美名とこんな状態になった以上、これまで通り熱い思いを抱いて、やりがいを感じながら、スウ・サ・フォンで仕事をすることには現実味を感じない。

菅井主任の件に倣って、人事に相談してみようかとも考えた。でも今回は「されたこと」の証拠がないし、傷付いたのも、理世の肌感覚によるものなので、客観的に事態を見てもらうのは難しいだろう。相手がメインデザイナーということもあり、もし動いてくれるとしても、理世がスウ・サ・フォンから離れることになりそうだ。従ってこちらも、実行には移せない。

ちょうど美名と関わる仕事がない時期だったので、結論を出せないまま、しばらく淡々と日々を過ごした。

明日からゴールデンウィークに入るという日の夕方、携帯が鳴った。デスクの端に置いていたので、手を伸ばして取る。

瞬間、太ももの付け根がちくっと痛んだ。昨日も同じ痛みに、二度ほど襲われた。神経痛だろうか。

電話は光井被服からだった。

「佐和さん？　休み前の遅い時間にごめんね。でも早く連絡したくてね」

社長の声が弾んでいる。用件が推察できた。

「コートのサンプルが完成したんだよ！　いやあ堂々と身内を褒めちゃうけど、今回は家のヤツ、いい仕事をしたよ！　すごくいい出来だと思うんだ。早く佐和さんやコトリさんや、チームの皆さんにも見てもらいたいよ」

「そうなんですか。それは楽しみです。いつお会いできますかね？」

「うちはいつでもいいけど、もう明日から休みに入るよね？」

「コトリさんや他の者へのお披露目は休み明けになってしまいますが、よかったら私だけでも今から見に行ってもいいですか？」

「もちろんだよ！」

電話を切って支度をする。自信がありそうなので大丈夫だとは思うが、万が一作り直してもらう時のために、早く確認した方がいい。

音符マークの付いた古びたチャイムを鳴らすと、「佐和さん、待ってたよ！」「ようこそ」と、すぐに社長夫妻が出迎えてくれた。いつも通りパーテーションで区切った応接室に通されたが、今日はすべてのテンポが速い。いつもはお茶を出してもらった後、夫妻と世間話をしてから本題に入るのだが、今日は奥さんが一度も腰を下ろすことなく、「じゃあ持ってきますね」と、応接室を出て行った。

ガラガラと何かを引きずる音が聞こえてくる。一番いい状態で見てほしいと、マネキンに着せてあるのだという。台車で運んでいるのだろう。

「では佐和さん、確認してください」

奥さんがいそいそと言い、パーテーションをずらす。後ろに何人もの従業員がついて来ていて、うち数人の男性が奥さんを手伝った。

立ち上がり一礼してから、理世は「それ」と対面した。まず引きで全体を見て、それからディテールに目を凝(こ)らす。

スリムでありながら、柔らかくふんわりとした印象を与えるAライン。それでいて、襟(えり)元(もと)とウエスト、袖口などの要所要所はきりりと引き締まっている。襟元と袖口に施された刺繍(ししゅう)は、鮮やかな金、赤、緑と色とりどりだ。引きでは力強く大胆なタッチに見え、しかし近くで見ると、隅々(すみずみ)まで繊細に、職人が技術を注ぎ込んだことがわかる。コート全体が、まるで一枚の和の絵画のようだった。

「どうかしら、佐和さん」

奥さんの声で我に返った。どうやら長い時間、黙り込んでいたようだ。従業員たちが緊張した面持(おもも)ちで、理世の様子を窺(うかが)っている。

「これは……、素晴らしいですね。感服しました。コトリさんのデザイン画を、そのまま写し取ったかのようです。完璧です」

わあっ！　と歓声が上がった。社長夫妻は手を取り合って喜んでいる。従業員たちも頬を紅潮させていた。

「よかった！　本当によかった！」

「いいですよね、これ！」

「完成間近になったら、みんな自分の仕事をほったらかして、奥さんの手許を覗き込んでたんですよ」

「佐和さん、いっぱい売ってくださいね。私たちもこれ、奥さんに教わって作れるようになろうと思ってるんですよ」

「これが作れたら、毎日仕事に来るのが楽しみだよねえ」

工場中が熱気に満ちている。顔を綻ばせる従業員たちの一人一人と目を合わせて、理世は微笑み頷いた。体温がじわじわと上がっていくのがわかる。

コートの入った分厚い紙袋を抱え、地下鉄に乗り込む。本来ならサンプル服は社外秘だが、誰にも受け取りに行ったことを伝えていないし、今日はこのまま帰宅してしまおう。休みの間自宅で保管して、次の出社時にこっそり会社に運べばいい。

二つ目の駅で席が空いたので、腰を下ろした。シートに深く体を沈め、音は立てずに息を吐く。窓の外を見つめてみた。しかし、そこには何もない。暗闇が広がっているだけだった。

また太ももの付け根に痛みを感じた。顔をしかめると、同時に涙が一筋、ゆっくりと頰を伝って行った。

光井被服が完成させたコートは、まごうかたなき素晴らしいものだった。従業員たちの自信は過剰ではない。理世が口にした感想も嘘ではなかった。

しかし理世は、その素晴らしい服を目の当たりにしても、彼らのように心躍らせることができなかった。素晴らしくて、完璧で、デザインを写し取ったかのようだと思ったが、それはあまりにも冷静で、客観的で、落ち着いた感想、評価だった。自分も携わった服なのに、高揚感や達成感は一切なかった。体が熱くなったのは、彼らと心を同じくできない事への焦りからだ。今、理世の体は熱くない。冷たくもない。空っぽである。

子供の頃から服が好きだった。派手なことを嫌う両親の目を盗んで、買ってきたファッション誌をベッドで貪り読んだ。街中が、自分の作った服を着た女の子で溢れ返ることを、密かに夢見た。一度は違う道に進んだが、服への情熱を諦め切れず、ビータイドに転職した。新ブランドのオープニングスタッフになるという幸運を手にし、才能あるデザイナーを見出し、自分たちの作った「素晴らしい服」を世に広めるために邁進した。そのためには、博喜と遠距離になることも厭わなかった。

すべては、服への熱い想いがあったから、できたことだ。でも今、理世はそれを失くしている。あれほどまでに素晴らしい服を見ても、静かに「素晴らしい」としか思えないなんて、健全な感性を失っている。こんな状態で仕事をするのは、これから作る作品にも、失礼である。これまで純粋な思いで作ってきた自身の作品、服への裏切り行為ではないだろうか。

自宅の駅に着き、よろよろと立ち上がる。ホームに足を着けた時、闇の中に踏み出したようで、ひやっとした。スウ・サ・フォンを去るどころか、仕事を辞めた方がいいだろうか。でも他にやりたい仕事、できそうな仕事なんて、思い当たらない。もうすぐ三十一歳になる今から、別の世界に踏み込むのも勇気がいる。

マンションのポストから、郵便物を無造作に取り出す。部屋に体を滑り込ませ、リビングのテーブルに雑に郵便物を放り投げた。脇から落ちた冊子が、左足の親指に当たった。

「痛っ」

同時にまた太ももに神経痛を感じて、大した痛みでもないのに、また涙がこぼれそうになった。

床に落ちた冊子を拾い上げ、クッションに座る。差出人は苑子だった。真っ白なウェディングドレスが目に飛び込んで来た。ドレスのカタログらしい。

「ああ。ドレス、選んであげるんだった」

独り言ちて、ビニールの封を切る。タイミングを逃していて、苑子にはまだ、美名の話ができていない。

苑子にとって、一世一代の大切なイベントなのに。空っぽな今の自分に、似合うドレスを選ぶなんて、大仕事が果たせるだろうか。正直に心情を吐露して、断る方が誠実かもしれない。

もやもやと考えながら、惰性で表紙をめくってみる。

休み明けに出社すると、理世はまずコートの入った紙袋を持って、増本先輩の許へ向かった。

「おはようございます。すみません、お願いしたいことがあるんです」

「佐和ちゃん、おはよう。休みはどうだった？　どこか行った？　何、お願いって、急に」

先輩は早口に、沢山の言葉を口にする。

「これ、光井被服さんから和柄コートのサンプルを頂きました。すごくいい出来なので、コトリさんと、よかったら田代さんと小松さんにも集まってもらって、お披露目会をするといいと思います。皆さんに連絡をしてもらえませんか？　まずはコトリさんに」

「そうなんだ！　いいね、しようしよう！　でもコトリさんには、佐和ちゃんが連絡すればいいんじゃない？」

「私は、あの」と、理世は島津課長に顔を向けた。

「課長にお話があるんです。今からお時間を頂けませんか？」

「んん？　いいけど、どうした急に。ここでいいのか？」

「いえ。どこか別の場所でお願いします」

増本先輩に向き直る。「そういう事情で、すみませんが、よろしくお願いします」と頭を下げた。

課長と二人で小会議室に入った。退職願を差し出して一礼をすると、課長は「ええっ！」と声を上げ、目を丸くした。

「どういうことだ？　どうして、そんな急に」

すうっと息を吸ってから、理世は返事をする。

「妊娠してるんです」

課長は更に目を見開き、前のめりになった。

「えっ！　本当か？　あのパリにいる彼氏の子ってことか？」

「はい」と、ゆっくり頷いた。

発覚した時は、自分も本当に驚いていた。でも今は、この事態を落ち着いて受け止めている。

休みの初日は、一日中自宅でぼんやりとしていた。太ももに何度か痛みを感じ、翌日になっても続いていたので気になって、ネットで「太ももの付け根　チクチクする」と検索してみた。上がって来た検索結果に、目を見張った。「妊娠超初期症状」という文字が沢山並んでいた。

そういえば何だか体が熱っぽいし、うっすらと胸がむかむかするような気もしていた。慌てて手帳を確認すると、その時点で三日生理が遅れていた。いや、だけど。まさか、まだ三日だし。頭を横に振り、でも直後、まさかということもない、と思い直した。博喜がパリから駆け付けてくれた時の子だとしたら、というかその時しか有り得ないのだが、計算が合う。

すぐに薬局に行き、妊娠検査薬を買った。生理が遅れてから一週間経ってからの使用が正しいらしいが、数日前からでも反応が出ることがあるとネットの口コミで読んだ。そして使ってみたら、見事にくっきり陽性反応が出た。

「じゃあ、結婚するんだよな？　それなら、びっくりしたけど、まずはおめでとう、だな」

課長が顎を撫でながら言う。

「ありがとうございます」

「でも退職することはないんじゃないか？　出産しても、仕事はできるだろう」

「はい。でも彼が日本に帰って来る予定がまだないんです。出産はこちらでするかもしれませんが、行く行くは私もパリに行って、一緒に子育てをしたいと思っています。体調もどうなるかわかりませんし、今から腰を据えて準備がしたいんです。突然のことで、会社とチームには申し訳ありません」

腰を折って、礼をした。

「そうか……。そういうことなら、これ以上は引き留められないな。これは受理するよ」

課長が退職願を、両手で掲げる。

「おめでとう。これまで、よくやってくれた」

「急なことですみません。ありがとうございます」

涙を堪えながら、もう一度深く礼をする。島津課長には、本当によくしてもらった。採用試験の面接官だったし、企画・生産課に呼んでくれたのも課長だ。そして菅井主任の件の時は、全力で守ってくれた。

理世の退社は七月末。有休消化のため、出勤は七月上旬まで。ちょうどスウ・サ・フォンに新スタッフが入るので、それまでに引継ぎを終わらせると決めて、一人で先に会議室から出た。

廊下を歩きながら、肩の力を抜く。会社の人たちは理世と美名の間に起こった事を知らないが、空から全てを見ている人がいたら、今の理世を「逃げた!」と指差すかもしれない。思いがけない妊娠を理由として堂々と掲げ、志半ばで退職をするのだ。

でも、どのみちもう、これまで通りは働けなかった。それなら、何もない闇に向かって逃げるよりも、新しいものが生まれる明るい場所に向かって逃げるのだから、万々歳じゃないか。

疲れやすくなり、太ももだけじゃなく、腰や足首にも時々痛みを感じるようになってきた体に、日に日に愛着がわいてきている。夫になる人も、実家の両親も、この事態をとても喜んでいる。博喜にテレビ電話で報告をすると、彼は最初、理世以上に慌てふためいていた。しかし一方で、高揚してもいた。

「実はこの間、仕事を辞めるなら結婚しよう、こっちに来ないかって言おうかと思ったんだ。でも理世は専業主婦の柄じゃないし、弱ってる時に身一つで知らない土地に呼ぶのは酷かと思って、言えなかった。だけど子供が生まれるなら、いいよな？　こっちに来てくれって言ってもいいよな？」

驚きを隠せていないたどたどしい口調で、でも確かに明るさを滲ませた声で、そう言った。

昔気質の両親には、「順番が違う」と怒られることを覚悟したが、意外にも否定的な言葉は一つも投げられなかった。ただ、「孫が増えるのが嬉しいよ」と言いながら、何度も「ちゃんと結婚するんだよな？」「博喜さんも喜んでるのよね？」と探りを入れてきた。どうやら理世が思っていた以上に、娘が三十を過ぎて結婚していないことを気にしていたようだ。東京と地方では、年齢の捉え方が違う。おそらくパリに行くことになるのには、多少心配もあるようだが、「母親になるんだから、何とでもできるだろう」「できるようになりなさい」と激励された。

オフィスに戻る前に、トイレに寄った。手洗い場で携帯を取り出し、苑子にメールを送る。

『似合いそうなドレス、何点かに絞ったよ。今日の夜、電話できる？』

お互いさまだが、仕事中のはずなのに、すぐに返信が来た。

『ありがとう。夜、こちらからかけるよ』

『他にも聞いてほしい話がたくさんあるから、こっちからかけるよ』

美名の話、それから、妊娠した、結婚することを話したい。後者については、きっと苑子は、携帯を耳から離さなければいけないほど、大声を上げて驚くだろう。でもその後、もしかしたら自分の結婚が決まった時よりも、はしゃいで喜んでくれる。想像するだけで、胸があたたかくなった。

自分はまだ空っぽなんかじゃないと気付かせてくれて、苑子には感謝している。光井被服からコートを持ち帰った日、理世は最初、生気を失った状態で、流れ作業のようにウェディングドレスのカタログをめくっていた。

けれど気が付くと途中から、姿勢を正して、ページをめくる指に力を込めていた。気になったドレスの特徴をメモに取り、携帯に入っていた苑子の写真をモデルの顔の上に置いて、「試着」させてみたりした。苑子は普段はほとんど化粧をしないけれど、大人びた顔立ちの美人だから、きっとマーメイドラインが似合う。でも化粧の仕方によっては華やかにもなるので、プリンセスラインもいいかもしれない。緊張した面持(おもも)ちで入場してくるに決まっているから、このドレスの品のいい小花の装飾が、かしこまった苑子を、上品に見せてくれそうだ。あれこれ想像をめぐらせて、にやにやした。

理世はファッションへの熱い想いを、失ったわけではなかった。きっと自分では太刀打(たちう)ちのできない、「怖い」人物に出会ってしまって、酷く打ちのめされたから、その人物にまつわる「もの」には、怯えて、感性が働く事を拒んだだけだ。大事なものを搾取され、大切な場所から排除もされるが、何もかもを、これから生きる場所や気力さえ、奪われたわけではない。

　堂々と逃げてやる。

　そう思えた直後に、妊娠が発覚した。陽性を示す赤い線が、理世のこれからの道を指し示す、一筋の明るい光のように思えた。

　扉を開け、外に出る。また太ももがチクチクと痛んだ。しかし、その痛みはどこか心地よい。

　取引先との電話の最中に、吐き気を催した。声が出ないように気を付けたら、激しく咳き込んだ。謝って、手短に用件を済ませ電話を切る。

「佐和さん、大丈夫？」

　いつの間に近付いて来ていたのか、脇に立っていた川口さんが心配してくれた。「ありがとうございます。大丈夫です」と返事したが、直後にまた咳き込む。今度は、うえっ、と声も出てしまう。妊娠六週目に入ったばかりだが、悪阻は日に日に強くなっている。

「顔色が悪いよ。今日はもう早退したら？　課長たちには僕から伝えておくよ」

課長と増本先輩は、新体制に向けてのミーティング中だ。野村君は外回りに出ている。

「じゃあ、お言葉に甘えていいですか？　ありがとうございます」

帰り支度を始める。

理世の妊娠、退社を知った時、チームメンバーたちは、皆一様に驚いた。けれどその後の反応は、三者三様だった。野村君は自分もスウ・サ・フォンを離れる手前か、遠慮がちに「パリに行ってもお元気で」と言っただけだった。増本先輩は「佐和ちゃん！　嘘！　びっくり！　妊娠はおめでたいけど、辞めちゃうのは淋しいよ！」と、理世に抱き付いて大騒ぎした。けれどその日の午後にはもう、「課長、新メンバーってもう決まりますか？」と、次のことに目を向けていた。その切り替えの早さは、今の理世にはありがたい。

川口さんは、廊下ですれ違った時に、理世を呼び止め、「淋しくなるよ」と神妙な顔で言った。

「でもおめでたいことだから、お祝いしなきゃね。旦那さんとお子さんと、幸せになってください」

そう微笑んで、以来、さりげなく常に理世の体調を気遣ってくれる。やはり川口さんとは、もう少し時間が経てば仲良しに戻れた気がして、それだけは少し悔しく思う。

エレベーターが中々やって来ないので、一階まで階段で下りることにした。体力が落ちているので上り階段は避けているが、あまりに動かないのも良くないだろうから、下りぐらい足を使おう。

一階分を下り、次の階の踊り場に差し掛かった時だった。

「佐和さん」

背後から名前を呼ばれた。聞き覚えのある声に体が反応する。足を止めた。ゆっくりと振り返る。

一番上の段から、女性が理世を見下ろしている。顎のラインで揺れる柔らかそうな髪。少女のような華奢な体軀。裾がふわりとしたワンピース姿。美名だ。

「コトリさん、こんにちは」

「こんにちは」

「今日はどうしたんですか？　ああ、午後からコートのお披露目会でしたね。私は体調が優れないので、すみませんが早退させて頂きます」

「そうなんですか。大丈夫ですか？　私は増本さんとランチをご一緒する約束をしていて。でも早く着いちゃって、そこの休憩室でお茶を飲んでいたら、佐和さんが階段を下りて行くのが見えたので……」

美名の声と口調は、いつも通りしっとりとして、落ち着いている。でも表情は窺い知れない。エレベーターホールからの光を背負っていて、逆光なのだ。

「そうですか。何かご用ですか？」

美名にはもう怖くて会えないかと思っていたのに。自分でも驚くぐらい、理世は冷静だった。体も声も震えてはいない。

「用ってわけではないんですけど……。先日、増本さんからメールで、佐和さんが退職されるって聞いたんです。あの、私、びっくりしちゃって」

美名の口調に戸惑いが現れた。理世は目を凝らして、懸命に美名の顔を見ようとした。

「妊娠していて、結婚されるって聞きました。おめでとうございます。それはおめでたいと思うんですけど、でもまさか仕事を辞めるなんて思わなかったので……」

美名は今、どんな顔をしているのだろう。戸惑いの演技の下で、口許を歪ませて、ほくそ笑んでいるだろうか。自分のすべてを受け入れなかった憎い人物を、やっと追い出すことができた。自分の攻撃がようやく功を奏したと、喜んでいるのか。

それとも、本当に戸惑っているのだろうか。確かに少し意地悪はしたけれど、何も辞めなくても。そこまでのつもりはなかったと、慌てているか。

もしくは、自分のした事をすっかり忘れ、あるいは私は悪くないと正当化して、自身の行為と理世の退社を結び付けてはいないだろうか。退社はただただ、妊娠、結婚のため。

どうして辞めるのかと、純粋に疑問に思っているのだろうか。

――もしかしたら。どうして去ってしまうのか。どうして私のすべてを受け入れてくれないのかと、未だに理世を欲しているかもしれない。

「辞めるんです。失礼します」

結局、美名の表情は見えずじまいだった。でもどうだろうと、理世はもう、逃げると決めた。踵を返し、前を向く。

階段を上がって来た、営業部の男性社員と目が合った。名前は認識していない人だが、「お疲れさまです」と挨拶を交わし合う。すれ違いざま、「あの」と彼に話しかけた。

「雨、降ってるんですか？」

濡れた折り畳み傘を手にしている。

「まだ本降りではないけど、降ってきましたよ」

「そうですか。どうも――」

彼の足音が聞こえなくなるのを待ってから、理世はもう一度振り返った。美名の影は、同じ姿勢のままで、同じ位置に居た。

「コトリさん。ランチに外に出るんですよね？　雨が降って来たんですって。気を付けてくださいね」

美名の影は黙っている。

「でもコトリさんは、雨がお好きでしたね」

え、と影が声を漏らし、微かに肩を動かした。その拍子にワンピースの柄が見て取れた。理世と美名の最初の作品、雨粒模様のスカイドロップワンピースだ。そういえば、そろそろ雨の季節がやって来る。美名と初めて出会った季節である。

しばらく沈黙が流れていたが、やがて、顔のない人が言った。

「好きじゃないですよ、雨なんて。煩わしいだけじゃないですか」

理世は誰だかわからないその人の輪郭を、無言でじっと見つめ続けた。

そのうちに焦点が合わなくなって、輪郭さえも曖昧になって来る。目の前でふっとその人が、消えてしまう幻影を見た。

「さようなら。もう会いません」

再び踵を返す。一段一段を踏みしめながら、階段を下りた。

バケツから一滴一滴、雫がこぼれ落ちるように、雨が降っている。

オモチャのように細く小さな足の膝上で、水色のスカートの裾が、ふわりと揺れる。理世はそれを見つめながら、もっと広がりが抑え目の方がよかったかな。水色ももう少し淡い方がよかった。次はメトロに乗って、品ぞろえがいいらしい、隣の区の生地屋に行ってみよう、などと考えた。

一歳半になった我が子、娘の寧に、先週初めて自分で服を作ってみた。縫製も雑だし、型紙も上手く作れず適当だったので、アパレルで働いていた理世には、一目で素人の作品だとわかる出来だった。でも当の寧は気に入ったようだし、夫の博喜も「へえ、すごいじゃん！」と褒めてくれたので、初作品としてはまあまあと思えばいいのかもしれない。

一体何が楽しいのか、風に舞う葉っぱをはしゃぎ声を上げて追いかける寧を眺めながら、理世は近くのベンチに腰を下ろした。木々の向こうから、水の流れる音が聞こえてくる。水門が開いたのだろう。結婚前にも博喜とデートで来た、サン・マルタン運河の脇のこの公園は、最近のお気に入りの散歩スポットである。

寧を視界の端に留めながら、携帯を開く。今朝、川口さんからメールをもらった。スウ・サ・フォンが有名経済紙で特集されたそうで、記事のデータを添付してくれた。メインデザイナー「コトリ」のロングインタビューに目を走らせる。

――毎回ファンも想像がつかないような、新たなテーマに取り組む事で、更にどんどん知名度を上げているスウ・サ・フォンですが、次のテーマは「南国」だそうですね。どんな思いが込められているのでしょうか？

『最近、プライベートでとても大切にしたい出会いがあったんです。その人が長く南国に住んでいて、その間に人生観がまったく変わったんですって。私もその人と触れ合っていて、確かに自分の中で何かがみるみる変わっていくのを感じるんですね。スウ・サ・フォンのファンの皆さんにも、服を着る事でその感触を味わってもらいたいと思いました』

デザイナー「コトリ」は、鮮やかな青地に深紅のハイビスカスが描かれたブラウスを着て、カメラ目線で微笑んでいる。一つに束(たば)ねた長い髪は金に近い色で、スパイラルパーマがかかっている。どれも意外によく似合っていた。絵のタッチも柄の配置の仕方も、繊細かつ斬新(ざんしん)で、相変わらずの才能も窺える。

しかし「南国」「大切にしたい出会い」ねえ、と、理世は誰も見ていないのに、こっそりと苦笑した。

川口さんのメールの本文には、「僕は今期いっぱいで、スウ・サ・フォンを離れます」

という記述があった。頻繁にコンセプトが変わるのでモチベーションが保てず、前から異動願を出していたのが、ようやく通ったそうだ。ビータイドで一番の老舗の、シンプルさが売りのメンズブランドに移るという。

田代さんも同じ理由で、今期でスウ・サ・フォンを去るそうだ。新しいベーシック担当のデザイナーは、増本先輩がまた「同業種意見交換会」で見つけてきた。小松さんは残るが、川口さん曰く、「彼女はもともと職人肌だから、今後も依頼されることを粛々とこなしていくと思う」とのことだ。

理世はビータイドを退社した後、地元の北海道で出産をして、娘が生後六ヵ月になった頃に、パリに越してきた。出産の日は北海道でもパリでも雪が降っており、フランス語の雪＝neigeから、寧という名前を付けた。

川口さんとは、出産時と引っ越し時に連絡をしたことから、月に一度程度、メールを送り合うようになった。「僕は子供が持てないから」と、よく寧の写真を送ってくれと頼まれる。川口さんは去年、同性パートナーシップ条例を施行している区に引っ越して、アツシさんと役所に届けを出した。二人で寧の成長を、楽しみながら見守ってくれているようだ。

川口さんほど頻繁ではないが、和泉君とも時々メールをする。彼は理世が安定期に入った頃に参加したワイン講習会で、フレンチのシェフ見習いの女性と知り合って、付き合い出した。そして半年前に結婚し、今は夫婦共々多忙ながら、満たされた日々を送っているようだ。いつかお金を貯めて、勉強がてら夫婦でパリに行きたいと言っている。実現する折には、理世は案内役を買って出るつもりだ。

理世が妊娠六ヵ月の時に結婚式を挙げた苑子は、翌月に予定していたオーストラリアへの新婚旅行をキャンセルした。そして理世がパリに引っ越したタイミングで、ヨーロッパ旅行へやって来て、パリにも数日間滞在した。苑子も旦那さんも、寧をとてもかわいがってくれた。帰国した翌月、苑子にも妊娠が発覚した。三ヵ月前に男の子を出産し、最近は毎日、子育てについてのメールを交わし合っている。

視界の端で何かが揺れたと思ったら、直後、火が点いたような泣き声が響き始めた。寧が転んだのだ。

「大丈夫？　ほらほら」

近付いて、手を差し出す。寧が渾身の力で理世の指を握った時、背中がぞくっとした。

もし自分が今、この手を振り払ったら――。泣いている寧をあやすのではなく、叱り飛ばしたら――。

ビータイドの階段で言葉を交わして以来、宣言した通り、美名には一度も会っていな

い。けれど、あの日見た幻影のように、理世の心の中から、美名がふっと消えたかという
と、そんなことはなかった。
妊娠時、悪阻や胎動を感じた時に、よく美名のことを思い出した。そして、思いがけな
い妊娠だったが、自分はこの子をきちんと愛せるだろうかと不安になった。もしこの子
に、「私は母に愛されなかった」と思われたなら、この子は成長した時に、自分の大事な
人に酷い事をしたり、試したりするんだろうか、と。
生まれた子供が、理世でも博喜でもなく、美名に生き写しだったという夢を見たことも
ある。美名にそっくりな赤ん坊は夢の中で、「嫌いにならないで」「許して」「私のすべて
を受け入れて」と、泣き喚いた。理世はどうしていいかわからず、泣きじゃくる我が子
を、ただ遠くから見つめることしかできなかった。
抱き上げて背中をトントンと叩くと、寧はすぐに泣き止んだ。打って変わって、きゃは
はっ！　と笑い声を上げ、顔を理世の頬にこすりつける。
「どうしたの？　何がおかしいの？」
笑ったつもりなのに、理世の目からは涙がこぼれ落ちた。
まごうかたなく、今自分は幸せだと思う。でも、こんな幸せは長くは続かない。今は寧
の世界のほとんどは理世で、全力で理世を求めて来るが、いつか彼女は理世の手をすり抜

け、どこかへ行ってしまう。

理世はそれを拒(こば)んではいけない。だってそれは当たり前で、そうでなくてはいけなくて、とても喜ばしいことなのだから。

けれど時々、不安になる。既に隣の家の子供と積極的に遊びたがるようになった寧が、理世以外の世界に夢中になる日は、そう遠くないうちにやって来るだろう。そのとき理世は、何を拠(よ)り所(どころ)にしたらいいのか。

仕事を辞めて、見知らぬ国へやって来た。夫、博喜との関係は悪くないが、現在の理世には彼と違って、家庭以外の居場所はない。こちらで仕事を探そうかと考えたこともあるが、許可が下りるかという問題や言葉の壁もあるし、突然日本に戻ることになる可能性もあるので、現実味がない。

寧の頬で、雫が光った。理世の涙が付いたかと思ったが、違う。ぽつり、ぽつり。雨が降り出したようだ。

「ボンジュール」

脇から突然、話しかけられた。三人組の女性が、にこにこと笑いかけてくる。全員、小さな子供連れだった。一人は女の子を腕に抱き、一人は男の子の手を引いて、もう一人は、タオルで顔が隠れているので性別はわからないが、ベビーカーに子供を寝かせていた。

女の子を抱いたメガネの女性に、フランス語で何やら話しかけられた。

「すみません。英語でもいいですか」

「あら、ごめんなさい。この辺りに住んでいらっしゃるの？　お子さん、かわいいわね。一歳半ぐらいかしら？　中国の方？　日本かな」

「え？　ああ、日本です」

ベビーカーを引いた女性は、英語がわからないらしい。男の子の手を引く髪の長い女性が、メガネの女性と理世の会話を訳している。

「その子の服がかわいいわねって、さっきからずっと見ていたの。どこで買ったか教えてもらえないかしら？」

「これですか？　これは私が作ったんです」

「まあ、そうなの！　素敵！」

三人は顔を見合わせて、はしゃいだ。

「私たち、生地屋で働いていて、服を作る趣味の会もやっているの。興味ない？　よかったら、こちらに連絡をください。急に失礼しました。では」

メガネの女性が、カードを差し出す。店の名前と、メールアドレスが書かれていた。ベビーカーの女性が、二人に話しかける。雨が降ってきたのを気にしているらしい。公園脇のカフェを指差して、他の二人が頷き、三人は歩き出した。

「あの」

理世は三人の背中に話しかけた。足を止め、彼女たちが振り返る。

「そこのカフェで雨宿りするんですか？　私とこの子も、ご一緒していいですか？」

どうぞ、どうぞ。大歓迎よ。三人がにこやかに、笑いかけてくれる。

ぽつり、ぽつり。雨が理世の髪や寧の頰を濡らす。

いつか誰かと、この雨の名前は何ていうんだろうと、話した気がする。その時、答えは出しただろうか。

でも今、理世に降り注ぐこの雨は、とてもやさしい雨だ、と思う。一滴一滴、バケツからこぼれ落ちるように、理世の体を柔らかく撫でて、包み込んでくれる。

「ありがとう」

笑顔を返し、大切な我が子を抱きしめながら、理世はやさしい雨の中を一歩踏み出した。

解説――別れの痛みを胸に前進するひと

トミヤマユキコ（ライター／研究者）

「仕事とプライベート」という言い方がある。「公私」と言い換えてもよい。これらは一般に、両立させたり、分けたり、切り替えたりすべきものと理解されている。そして『そののバケツでは水がくめない』における仕事とプライベート＝公私は、一度は混同されるものの、ある出来事をきっかけに、再び分けられる。いや、切り分けられると表現した方がいいかもしれない。切断される痛みを抜きに本作を語ることなどできないのだから――。

アパレルメーカーに勤める主人公の「理世」は、新ブランド「スウ・サ・フォン」の立ち上げメンバーに抜擢される。転職までして飛び込んだ憧れの業界で、やっと摑んだ大きなチャンス。重責を感じつつも、心は喜びにふるえている。みんなに愛されるブランドに育て上げたい。数字の上でも結果を出したい。ファッションをこよなく愛する女子として、あるいはまた、商品開発から販売戦略までを手掛けるプロのＭＤ（マーチャンダイザー）として、否が応にも気合いが入る。

そんな彼女が、スウ・サ・フォンのデザイナーにスカウトするのが「コトリ」こと「美名」だ。たまたま訪れたカフェに展示されていたバッグを見た理世は、スウ・サ・フォンのイメージにぴったりだと直感する。後日、デザイナーであるコトリ本人に会ってみると、「ヨーロッパ風レトロガーリー」というブランドのテーマにピッタリのデザインが描ける人物だと判明。しかも彼女は、理世が思わず見とれるほど美しいひとでもあった。どこか浮世離れした雰囲気も、アーティスティックで魅力的。理世でなくても、これぞスウ・サ・フォンの世界観を体現する女性だと感じるだろう。

こうして理世は、デザイナーとしてのコトリにも女性としての美名にも惹かれていく。クリエイターとそれを支えるひとの関係が公私の垣根を飛び越えてしまう現象については、ライターのわたしにも覚えがある。仕事仲間だった編集者と込み入ったプライベートの話をしたり、旅行に出かけたりしたことがあるし、そうした時間を積み重ねることによって仕事が格段にやりやすくなったという実感もある。仕事とプライベートが渾然一体となっていいクリエイションを生むことなんていくらでもある。だから、理世と美名の公私混同を責める気にはなれない。こうした公私混同は、他の業種であっても起こる可能性がある。つまり特殊な世界の話ではなく、誰にでも起こり得ることなのだ。それが世間から見てたとえどんなにいびつな関係でも、本人たちが納得していればそれでいい。というより、外野には口の出しようがない。作中でも、理世の恋人「博喜」や親友「苑子」が美名の奇妙な言動について指摘するが、理世はそれを半分認めつつ、半分否認するような態度を取る。自他の境界線が曖昧になった結果、美名への批判がまるで自分事のように感じられるのだろう。それほど強く想えるパートナーに恵まれたことは、ある意味とても幸せだが、美名に対する理世の想いは、やがて驚くべき形で裏切られることになる。

本作のすごさは、美名の裏切りが一見どれも些末で取るに足らないもののように映る点にある。デザイナーの強大な権力を振りかざすとか、大がかりなトラップを用意するとかしてくれたら、こちらも「あれこそが悪だ！」と指さして、思いきり糾弾できるのだが、真の悪とは、そんなわかりやすい姿をしていない。その証拠に、美名のやっていることと言ったら、理世との約束をいきなり反故にして、別の人を誘うとか、理世が誰にも言わないで欲しいと念押ししたことをポロッと喋るとかいう、実に子どもっぽいことばかり。この他にも「いい年した大人がそんなことを⁉」というエピソードがわんさか出てきて、バリエーションの豊かさに感心してしまう（感心している場合ではないのだが）。

美名の子どもっぽさは、類い希なるクリエイティビティの副産物だとみなされ、本気になって怒るだけ野暮という大人の自主規制が働くことで、不問に付される。実際、理世も美名のことを「感受性が豊かで、すごく繊細な人」だと語り、つとめて寛容になろうとしている。

こうして美名の言動は何度となく見過ごされることになるが、それで全てがチャラになったかと言えば、決してそんなことはない。澱のようにたまり続け、理世を苦しめずにはおかないのである。この澱は、ぱっと見すごく地味だ。だから、作家によっては、物語の材料になりにくいと判断するかもしれない。しかし、飛鳥井千砂という作家は、この澱にじっと目をこらし、その様子を克明に書き付けようとする。その稀有なまなざしこそが、本作を貫く背骨である。

個人的な話になるが、わたしは過去に理世と似たような経験をしたことがある。もちろん、小説とは違うから、もっと雑で、詰めの甘い悪にあてられただけの話なのだが、四〇年以上も生きていると、美名の劣化版のような人物と接近遭遇することは、一度や二度ではないのである。そのたびにわたしは傷ついてきたけれど、心のどこかで、誰もこの手の悪を小説には書かないのだろうと思っていた。なぜなら、ひとつひとつの被害は、他人から見たら取るに足らない些末なことだから。さらに言えば、こうした経験が「女って怖い、ドロドロしてる」という話に回収されるんじゃないかと思っていたから。些末に見えても十二分に厄介であるし、女だけに限った話でもないのに、なかなかわかってもらえない。悔しいけれどそれが現実。そう思ってきた。だからこそ、本書を読んで驚いた。水底の澱を放っておくと大変なことになる。それを、飛鳥井千砂はたしかに知っている。そうでなければ、こんな風には書けない。取るに足らなくて、些末で、そのくせいざ倒そうと思うとものすごく難しい悪について、ちゃんと書いてくれる人がいた……。静かな感動が、読んでいる間中ずっとついてまわった。本当にやりきれない話なのに、ページを繰る手が止まらないのはそのためだろう。

子どもじみた嘘と悪意の積み重ねで理世を攻撃する美名は、母親との間に確執を抱えているようだ。少なくとも、美名はそう感じていて、大切なひとにだけこの秘密を明かす。そして秘密を明かされた者たちは、こう考える。母親の愛を求めながらも叶わなかったことがいつまでも尾を引いていて、いま自分を愛してくれるひとに対しても、全てを受け入れてくれるかどうか試すようなことをするのだろうと。この分析は、おそらく正しい。しかし、だからといって、許せるはずもない。被害者意識が加速し、他者への加害へと反転した時点で、もうそれは擁護できるものではなくなっている。しかも彼女の加害行為は、きっかけとも呼べないようなきっかけで始まり、仕事もプライベートも関係なく展開され、謝罪しても叱責しても、収束しないときている。本当に難儀だ。

これ以上ないほど深く受け入れた相手が、理解不能なモンスターになってしまったために、切り離すしかなくなった理世を思うと、心が痛い。しかし、たぶん、切り離す以外の選択肢はなかった。理世自身も「堂々と逃げてやる」と言っているが、そうして欲しいとわたしも思う。大人のふりをした子どもである美名は、誰かに寄りかかることしか考えていない。理世がしたように、相手を深く受け入れることもなければ、切り離す痛みを感じることもない。この先も、それは変わらないだろう。いつも周りに恋人や友達がいるように見えて、その実、ふたを開ければどこまでも孤独なこのモンスターは、理世というパートナーを失った後、どこへ行き、誰をターゲットにするのだろう。考えただけで気が重くなる（頼むから、みんな逃げて欲しい）。

信じていたひとに裏切られるのはつらい。理世の口癖（くちぐせ）は「仕事は、何とかしますよ。仕事ですから」だが、美名との間に起こったことは、仕事だからと簡単に割り切れるものではない。わたしだったら、人間不信になると思う。もう誰も信じない。信じたくない。そう思ってしまうだろう。

しかし本作は、主人公の人間不信を加速させて終わる物語ではない。ラスト近く、理世は再び洋服を通じて他者と手を取り合い、前に進もうとする。たったひとりのモンスターにやられたぐらいで、ファッションへの愛は消えたりしない。どこにいても、何をしていても、好きなものがある限り、ひとは立ち上がろうとする。その頼もしく美しい姿を、あなたにも見て欲しい。

（本書は平成二十九年十二月、小社から四六判で刊行されたものに、
著者が加筆・修正したものです）

そのバケツでは水がくめない

一〇〇字書評

切り取り線

購買動機（新聞、雑誌名を記入するか、あるいは○をつけてください）

□（　　　　　　　　　　　　　　　）の広告を見て
□（　　　　　　　　　　　　　　　）の書評を見て
□ 知人のすすめで　　　　□ タイトルに惹かれて
□ カバーが良かったから　□ 内容が面白そうだから
□ 好きな作家だから　　　□ 好きな分野の本だから

・最近、最も感銘を受けた作品名をお書き下さい

・あなたのお好きな作家名をお書き下さい

・その他、ご要望がありましたらお書き下さい

住所	〒				
氏名		職業		年齢	
Eメール	※携帯には配信できません		新刊情報等のメール配信を 希望する・しない		

この本の感想を、編集部までお寄せいただけたらありがたく存じます。今後の企画の参考にさせていただきます。Eメールでも結構です。

いただいた「一〇〇字書評」は、新聞・雑誌等に紹介させていただくことがあります。その場合はお礼として特製図書カードを差し上げます。

前ページの原稿用紙に書評をお書きの上、切り取り、左記までお送り下さい。宛先の住所は不要です。

なお、ご記入いただいたお名前、ご住所等は、書評紹介の事前了解、謝礼のお届けのためだけに利用し、そのほかの目的のために利用することはありません。

〒一〇一－八七〇一
祥伝社文庫編集長　坂口芳和
電話　〇三（三二六五）二〇八〇

祥伝社ホームページの「ブックレビュー」からも、書き込めます。

www.shodensha.co.jp/bookreview

祥伝社文庫

そのバケツでは水(みず)がくめない

令和 3 年 1 月 20 日　初版第 1 刷発行

著　者　飛鳥井千砂(あすかいちさ)
発行者　辻　浩明
発行所　祥伝社(しょうでんしゃ)
東京都千代田区神田神保町 3-3
〒 101-8701
電話　03（3265）2081（販売部）
電話　03（3265）2080（編集部）
電話　03（3265）3622（業務部）
www.shodensha.co.jp

印刷所　堀内印刷
製本所　ナショナル製本
カバーフォーマットデザイン　芥 陽子

Printed in Japan ©2021, Chisa Asukai ISBN978-4-396-34697-3 C0193

祥伝社文庫の好評既刊

垣谷美雨
定年オヤジ改造計画
鈍感すぎる男たち。変わらなきゃ、長い老後に居場所なし！　長寿時代を生き抜くための〝定年小説〟新バイブル！

井上荒野
もう二度と食べたくないあまいもの
男女の間にふと訪れる、さまざまな「終わり」――人を愛することの切なさとその愛情の儚(はかな)さを描く傑作十編。

近藤史恵
スーツケースの半分は
あなたの旅に、幸多かれ――青いスーツケースが運ぶ〝新しい私〟との出会い。心にふわっと風が吹く幸せつなぐ物語。

近藤史恵
カナリヤは眠れない　新装版
彼女が買い物をやめられない理由とは？　身体の声が聞こえる整体師・合田力が謎を解くミステリー第一弾。

近藤史恵
茨姫(いばらひめ)はたたかう　新装版
臆病な書店員に忍び寄るストーカーの素顔とは？　迷える背中をそっと押す、整体師探偵・合田力シリーズ第二弾。

近藤史恵
Shelter(シェルター)　新装版
殺されると怯える少女――秘密を抱える姉妹の再出発の物語。心のコリをほぐす整体師探偵・合田力シリーズ第三弾。

〈祥伝社文庫　今月の新刊〉

飛鳥井千砂
そのバケツでは水がくめない
仕事の垣根を越え親密になった理世と美名。その関係は、些細なことから綻びはじめ……。

真山　仁
そして、星の輝く夜がくる
神戸から来た応援教師が「3・11」の地で子どもたちと向き合った。震災三部作第一弾。

真山　仁
海は見えるか
進まない復興。それでも「まいど先生」と子どもたちは奮闘を続ける。震災三部作第二弾。

南　英男
錯綜 警視庁武装捜査班
ジャーナリスト殺人が政財界の闇をあぶり出した——利権に群がるクズをぶっつぶせ！

柄刀　一
流星のソード 名探偵・浅見光彦VS.天才・天地龍之介
流星刀が眠る小樽で起きた二つの殺人。そして刀工一族の秘密。名探偵二人の競演、再び！

黒崎裕一郎
渡世人伊三郎　上州無情旅
刺客に狙われ、惚れた女を追いかける、訳ありの若造と道連れに。一匹狼、流浪の道中記。

辻堂　魁
乱れ雲 風の市兵衛　弐
流行風邪が蔓延する江戸で、重篤の老旗本の願いに、市兵衛が見たものとは。